Peur bleue

STEPHEN KING

Carrie	J'ai lu	835/3
Shining	J'ai lu	1197/6
Danse macabre	J'ai lu	1355/5
Cujo	J'ai lu	1590/4
Christine	J'ai lu	1866/4
L'année du loup-garou		
Salem		
Creepshow		
Peur bleue	J'ai lu	1999/3
Charlie	J'ai lu	2089/6
Simetierre	J'ai lu	2266/7
Différentes saisons	J'ai lu	2434/7
La peau sur les os	J'ai lu	2435/4
Brume – Paranoïa	J'ai lu	2578/5
Brume – La Faucheuse	J'ai lu	2579/5
Running man	J'ai lu	2694/4
ÇA-1	J'ai lu	2892/6
ÇA-2	J'ai lu	2893/6
ÇA-3	J'ai lu	2894/6
Chantier	J'ai lu	2974/6
Misery	J'ai lu	3112/6
Marche ou crève	J'ai lu	3203/5
La tour sombre-1	J'ai lu	2950/3
La tour sombre-2	J'ai lu	3037/7
La tour sombre-3	J'ai lu	3243/7
Le Fléau-1	J'ai lu	3311/6
Le Fléau-2	J'ai lu	3312/6
Le Fléau-3	J'ai lu	3313/6
Les Tommyknockers-1	J'ai lu	3384/4
Les Tommyknockers-2	J'ai lu	3385/4
Les Tommyknockers-3	J'ai lu	3386/4
Dolores Clairborne		
La part des ténèbres		
Rage	J'ai lu	3439/3
Minuit 2	J'ai lu	3529/7
Minuit 4	J'ai lu	3670/8
Bazaar-1	J'ai lu	3817/7
Bazaar-2	J'ai lu	3818/7
Jessie	J'ai lu	4027/6
Rêves et cauchemars-1	J'ai lu	4305/7
Rêves et cauchemars-2	J'ai lu	4306/7
Anatomie de l'horreur-1	J'ai lu	4410/5
Anatomie de l'horreur-2	J'ai lu	4411/5
Insomnies-1	J'ai lu	4615/6
Insomnies-2	J'ai lu	4616/6
Les yeux du dragon		
Desolation		

Stephen King

Peur bleue

Volume comprenant *La nuit du loup-garou* de Stephen KING, le scénario complet de *Peur bleue* et un avant-propos de l'auteur.

Éditions J'ai lu

*À la mémoire de Davis Grubb
et de tous les Illuminés*

Titres originaux

**SILVER BULLET
et
CYCLE OF THE WEREWOLF**

Peur bleue : traduit de l'américain par
Michel DARROUX et Bernadette EMERICH

La nuit du loup-garou : traduit de l'américain
par François LASQUIN

© Stephen King, 1983
Pour la traduction française :
Silver Bullet : © Éditions J'ai lu, 1986
Cycle of the Werewolf : © Éditions Albin Michel, 1986

AVANT-PROPOS

1

Peur bleue (Silver Bullet) est certainement le seul film qui ait vu le jour suite à un projet de calendrier. Ce projet, c'est un jeune homme du Michigan, Christopher Zavisa, qui me l'exposa lors de la Convention Mondiale de la Science-Fiction de Providence, Rhode Island, en 1979. Il le fit dans le couloir de mon hôtel, et si j'acceptai de considérer sérieusement sa proposition, c'est que j'étais ivre. Et ivre, je serais tout à fait capable d'envisager d'acheter le pont de Brooklyn pour l'installer sur la pelouse de ma maison dans le Maine.

Mais j'acceptai pour deux autres raisons également.

La première, et la moins importante à mon avis, c'est que l'idée de Zavisa était intéressante. Il pensait que je pourrais concevoir une histoire découpée en douze vignettes mensuelles; chacune de ces vignettes serait accompagnée d'une peinture de Berni Wrightson (1). Je songeai que j'avais vu toutes sortes de calendriers — des calendriers anodins, des calendriers mettant en relief les anniversaires des grands écrivains ou exposant les courbes du corps admirable de Christie Brinkley, des calendriers de rock and roll, des calendriers de recettes —, mais un calendrier racontant une histoire ? Ça, c'était une idée neuve, en tout cas pour moi. Je me mis à jouer avec elle, à lui faire danser un petit rock, à étudier s'il y avait moyen d'en tirer quelque chose, et si oui, comment procéder.

La seconde raison, c'est que Zavisa m'avait abordé exactement au moment et à l'endroit qu'il fallait; psy-

---

(1) Les dessins figurent dans l'album publié par Albin Michel sous le titre : *La nuit du loup-garou*. (*N.d.l'E.*)

chologiquement parlant, il n'aurait pas pu trouver une situation plus opportune. Avec cinq ou six mille autres personnes partageant le même intérêt que moi pour les histoires macabres et le fantastique, j'assistais donc à la Convention Mondiale à Providence. Cette rencontre qui a lieu chaque week-end de Halloween constitue depuis une dizaine d'années un événement dans la communauté des écrivains.

Avant celle de Providence, je n'avais assisté qu'à une seule convention et je me sentais à la fois intimidé et coupable. Après tout, je côtoyais des écrivains qui avaient été mes idoles quand j'étais gosse, des écrivains qui m'avaient appris à peu près tout ce que je savais sur le métier — des types comme Robert Bloch, l'auteur de *Psychose*, Fritz Leiber, l'auteur de *Conjure Wife* et de *Night's Black Agents*, Frank Belknap Long, auteur des *Chiens de Tindalos* (1). Et, bien qu'il ne fût plus depuis quarante ans, l'esprit de Howard Phillips Lovecraft planait sur nous; Lovecraft dont les histoires magiques publiées pendant les années 30 dans *Weird Tales* avaient transformé Providence et Central Falls, ainsi que les petites villes du Massachusetts, en un monde enchanté peuplé d'ombres.

Ma gêne était donc parfaitement compréhensible. Quant à mon sentiment de culpabilité, je pense qu'on peut l'expliquer facilement, lui aussi. Frank Belknap Long était venu à cette convention depuis New York en bus Greyhound, parce que, à quatre-vingt-deux ans, il n'avait pas les moyens de s'offrir le train et encore moins l'avion. Bob Bloch et Fritz Leiber ont tous deux une situation confortable — ne vous affolez pas, ceci n'est pas une introduction pour *La petite marchande d'allumettes* ou *Nell sur la glace* — mais ni eux ni bien d'autres des écrivains que j'idolâtrais (et que pour la plupart je rencontrais pour la première fois) n'avaient joui de *toute leur vie* de la notoriété dont je jouissais depuis la publication de mon premier roman, *Carrie* (2). Ce n'est pas que je sois un meilleur écrivain qu'eux; non, mais je suis né juste au bon moment pour profiter de l'onde de choc de l'engouement des lecteurs

---

(1) In *Les meilleurs récits de Weird Tales*, J'ai lu n° 2556.
(2) Éditions J'ai lu n° 835.

pour le supranaturel et les récits de science-fiction qui ont submergé la liste des best-sellers à la fin des années 70. Ils avaient trimé longtemps et honorablement dans la jungle des magazines; j'arrivais comme une fleur, vingt ans après la chute de *Weird Tales*, le plus important de tous, et je moissonnais tranquillement leurs généreuses semailles.

J'étais venu prêt à affronter — comme cela s'était produit l'année précédente à la CMSF de Fort Worth — un certain nombre de sarcasmes du genre : « Qui est ce jeune freluquet ? », à endurer reniflements et rebuffades à propos de mon roman sur les vampires, de mon roman sur l'hôtel hanté, de celui sur la prescience. Un tel accueil m'eût un peu embarrassé, mais soulagé en même temps. Le petit Stevie King fait pénitence, si vous voyez ce que je veux dire. Quelqu'un peut-il me chanter un gloria ? Au lieu de quoi, je reçus de ceux que je n'osais appeler mes collègues un traitement aimable et généreux qui ne fit que renforcer mon sentiment de culpabilité.

Donc, Chris Zavisa apparaît au moment où je suis *a)* ivre et, *b)*, comme toujours, prêt à faire n'importe quoi de *modeste*, n'importe quoi prouvant que je suis un type régulier et (roulements de tambours et sonneries de trompettes, s'il vous plaît) PAS SEULEMENT OBSÉDÉ PAR LE FRIC.

J'ai répondu à Chris qu'il devait y avoir moyen d'en tirer quelque chose et j'ai rejoint ma chambre avec dans les oreilles la voix de ma mère me disant sur un ton lugubre : « Si tu étais une fille, Stephen, tu serais sans arrêt enceinte. »

Avant de m'endormir, je rêvassai sur la nature cyclique du calendrier et à midi, le lendemain, une idée avait pris naissance, probablement la *seule* qui pût correspondre au format suggéré par Zavisa. Evidemment, il s'agissait du mythe des loups-garous. Donnez-moi douze mois et je vous donnerai douze pleines lunes. Douze occasions pour un loup-garou d'apparaître et de jouer au chat et à la souris avec les habitants de... disons Tarker's Mills.

Chris s'enthousiasma pour cette idée (encore que, très honnêtement, je doive avouer qu'il était si impatient de « marier » Berni Wrightson et votre serviteur qu'il aurait aimé Godzilla dans le personnage de Stay-Puft Marshmallow (voir *S.O.S. Fantômes*), j'en suis persuadé). Je lui dis que j'allais m'y mettre, et avant même d'être rentré à la maison, j'avais un plan d'attaque — ou un thème, si vous préférez — qui m'amusait. Appelez-le *L'homme-loup de Winesburg-en-Ohio*. Je pensai que je pourrais trafiquer les pleines lunes pour les faire coïncider avec toutes sortes de fêtes. Taby, ma femme, me fit remarquer qu'une année où toutes les pleines lunes tomberaient un jour de fête serait vraiment une drôle d'année. Je lui rappelai qu'un auteur détient un permis d'invention, à quoi elle objecta : « Ton permis te sera retiré pour excès de vitesse. » Sur ce, elle fila préparer à manger pour toute la famille.

Ce qui m'inquiétait beaucoup plus que le problème de la pleine lune revenant uniquement un jour de fête, c'était la mise en pages du calendrier. Même en comptant cinq cents mots par mois — ce qui était beaucoup pour une double page comportant une peinture de Wrightson et la date des jours —, j'allais devoir y aller au plus court. L'idée de raconter l'histoire sur le mode « voici Adam, voici Eve, voici Adam et Eve » ne me réjouissait pas, mais je n'entrevoyais pas d'autre solution.

Je m'installai devant ma machine à écrire, déterminé à abattre un mois par jour, de façon à en finir en douze jours. Je vins à bout de Janvier, Février et Mars, puis je reçus des épreuves à corriger et à renvoyer au plus tôt. Je mis *La nuit du loup-garou* de côté, et quatre mois durant, je m'occupai de la correction de mes épreuves. De temps à autre, je jetais un coup d'œil coupable à la mince pile de feuillets qui ramassait la poussière à côté de la machine à écrire, mais ça n'allait pas plus loin. C'était devenu un repas froid. Personne n'aime les repas froids, sauf après un long jeûne.

Chris Zavisa était un parangon de patience, mais il finit par me téléphoner en janvier 1981 pour me demander si ça avançait. Une nouvelle vague de culpabilité me submergea. J'avais promis, et jusque-là, je patinais lamentablement. Je mentis de façon éhontée et déclarai à Chris que ça avançait à toute vitesse. Il en fut tout ragaillardi. C'était parfait, me dit-il, parce que Berni Wrightson avait commencé les premiers dessins.

Environ trois semaines après ce coup de fil, nous

partîmes *en famille* (1) pour Porto Rico afin d'y prendre une quinzaine de jours de vacances, et j'emportai avec moi les trois premiers mois de *La nuit*, bien déterminé à me comporter en professionnel et à l'achever sur place.

Dans l'avion, je concoctai Avril. Je venais à peine de le terminer quand le signe NO SMOKING s'alluma à bord. Il resta allumé jusqu'à New York où nous revînmes parce qu'un type qui avait eu une attaque cardiaque avait besoin d'oxygène.

Lors de notre seconde tentative entre New York et San Juan, je terminai Mai. Cette fois, nous arrivâmes sans incident à San Juan, mais le break que j'avais loué chez Avis avait servi pour une sorte de hold-up (avec trois gosses, je loue toujours un break; un énorme Country Squire, thyroïdien, si possible), et, tandis que nous attendions, suant dans nos vêtements de touristes dans le bureau d'Avis, j'écrivis Juin.

Mec, c'est vraiment trop fastoche, je me disais, *pour peu qu'il y ait un embouteillage entre ici et Palmas del Mar, je serai venu à bout de l'automne!*

Mais il ne se produisit rien de tel, et le manuscrit dormit simplement sur un guéridon du cottage que nous avions loué au bord de la mer, tandis que nous sirotions des *piña coladas* au soleil, faisions la sieste l'après-midi, et d'une façon générale essayions d'oublier à quoi ressemble le Maine en février. Je tentai aussi avec acharnement d'arrêter de fumer : quand on avait emporté l'infortunée victime de l'attaque cardiaque de l'avion, j'avais bien remarqué, en dehors du masque à oxygène qui recouvrait son visage, le paquet de Marlboro qui dépassait de la poche de sa chemise.

Au début de la seconde semaine de notre séjour, le manuscrit de *La nuit* poussa un tout petit cri qui me rappela qu'il n'avait pas bougé du guéridon sur lequel je l'avais laissé tomber le jour de notre arrivée.

Lorsque vous l'entendez, vous le reconnaissez, ce cri : toujours. Il ressemble, je pense, à celui d'un enfant bleu que l'on a cru mort au départ. *S'il vous plaît*, dit ce cri, *si ça ne vous dérange pas trop, je voudrais bien essayer de vivre.*

Et pour être foncièrement honnête, je vous avouerai

---

(1) En français dans le texte.

que pour moi, *La nuit du loup-garou* était un enfant mort-né. J'en avais terminé la moitié, c'est exact, et si je ne disparaissais pas dans un incendie, une inondation, un accident d'avion ou à la suite d'une attaque cardiaque, nul doute que j'allais terminer la seconde, et ce, parce que j'avais promis de le faire et que je préférerais rendre du mauvais boulot que de revenir sur ma parole. Mais j'étais bloqué. Les six premiers mois me rappelaient six tractions sur la corde d'une tondeuse à gazon dont le réservoir d'essence est vide. Ce qui me fichait en l'air, c'était le format de la vignette. J'avais l'impression d'être froissé, plié, agrafé, mutilé. Mais... cela ne m'empêchait pas de l'entendre crier.

Je m'assis à la table de la kitchenette, essuyai le sucre que mes gosses avaient répandu partout en sucrant leurs « Wheaties » au petit déjeuner et me mis à écrire sur ce gamin qui s'appelait Marty; il était cloué dans un fauteuil roulant, et il bouillait de rage parce que, non content de tuer des gens, le loup-garou avait provoqué la suppression du formidable feu d'artifice du 4-Juillet (1).

Cette partie dépassait largement les cinq cents mots maximum que je m'étais fixés arbitrairement pour chaque vignette, mais je m'en fichais. J'étais excité, presque fiévreux. Et ce truc qui arrive de temps à autre m'arriva alors : soudain je vis au delà de ce que j'étais en train d'écrire tout ce que j'allais écrire, et en deçà, comment j'allais arranger mon récit.

C'est comme quand on tâtonne dans l'obscurité et que juste au moment où on va abandonner, on trouve l'interrupteur. Je ne vois pas de meilleure comparaison.

Lorsque nous revînmes dans le Maine, j'avais terminé Juillet, Août et Septembre. L'une des premières choses que je fis en arrivant fut de décrocher le téléphone et d'appeler Chris Zavisa. Je le fis immédiatement, car je préfère me débarrasser des trucs embêtants le plus vite possible, et ça n'allait pas être une partie de plaisir d'annoncer à Zavisa que son calendrier s'était transformé en une espèce de nouvelle à douze volets.

Mais je me trompais autant sur sa réaction que sur

---

(1) Fête de l'Indépendance.

l'accueil de la Convention. Au lieu de se mettre en colère ou de tomber dans la déprime, il fut enchanté. A la place d'un calendrier, nous allions faire un petit livre, me dit-il... et ce, sur un ton si enthousiaste que je me demandai si ce n'était pas ce qu'il avait souhaité depuis le début, sans oser me le demander par timidité.

Quoi qu'il en soit, deux semaines plus tard, le manuscrit était terminé, et le livre fut publié à tirage réduit en 1983. Cette édition, sortie chez *Land of Enchantment Press* de Chris Zavisa, est aujourd'hui épuisée. Et je n'avais pas l'intention de la faire rééditer. J'essaye d'avoir une ligne de conduite pour ma carrière, et, de temps à autre, je tente de m'écarter des grands courants de presse qui vous écrasent sous le poids des chiffres. *La nuit* faisait partie de ces tentatives. Mais les plans les mieux établis des souris et des hommes, comme l'a observé une fois Robert Burns, partent souvent à vau-l'eau. Quoi que cette formule veuille dire.

En l'occurrence, cela signifiait que Dino Di Laurentiis allait faire son apparition.

2

Bien qu'il ne mesure guère qu'un mètre soixante-cinq, soixante-sept, Dino Di Laurentiis est l'un des plus grands bonshommes que j'aie rencontrés. On dirait que le mot « *classe* » a été inventé pour lui; c'est un homme plein de prestance, de charme, de persuasion, de *panache*. Et il *adore* les gestes d'éclat.

Après avoir acheté les droits de *Dead Zone*, Dino vint à Bangor dans son jet Lear pour me proposer d'en écrire le scénario. Mon vieux, quand les lampistes du terminal de l'aéroport ont vu ce Lear se pointer, c'est tout juste s'ils ne se sont pas mis à faire des génuflexions.

J'accueillis Dino et l'emmenai en voiture à la maison. Je ne savais pas quoi lui dire ni comment me comporter. Bien que la qualité de ses films soit extrêmement variable (il y a loin du sublime *Two Women* au ridicule *Amityville N° 3*), il est certainement l'un des plus grands producteurs de tous les temps et probablement le plus grand producteur vivant... et il était dans *ma* voiture.

— Stephen, me dit-il, en allumant une cigarette et en

observant Outer Hammond Street sous la neige de février, un paysage vide de tout intérêt, Stephen, voici donc Bangor, Maine... n'est-ce pas ?
— Exact.
— C'est dans le New Hampshire, n'est-ce pas ?
— Exact, dis-je.
C'est tout ce que j'arrivai à penser.

Dino m'enchanta ; il enchanta ma femme ; il enchanta mes gosses. Il nous enchanta tous, en dépit des abcès dentaires qui lui faisaient souffrir le martyre (dès le lendemain, il s'envola pour Rome afin de se faire soigner ; l'expression « *aujourd'hui ici, demain ailleurs* » aussi semble avoir été inventée pour Dino). J'acceptai d'écrire le scénario et lui accepta de sonder l'agent de Bill Murray que j'aurais aimé voir dans le rôle de Johnny Smith.

Finalement, rien de tout cela ne marcha. Mon scénario fut rejeté en faveur de celui de Jeffery Boam, et ce fut Chris Walken qui obtint le rôle de Johnny Smith. Peu importe ; en fin de compte, ça a donné un sacré bon film.

Au cours des deux années suivantes, Dino m'a acheté pas mal de trucs. Les résultats ont été inégaux — *Firestarter* ne m'a guère plu — mais dans l'ensemble, c'était vraiment bon. Et tout ce temps-là, je me suis rendu compte que l'on pouvait compter sur lui. C'est un homme d'affaires, mais honnête et généreux.

Je ne lui ai jamais demandé pourquoi il avait pris autant de mes textes, mais peut-être est-ce parce que nous avons pas mal de conceptions identiques : le besoin d'amuser ; le goût assez enfantin pour les gros effets ; l'idée que les histoires les plus simples sont sûrement les meilleures ; une foi sentimentale en la bonté humaine, et la certitude qu'en général, lorsque les dés sont jetés, la couardise devient une denrée plus rare que le courage.

Que ces raisons soient les bonnes ou non, à plusieurs occasions il m'a demandé si je n'aurais pas quelque chose à même de lui plaire et chaque fois j'ai cherché — pas seulement parce qu'il paye bien (encore qu'il paye bien), ni parce qu'il produit vraiment les films qu'il a promis de produire, mais parce que j'aime travailler avec lui et que je suis toujours curieux de savoir ce qu'il va faire le coup d'après. Travailler avec Dino, c'est un peu comme s'enfuir de chez soi pour suivre un cirque.

Au tout début de 1984, je repensai à *La nuit du loup-garou* et lui en envoyai une copie. Je ne m'attendais pas à ce que cela l'intéresse. C'était plutôt un petit geste de courtoisie. Et je ne m'attendais vraiment pas à ce que lui ou qui que ce soit d'autre ait envie d'en tirer un film, surtout après *Hurlements, Le loup-garou de Londres* et *Wolfen*, trois films excellents à mon humble avis, mais dont la réussite commerciale avait été médiocre. Toutefois, Dino en eut envie et une semaine plus tard, l'accord était conclu.

Je croyais que ce que j'aurais à faire se bornerait à signer au bas du contrat, mais ce n'est pas ainsi que ça s'est passé. Aujourd'hui, j'ai écrit trois films pour Dino, il est prévu que je mette en scène le troisième, alors qu'au départ je n'avais nulle intention de faire quoi que ce fût de tout cela.

Ce qui m'intéresse beaucoup chez Dino, c'est justement son pouvoir de me décider à agir contre ma volonté. Il avait acheté plusieurs de mes nouvelles de la série *Danse macabre* à l'éditeur anglo-américain Milton Subotsky et m'avait demandé d'en écrire une troisième qui irait avec deux de celles qu'il possédait déjà. J'avais en tête une histoire intitulée « L'Œil du chat » : un petit garçon dont le chat est accusé à tort de vouloir le tuer en lui volant son souffle. Je changeai mon fusil d'épaule (Dino voulait Drew Barrymore, qui était en train de tourner *Firestarter*, dans le rôle de l'enfant) et transformai la nouvelle en un petit script.

Dino revint à Bangor avec son Lear, accompagné cette fois par Martha Schumacher, la directrice de production. Il s'installa dans mon bureau, but du café et... me persuada d'écrire tout le script. Je me demande encore comment il est parvenu à me convaincre ; une forme d'hypnotisme bénin peut-être. Je commençai par secouer la tête en lui affirmant que c'était absolument impossible, que j'étais débordé, finis par tout accepter et lui promis qu'il aurait un premier projet de scénario dans un peu plus d'un mois.

Environ une semaine après la signature du contrat de *La nuit du loup-garou*, je me trouvais à New York. Je passai au bureau de Dino — qui a une vue époustouflante sur Central Park — rien que pour lui dire bonjour. Dino me demanda si j'accepterais d'écrire également le script de *La nuit*. Je lui répondis que c'était impossible, que j'étais débordé, etc.

Peu de temps après, par un pluvieux dimanche après-midi, j'eus la maison pour moi tout seul. Allongé sur le canapé, le *Sunday* à côté de moi, je jouais avec les chaînes de la télé et tombai par hasard sur *Le silence et les ombres*, un film que j'avais vu en exclusivité (ou du moins pour ce qui passe pour une exclusivité ici parmi les gros sabots) au Cumberland Theater de Brunswick, Maine, à une époque où je devais avoir onze ans, tout au plus.

Dès le début, je fus captivé par ces vieilles images à gros grains, en noir et blanc, puis transporté. A la fin, je versai une larme, surtout à cause de la voix de la jeune fille narrant le souvenir des événements qui se déroulaient sous mes yeux. J'éteignis le poste et me mis à réfléchir. Qu'est-ce que ça donnerait si on employait cette forme de narration élégiaque et assez sentimentale pour raconter l'histoire de Marty Coslaw et son duel avec le loup-garou?

L'idée m'excitait — c'était à nouveau le coup de l'interrupteur —, mais cette fois, je ne l'avais même pas cherchée. Vingt minutes après la fin du film, j'arpentais toujours la maison en claquant des doigts et en calculant comment procéder. Le lendemain, j'appelai Dino et lui dis que j'étais prêt à essayer, s'il voulait toujours de moi. Il voulait toujours de moi; j'ai donc écrit le scénario qui suit.

Pour la mise en scène du film, Dino embaucha un jeune Californien aimable et terriblement brillant : Dan Attias. *Peur bleue* est son premier long métrage. Lui et moi avons travaillé dur sur ce film, chacun apportant sa pierre à l'édifice. Je pense que cela s'est passé comme toujours quand il s'agit de dépenser dix ou douze milliards pour jeter de la poudre aux yeux. Chacun fit des compromis et nous avons fini bons amis quand même.

J'aime beaucoup ce scénario, et c'est pourquoi j'ai accepté qu'il soit publié ici. Est-ce que le film est bon? Alors là, mon vieux, je serais bien incapable de répondre. J'écris ceci tout à fait gratuitement et mon point de vue est totalement subjectif. Vous tenez vraiment à connaître ce point de vue? D'accord. Je pense que c'est soit une réussite totale, soit un four complet. Au delà d'un certain point, il est simplement impossible de porter un jugement (et mon châtiment sera sans doute que, dans dix ans, plus personne ne se souviendra de ce film). Lorsqu'on a concocté quatre projets de scénario, sans parler des corrections finales, le film lui-même vous apparaît comme une hallucination pure et simple la première fois qu'on le voit.

En tout cas, il y a deux choses dont je suis certain : celle qui tient le rôle de Jane Coslaw deviendra *à coup sûr* une star, et j'aimerais avoir ce fauteuil roulant rapide comme une fusée.

Ça suffira pour l'arrière-plan; le rêve vous attend. Prenez-y du plaisir et, comme toujours, je vous remercie de vous embarquer avec moi.

Stephen KING
Bangor, Maine
12 février 1985

La nuit
du loup-garou

Dans les puantes ténèbres de l'étable, il dresse sa tête hirsute. Ses yeux jaunes, hébétés, ont des reflets de braise. « J'ai faim », balbutie-t-il.

Henry ELLENDER
The Wolf

Avril en a trente et trente septembre
Trente jours en juin et trente en novembre
Et trente et un le reste, fors le second
Douze mois à pluie, à neige, à beaux rayons
Douze fois commère lune se fait gros ballon.

Ancienne comptine

JANVIER
FEVRIER
MARS
AVRIL
MAI
JUIN
JUILLET
AOÛT
SEPTEMBRE
OCTOBRE
NOVEMBRE
DÉCEMBRE

Quelque part, tout là-haut, la lune brille, ronde et pleine. Mais de Tarkers Mills on ne voit plus rien du ciel obstrué par la neige d'un blizzard de janvier. Des bourrasques furieuses s'engouffrent dans l'avenue centrale déserte; il y a beau temps que les chasse-neige orange de la municipalité ont abandonné la partie.

Arnie Westrum, cheminot aux Chemins de fer du Maine, a été surpris par la tourmente à quinze kilomètres de la ville. La petite draisine à essence dont il use pour aller et venir le long des voies est restée coincée entre deux congères, et il s'est réfugié dans une baraque en planches où les ouvriers du rail entreposent outils et signaux. A présent, il attend une embellie en faisant patience sur patience avec un vieux paquet de cartes graisseuses. Dehors, le hurlement du vent monte soudain dans les aigus. Arnie lève la tête, alarmé, puis il abaisse à nouveau son regard sur les cartes étalées devant lui. Tout compte fait, ce n'était que le vent...

Mais le vent gratte-t-il aux portes, en gémissant pour qu'on lui ouvre?

Arnie se dresse, longue silhouette dégingandée vêtue d'une cotte bleue et d'un gros paletot sans manches, une Camel fichée dans la commissure des lèvres, sa face ravinée de campagnard de Nouvelle-Angleterre teintée de douces lueurs orangées par la lampe-tempête accrochée au mur.

Le grattement reprend. Ça doit être un chien, se dit Arnie. Oui, ma foi, ça ne sera jamais qu'un chien perdu en quête d'un abri... Néanmoins, il reste indécis. Il se dit que ça serait inhumain de laisser cette bête dehors par un froid pareil (non qu'il fasse tellement plus chaud dans la cabane : en dépit du petit radiateur à piles, son haleine forme un nuage blanc en s'échappant de sa bouche); et pourtant, il hésite encore. Une pointe de terreur glaciale s'est insinuée dans son cœur. La saison a été mauvaise à Tarkers Mills; l'air s'y est alourdi de sinistres présages. Arnie a hérité le riche sang gallois de son père, et son instinct ne lui dit rien de bon.

Tandis qu'Arnie débat en lui-même de la conduite à tenir vis-à-vis de son visiteur, le gémissement plaintif s'enfle en un grondement de fauve. Avec un choc sourd, quelque chose d'incroyablement pesant entre en collision avec la porte... La chose prend son élan... heurte à nouveau le battant. Cette fois, la porte est ébranlée. Le haut s'écarte du chambranle, et un petit tourbillon de neige poudreuse tombe à l'intérieur.

Arnie Westrum cherche désespérément autour de lui un objet qui pourrait lui servir à se barricader, mais avant qu'il ait eu le temps d'empoigner la frêle chaise sur laquelle il était assis, la chose rugissante se précipite derechef sur la porte avec une force inouïe, la faisant éclater.

La porte tient encore un moment, pliée par le milieu et, dans la brèche béante, Arnie voit se profiler le plus énorme loup qu'il ait jamais vu. Le loup cogne comme un sourd sur les planches disjointes qui lui barrent le passage; son mufle est retroussé par un rictus sauvage, ses yeux jaunes jettent de farouches lueurs...

Et ses rugissements ressemblent affreusement à des paroles humaines.

Pan après pan, grinçant, craquant, les derniers restes du battant cèdent devant cette créature. Encore un instant, et elle sera à l'intérieur.

Dans un angle de la cabane, au milieu d'un amas hétéroclite d'outils, une pioche est *appuyée au mur*. Arnie se précipite vers elle et s'en empare au moment où le loup achève de se frayer un chemin parmi les planches démantibulées. La bête se ramasse sur elle-même, ses yeux jaunes et luisants rivés sur l'homme aux abois, la langue pendante, ses oreilles couchées formant deux triangles velus sur les côtés de son crâne.

Derrière elle, des rafales de neige s'engouffrent par la brèche béante.

Elle bondit en rugissant, et Arnie Westrum lève sa pioche.

Il ne la lèvera plus.

Dehors, la faible lueur de la lampe-tempête dessine une tremblante dentelle sur la neige à travers la porte déchiquetée.

Le vent pousse la tyrolienne.

Un long hurlement s'élève.

Une chose inhumaine s'est abattue sur Tarkers Mills, invisible comme la pleine lune qui vogue tout en haut du ciel ténébreux. Elle a nom loup-garou, et sa survenue présente n'a pas plus de raison d'être que n'en aurait celle d'une épidémie de cancers, d'un assassin psychotique ou d'une tornade meurtrière. Son temps est venu, simplement, et le sort lui a fait choisir pour théâtre cette banale bourgade du Maine où l'événement de la semaine est le repas collectif dont les places vendues à l'encan servent à financer les œuvres de la paroisse (on y mange invariablement les traditionnels haricots au four), où les enfants offrent encore des pommes à leur maîtresse d'école, et dont l'unique hebdomadaire consacre de minutieux comptes rendus à toutes les excursions du club du troisième âge. Son prochain numéro comportera des nouvelles d'une variété moins anodine.

Dehors, la neige recouvre peu à peu les traces de la créature. Le vent crie d'une voix déchirante qui évoque des hurlements de plaisir. Mais d'un plaisir sans âme, sans Dieu, sans soleil — jouissance de gel opaque et d'hiver ténébreux.

Le cycle du loup-garou a débuté.

JANVIER
FÉVRIER
MARS
AVRIL
MAI
JUIN
JUILLET
AOÛT
SEPTEMBRE
OCTOBRE
NOVEMBRE
DÉCEMBRE

C'est la nuit de la Saint-Valentin. La lune est pleine, et ses rayons pénètrent à flots par la fenêtre, baignant la chambre d'une lumière froide et bleue. Allongée dans son étroit lit de pucelle, Stella Randolph rêve d'amour.

Ah! l'amour, l'amour! songe-t-elle. *L'amour, ce serait...*

Cette année, Stella Randolph, qui préside aux destinées de la seule mercerie-bonneterie de Tarkers Mills, a reçu vingt cartes. Une de Paul Newman, une de Robert Redford, une de John Travolta... Une, même, d'Ace Frehley, le guitariste du groupe *Kiss*. Elles sont posées, ouvertes, sur le bureau, à l'autre extrémité de sa chambre, et la lune y accroche de vagues reflets bleuâtres. Cette année, comme toutes les années précédentes, Stella Randolph s'est expédié ces cartes à elle-même.

L'amour, ce serait un baiser aux premières lueurs de l'aube... ou bien cet ultime baiser, gage d'amour éternel, par lequel se concluent tous les romans de la série Harlequin... L'amour, ce seraient des roses dans le soleil couchant...

Oh bien sûr, on rit d'elle à Tarkers Mills. Les mioches lui lancent des quolibets sournois et ricanent à la dérobée sur son passage; parfois même, lorsqu'ils sont à distance respectueuse et que le constable Neary n'est nulle part en vue, ils vont jusqu'à psalmodier : « *Bidon-bedon-grosse-dondon!* » de leurs petites voix flûtées et moqueuses. Pourtant, Stella sait ce qu'est l'amour, elle sait ce qu'est la lune. Son commerce dépérit peu à peu, et c'est vrai qu'elle a quelques kilos de trop, mais par cette nuit propice aux rêveries, avec la poignante clarté de la lune qui ruisselle des fenêtres ourlées de givre, il lui semble que l'amour est encore possible — l'amour, et *celui* qui un jour viendra, apportant avec lui une entêtante odeur d'été...

L'amour, ce serait le contact rude d'une joue d'homme, râpeuse, un peu piquante...

Tout à coup, il y a un léger crissement à la vitre.

Stella se dresse sur les coudes, et le couvre-lit en piqué glisse de son imposante poitrine. Une silhouette sombre, aux contours vagues, mais indéniablement masculins, s'encadre dans la fenêtre, masquant la clarté lunaire. *Je rêve!* se dit Stella. *Eh bien, si c'est un rêve, je vais le laisser entrer. Je vais lui ouvrir ma fenêtre, puis je lui ouvrirai mes cuisses... Et qu'on ne vienne pas me dire que c'est obscène : rien n'est plus beau, plus pur, plus parfait! Ah, l'amour ce serait d'être ouverte toute grande pour le laisser venir en moi!*

Elle se lève, persuadée qu'il s'agit d'un rêve, car il y a bel et bien un homme embusqué derrière la vitre et cet homme, elle l'a reconnu sans peine, vu qu'elle le croise pratiquement chaque jour dans la rue. Cet homme, c'est...

(*L'amour! L'amour vient! L'amour est venu!*)

Mais à l'instant où ses doigts boudinés se posent sur le froid châssis de la fenêtre à guillotine, Stella s'aperçoit que c'est une bête, et non un homme, qui se tient de l'autre côté : un énorme loup hirsute, les pattes de devant appuyées sur le bord extérieur de la fenêtre, les pattes de derrière enfoncées jusqu'à la croupe dans l'épaisse couche de neige qui s'est amoncelée contre l'un des murs de sa petite maison isolée aux confins de la ville.

C'est la Saint-Valentin et j'aurai de l'amour! s'obstine Stella Randolph dans son for intérieur. Même en rêve, on peut être victime d'une illusion d'optique. C'est un homme, *son* homme, celui qu'elle attend depuis si longtemps, et il est d'une diabolique beauté.

(*Diabolique, oh oui, l'amour ce serait d'avoir le diable au corps...*)

Il est enfin venu par cette nuit tout irradiée de lune. Il est venu, il va la prendre, il va la...

Elle soulève brutalement le châssis, et le souffle glacial qui plaque sur ses cuisses le tissu arachnéen de sa chemise de nuit de nylon bleu pâle lui dit qu'il ne s'agit *pas* d'un rêve. Son Prince Charmant n'est plus là, et avec une sensation d'horreur vertigineuse elle comprend que c'est son imagination qui lui a joué un tour. Frissonnante, elle recule d'un pas mal assuré. Le loup bondit, atterrit sur le plancher de la chambre avec une extraordinaire légèreté et s'ébroue, éclaboussant la pénombre d'une poudre de neige impalpable.

L'amour, toujours! L'amour, ce serait... Ce serait comme... comme un grand cri...

Elle se rappelle soudain Arnie Westrum, qu'on a retrouvé égorgé dans une cabane en bord de voie il y a tout juste un mois. Mais il est trop tard, beaucoup trop tard...

Le loup s'avance vers elle sans se hâter. Ses yeux jaunes lancent des lueurs de froide convoitise. Pas à pas, Stella Randolph recule vers son étroit lit de pucelle; l'arrière de ses genoux dodus heurte la barre métallique du cadre et elle tombe à la renverse sur le couvre-lit en piqué.

Le sillon d'argent de la lune divise en deux, comme une raie bien nette, le pelage épais de la bête.

La brise qui s'insinue par la fenêtre ouverte fait trembler imperceptiblement les cartes de la Saint-Valentin entassées sur le bureau. L'une d'elles se détache de la pile et tombe en tournoyant paresseusement sur elle-même.

Le loup pose ses deux pattes sur le lit, une de chaque côté du corps étendu de Stella. Elle sent son haleine sur son visage, une haleine brûlante, mais dont la chaleur n'est pas si déplaisante que ça. Les yeux jaunes du monstre plongent dans les siens.

— Mon chéri... souffle-t-elle en fermant les paupières.

Il s'abat sur elle.

L'amour, ce serait comme une mort.

JANVIER
FÉVRIER
MARS
AVRIL
MAI
JUIN
JUILLET
AOÛT
SEPTEMBRE
OCTOBRE
NOVEMBRE
DÉCEMBRE

Le dernier blizzard de l'année occasionne de sérieux dégâts aux arbres de Tarkers Mills. A la tombée du soir, tandis que la nuit couvre graduellement la campagne d'un opaque manteau de ténèbres, la neige lourde et molle vire en pluie et les gros paquets d'eau congelée ont raison de nombreuses branches mortes qu'on entend éclater dans toute la ville avec des détonations pareilles à des coups de fusil. « La Nature élague ses branches pourries », commente Milt Sturmfuller à l'intention de sa femme qui vient de verser le café. Milt Sturmfuller, directeur de la bibliothèque municipale de Tarkers Mills, est un individu osseux, avec un front étroit et des yeux d'un bleu délavé. Cela fait douze ans à présent qu'il soumet son épouse, une jolie femme silencieuse et stoïque, à une véritable terreur. Certains habitants de Tarkers Mills (Joan Neary, la femme du constable, est du nombre) soupçonnent l'atroce vérité, mais nul sinon les Sturmfuller eux-mêmes ne la connaît vraiment. Les petites villes comme Tarkers Mills recèlent souvent de ces zones d'ombre dont le secret n'est jamais éventé.

Milt est tellement satisfait de sa remarque qu'il la répète une deuxième fois : « Eh oui, la Nature élague ses branches pourries... » Sur quoi les lumières s'éteignent subitement et Donna Lee Sturmfuller ne peut retenir un cri étouffé accompagné d'un haut-le-corps qui lui vaut de renverser son café.

— Essuie-moi ça, lui ordonne Milt d'une voix coupante. Essuie-moi ça, tu m'entends !
— Oui, mon chéri. Tout de suite.

En tâtonnant dans le noir à la recherche d'une éponge pour essuyer le café renversé, Donna Lee se racle le tibia contre un tabouret et pousse un gémissement de douleur. Son mari s'esclaffe bruyamment dans l'obscurité. Pour lui, il n'est rien de plus désopilant au monde que le spectacle de la souffrance de sa femme, à l'exception peut-être des histoires drôles de *Sélection du Reader's Digest*. Ah, ces blagues du *Reader's Digest*, qu'est-ce qu'elles sont tordantes !

Ce soir, la Nature n'a pas élagué que ses branches pourries, mais aussi quelques-uns des câbles à haute tension qui courent au long de la rivière. La neige liquéfiée a recouvert les gros câbles d'une chape de glace sans cesse plus épaisse, si bien qu'à la fin ils ont cédé et se sont effondrés sur la route comme des serpents enchevêtrés en se tortillant paresseusement et en crachant des flammèches bleuâtres.

La ville est tout entière plongée dans les ténèbres.

Comme si cet ultime méfait l'avait finalement rassasié, le blizzard perd de son mordant et s'apaise ensuite peu à peu. La température dégringole; sur le minuit, le thermomètre est descendu aux alentours de moins six. La neige bourbeuse pétrifiée par le gel forme d'étranges sculptures. Le champ de foin du père Hague, celui que les gens d'ici connaissent sous le nom de « Pré des quarante arpents », a pris un aspect de faïence craquelée. Dans les maisons toujours privées de lumière, les chaudières achèvent de s'éteindre avec d'ultimes gargouillements. Les routes sont bien trop glissantes pour que les réparateurs de lignes puissent s'y aventurer.

Une éclaircie se dessine dans le ciel. La pleine lune joue à cache-cache avec les nuages qui s'effilochent. Dans ses reflets intermittents, la neige épaisse qui recouvre la grand-rue a des lueurs d'ossements blanchis.

Un long hurlement s'élève dans la nuit.

Demain, personne ne pourra dire d'où venait ce cri. Il était partout et nulle part tandis que la clarté lunaire soulignait les formes trapues des maisons enténébrées et que le vent de mars se levait en soufflant lugubrement dans sa corne, tel quelque Viking fantôme remonté du fond des âges; il dérivait avec le vent, solitaire et sauvage.

Donna Lee Sturmfuller l'entend tandis que sa crapule de mari dort du sommeil du juste à côté d'elle. Debout en caleçon de flanelle à la fenêtre de son appartement de Laurel Street, le constable Neary l'entend aussi, de même qu'Ollie Parker, le veule et grassouillet principal de l'école communale, qui n'est qu'à demi assoupi dans sa propre chambre à coucher, et quelques autres résidents de la localité, parmi lesquels un jeune garçon infirme de naissance.

Si l'on a entendu ce cri, nul n'a vu celui qui le poussait. Et nul ne sait le nom du chemineau que le réparateur de lignes a découvert le lendemain lorsqu'il s'est enfin décidé à prendre le chemin de la rivière pour remplacer les câbles endommagés. Le corps du chemineau était recouvert d'une fine croûte de gel, sa tête était rejetée en arrière dans un hurlement muet, le devant de son vieux blouson effrangé et le plastron de sa chemise en loques avaient été arrachés à coups de croc. Il était assis dans une flaque de son propre sang qui avait gelé sous lui, et fixait d'un regard vide les câbles abattus, les mains encore levées devant son visage dans une attitude de défense, les doigts pris dans une gangue de glace.

Tout autour du cadavre, on voyait des empreintes.

Les empreintes d'un loup.

JANVIER
FÉVRIER
MARS
AVRIL
MAI
JUIN
JUILLET
AOÛT
SEPTEMBRE
OCTOBRE
NOVEMBRE
DÉCEMBRE

A la mi-avril, les bouffées de pluie et de neige qui se succédaient en rafales font place à de franches averses, et Tarkers Mills est le théâtre d'un événement bouleversant : les premières pousses vertes jaillissent. La glace a fondu sur la mare où Matty Tellingham mène boire ses vaches; dans les bois, là-bas derrière, les grandes plaques de neige rétrécissent. A ce qu'on dirait, la vieille et merveilleuse magie va opérer une fois de plus. Le printemps va s'amener.

En dépit de l'ombre qui pèse sur eux, les citoyens de la ville célèbrent l'événement à leur modeste façon. La vieille mère Hague prépare de pleines fournées de tartes odorantes qu'elle met à refroidir dehors sur la fenêtre. Le dimanche, à l'église baptiste de la Grâce, le révérend Lester Lowe lit un passage du cantique des cantiques et prononce un prêche sur le thème du Printemps éternel de l'Amour. Dans un registre nettement moins spirituel, Chris Wrightson, le pochard le plus invétéré de la ville, s'offre sa grande biture de printemps et disparaît en titubant dans l'irréelle clarté d'argent d'une lune d'avril déjà grosse. Billy Robertson, patron du pub, l'unique débit de boissons de Tarkers Mills, où il fait également office de barman, le regarde sortir et murmure à Elise Fournier, sa serveuse :

— Si ce loup attrape quelqu'un cette nuit, ça ne pourra être que Chris.

— Ne me parlez pas de ça, répond Elise en frissonnant.

Elise Fournier a vingt-quatre ans et elle ne manque aucun office de l'église baptiste de la Grâce (elle chante même dans la chorale) car elle est secrètement éprise du révérend Lester Lowe. Néanmoins, elle est bien décidée à quitter Tarkers Mills l'été prochain. Béguin ou pas, cette histoire de loup commence à lui faire peur. Dernièrement, l'idée qu'elle récolterait sans doute de meilleurs pourboires à Portsmouth lui a germé dans la cervelle. Et à Portsmouth, s'il y a des loups, ce ne sont jamais que des bipèdes porteurs de caban, de chemise en coton bleu ciel et de maillot rayé.

Par ces nuits où la lune grossit pour la quatrième fois de l'année, Tarkers Mills a du mal à trouver le repos... Toutefois, les journées sont plus rieuses. Chaque après-midi, au-dessus des pelouses du jardin municipal, le ciel se peuple d'une nuée de cerfs-volants.

Brady Kincaid a reçu un Vautour pour son onzième anniversaire. Il a tant de plaisir à sentir la ficelle tressauter dans son poing comme une bestiole affolée et à regarder son cerf-volant tracer des boucles dans l'azur au-dessus du kiosque à musique qu'il en a perdu toute notion du temps. Il a oublié qu'il avait promis de rentrer à l'heure pour le dîner. Il n'a pas remarqué que les autres gamins s'en allaient tour à tour en serrant précieusement leur cerf-volant sous leur bras (ils en ont de diverses formes : tétraèdres ou losanges en toile et grands planeurs à ailes d'aluminium). Il ne s'est pas aperçu qu'il était seul.

A la fin, le jour qui décline et les ombres bleues qui s'étendent lui font comprendre qu'il s'est attardé trop longtemps. D'ailleurs, la lune vient de surgir au-dessus des bois qui bordent le jardin public. C'est une pleine lune de printemps, boursouflée, couleur de feu, qui ne rappelle que de loin les disques livides de la saison précédente, mais à cela, Brady ne prend pas garde; tout ce qu'il voit, c'est qu'il a oublié l'heure, qu'il va sûrement se faire sonner les cloches par son père... et que la nuit est en train de tomber.

Il a ri en entendant ses copains de l'école débiter des sornettes extravagantes sur le compte de ce loup-garou qui, à les en croire, aurait trucidé Arnie Westrum, Stella Randolph et le chemineau inconnu. Mais à présent, il n'a plus envie de rire. Dans ce crépuscule d'avril que la lune barbouille de sanglantes traînées de braise, ces fables lui paraissent soudain bien trop crédibles.

Il se met à enrouler à toute allure la ficelle sur son dévidoir, arrachant au ciel qui s'obscurcit son Vautour aux yeux injectés de sang. Brady va beaucoup trop vite, et subitement le vent tombe. Du coup, le cerf-volant pique du nez et disparaît de l'autre côté du kiosque à musique.

Brady se dirige vers l'endroit où il est tombé en enroulant sa ficelle au fur et à mesure et en jetant des coups d'œil inquiets par-dessus son épaule. Soudain, la ficelle se met à s'agiter et à se tortiller entre ses doigts. Le mouvement est assez semblable à celui qui anime sa canne à pêche lorsqu'il vient de ferrer une grosse pièce dans le ruisseau en amont des Moulins. Il regarde la ficelle en fronçant les sourcils, et le tiraillement s'interrompt.

Un rugissement assourdissant emplit soudain la nuit, et Brady Kincaid se met à crier. Il croit au loup-garou à présent. Oh oui! Comme il y croit! Mais il est trop tard et son cri est couvert par ce grondement de fauve qui s'élève en un crescendo terrifiant pour prendre la consistance d'un hurlement de loup.

Le loup se précipite vers Brady. Il court debout sur ses pattes de derrière. La lune teinte son épaisse toison d'une chaude couleur de flamme, ses yeux verts luisent comme deux lumignons et dans sa patte droite (une patte qui a la forme exacte d'une main d'homme, avec de longues griffes à la place des ongles), il tient le cerf-volant de Brady. Le Vautour agite follement ses ailes.

Brady tourne les talons et détale. Presque aussitôt, deux bras puissants et noueux se referment sur lui; une odeur de sang et de cannelle envahit ses narines, et le lendemain on retrouve son cadavre décapité adossé au monument aux morts, le ventre ouvert, une main déjà roide crispée sur son cerf-volant.

Le Vautour bat des ailes comme s'il voulait s'envoler tandis que les hommes qui exploraient le parc à la recherche de l'enfant se détournent de cette vision d'horreur, le cœur au bord des lèvres. Le Vautour bat des ailes car une tiède brise de printemps vient de se lever. Il bat des ailes comme s'il savait que ça allait être un jour rêvé pour les cerfs-volants.

JANVIER
FÉVRIER
MARS
AVRIL
| MAI |
JUIN
JUILLET
AOÛT
SEPTEMBRE
OCTOBRE
NOVEMBRE
DÉCEMBRE

Durant la nuit qui précède la célébration du Dimanche du Retour à l'église baptiste de la Grâce, le révérend Lester Lowe fait un horrible cauchemar dont il s'éveille en nage et tout tremblant. Son regard fixe et écarquillé est tourné vers les étroites croisées du presbytère et il discerne la forme de son église, de l'autre côté de la route. Des rayons de lune argentés pénètrent obliquement dans la chambre à travers les carreaux, et l'espace d'un instant, le révérend se figure que ce loup-garou dont les anciens parlent tout bas va se matérialiser devant lui. Ensuite il ferme les yeux et implore Jésus de lui pardonner ce coupable accès de superstition en concluant sa prière muette par le « Loué soit Jésus Notre Seigneur, amen », que sa mère lui a enseigné de toujours proférer d'une voix audible.

Ah, ce cauchemar...

Dans son rêve, il était en train de prononcer son prêche du lendemain. Le Dimanche du Retour, qui jadis durait une semaine entière, et à l'occasion duquel tous les natifs de la ville reviennent passagèrement au bercail, est une tradition séculaire qui s'est perpétuée contre vents et marées dans les contrées rurales de la Nouvelle-Angleterre. Ce jour-là, contrairement aux autres dimanches où l'assistance est des plus clairsemées, l'église baptiste ne comporte pas un banc de libre.

En rêve, Lester Lowe prêchait avec une conviction et une ferveur qui lui font tristement défaut dans la réalité (son débit monocorde n'est sans doute pas pour rien dans la spectaculaire hémorragie de fidèles que sa paroisse a subie ces dix dernières années). Ce dimanche matin, on dirait que la flamme qui anime les prédicateurs fanatiques des églises baptistes du Sud s'est communiquée à lui, et il sent bien que ce prêche-là sera le plus beau de sa vie. Le thème en est : « La Bête est parmi nous. » Il le martèle infatigablement, vaguement interloqué par cette voix d'airain qui s'échappe de sa poitrine et par la cadence presque poétique qui résonne dans ses paroles.

— La Bête! s'exclame-t-il. La Bête est partout! Satan ne vous lâche pas d'une semelle! En tout lieu, vous le rencontrerez! Samedi soir, au bal de l'école! En allant acheter des Marlboro et un briquet jetable à l'épicerie-bazar de Central Avenue! Debout à la porte du drugstore Brighton, quand vous lécherez un cornet de glace en attendant l'arrivée du car de 16 h 40 pour Bangor! La Bête sera peut-être assise sur la chaise voisine de la vôtre au prochain concert en plein air de l'orphéon municipal, ou alors vous la trouverez installée au comptoir, occupée à se goinfrer de tartes aux airelles la prochaine fois que vous irez prendre un café au snack-bar de Main Street! *La Bête!* gronde-t-il d'une voix basse et vibrante. (Les regards de ses auditeurs sont rivés sur lui, subjugués. Il les tient dans le creux de sa main.) Défiez-vous de la Bête car elle vous enjôlera de ses sourires mielleux en contrefaisant l'apparence de votre voisin, mais ô mes frères! ses dents sont acérées et vous la reconnaîtrez peut-être à son regard fuyant et trouble. A l'heure présente, la Bête est ici, parmi nous, à Tarkers Mills. La Bête va...

Mais il laisse sa phrase en suspens... et toute son éloquence le fuit, car il se passe une chose abominable dans son église inondée de soleil : ses paroissiens se transforment! Avec une horreur sans nom, il comprend que tous les fidèles agglutinés dans son église — et ils sont bien près de trois cents en ce Dimanche du Retour — sont en train de se transformer en loups-garous. Victor Bowle, le chef échevin, ce gros homme aux chairs blêmes et flasques... voilà que sa peau se basane, prend la consistance du cuir, se couvre d'un sombre pelage! Miss Violet MacKenzie, le professeur de piano... son anguleuse carcasse de vieille fille prend de l'ampleur, son long nez pointu s'aplatit, s'épate en mufle ! Elbert Freeman, l'obèse professeur de sciences naturelles, semble devenir encore plus obèse; les coutures de son costume bleu luisant d'usure éclatent l'une après l'autre et il en jaillit des tortillons de poils pareils au crin qui s'échappe d'un vieux sofa défoncé ! Ses lèvres épaisses et charnues se retroussent d'une manière obscène, révélant des dents aussi grosses que des touches de piano !

Dans son rêve, le révérend Lowe veut crier : « *La Bête !* » mais les mots s'arrêtent dans sa gorge et il s'éloigne de la chaire à reculons, épouvanté, en apercevant Cal Blodwin, son diacre, qui se dirige vers lui le long de l'allée centrale, grondant et titubant, le cou grotesquement tordu, une pluie de pièces et de billets s'abattant du plateau de quête qu'il serre encore dans sa main droite. Violet MacKenzie bondit sur lui et ils roulent ensemble sur l'allée, mordant et griffant, avec des jappements stridents qui sont proches de la voix humaine.

D'autres se joignent à la mêlée, et bientôt le tintamarre est aussi assourdissant que celui qui emplit un zoo à l'heure du repas des fauves. Le révérend Lowe se met à vociférer d'une voix aux accents extatiques : « *La Bête ! La Bête est là ! La Bête est partout ! Elle est partout ! Partout ! Partout !* » Mais cette voix n'est plus la sienne; elle s'est muée en un grondement inarticulé. Il abaisse son regard, s'aperçoit que les mains qui dépassent des manches du costume noir qu'il ne revêt que pour les grandes occasions se sont transformées en pattes griffues...

Et là-dessus, il se réveille.

Ce n'était qu'un rêve ! songe-t-il en se laissant retomber en arrière sur son oreiller. *Dieu merci, ce n'était qu'un rêve...*

Mais ce matin-là (le matin du Dimanche du Retour, qui est aussi le lendemain de la pleine lune), ce n'est pas un rêve qu'il trouve en face de lui en ouvrant le portail de son église, mais un cadavre au ventre béant étalé en travers de la chaire. C'est celui de Clyde Corliss, l'homme de peine qui assure l'entretien de l'église et de la sacristie depuis bien des années. Son balai-brosse est posé contre le mur à quelques pas de là.

Le rêve n'a rien à voir dans tout cela, quelque désir que puisse en avoir le révérend. Sa bouche s'ouvre. Il n'émet d'abord qu'une sorte de râle étranglé; ensuite, il se met à hurler.

Le printemps est de retour. Cette année, il a amené la Bête dans ses bagages.

JANVIER
FÉVRIER
MARS
AVRIL
MAI
JUIN
JUILLET
AOÛT
SEPTEMBRE
OCTOBRE
NOVEMBRE
DÉCEMBRE

C'est la nuit la plus brève de l'année. Alfie Knopfler, propriétaire gérant du *Chat and Chew*, l'unique cafétéria de Tarkers Mills, a retroussé les manches de sa chemise blanche au-dessus de ses avant-bras tatoués et musculeux et il astique énergiquement son long comptoir en Formica. Pour l'heure, l'établissement est rigoureusement vide. Son ménage terminé, Alfie s'octroie une petite pause et laisse son regard errer en direction de la rue. C'est par une nuit d'été odorante en tout point pareille à celle-ci qu'il a jadis perdu son pucelage. Sa partenaire était Arlene McCune, qui a épousé depuis un des jeunes avocats les plus en vue de Bangor. Elle se nomme à présent Arlene Bessey. Elle s'était sacrément démenée cette nuit-là sur la banquette arrière de la voiture d'Alfie. Et qu'est-ce que ça embaumait, bon Dieu !

La resplendissante clarté de la lune pénètre par l'embrasure de la porte va-et-vient. Alfie se figure que le manque de clients vient de ce que la Bête est censée rôder par les nuits de pleine lune, mais quant à lui, il n'éprouve ni crainte ni inquiétude. Il n'a pas peur parce qu'il fait ses quatre-vingt-quinze kilos, et que ses kilos se composent encore pour la majeure part de muscles solides qu'il a acquis du temps qu'il était dans la Marine. Et il n'est pas inquiet parce qu'il sait bien que les habitués seront tous là demain matin de bonne heure pour déguster leurs œufs au plat accompagnés de pommes de terre finement râpées et frites, le tout arrosé de café noir. Il se dit qu'il va peut-être fermer un peu plus tôt que d'habitude — débrancher le percolateur, tirer le rideau de fer, passer prendre un pack de six bières à la supérette d'à côté et se payer une petite toile au drive-in. Une belle soirée de juin illuminée de lune... C'est idéal pour regarder un film en sifflant quelques bières et en se remémorant d'anciennes conquêtes, qui toutes eurent pour cadre ce même drive-in.

Alfie esquisse un mouvement en direction du percolateur mais à cet instant précis, la porte s'ouvre. Résigné, il fait volte-face.

— Tiens! Comment ça va? s'exclame-t-il, un peu interloqué.

L'homme qui vient d'entrer fait partie de son noyau d'habitués, mais il se pointe rarement passé dix heures du matin.

Le client salue Alfie d'un signe de tête, et ils échangent quelques propos enjoués.

— Café? propose Alfie tandis que le client pose ses fesses sur la moleskine rouge d'un des tabourets capitonnés qui s'alignent devant le comptoir.

— Oui, volontiers.

Bah, songe Alfie en se dirigeant à nouveau vers son percolateur, j'arriverai toujours à temps pour la seconde partie du programme. Etant donné la mine qu'il a, ça m'étonnerait qu'il s'éternise. Il doit être bien fatigué. Ou alors c'est qu'il couve quelque chose. J'aurai largement le temps de...

Une stupeur incrédule balaye la suite de ses pensées, et il reste bouche bée, complètement ahuri. Comme tout le reste de l'établissement, le percolateur est d'une propreté immaculée et dans son flanc rebondi dont l'acier chromé reflète tout avec l'exactitude d'un miroir, Alfie assiste à un spectacle aussi incroyable qu'affreux. Son client, cet homme qu'il voit tous les jours, que *l'entière* population de Tarkers Mills voit tous les jours, subit une hideuse métamorphose. Les traits de son visage changent de forme, ils s'élargissent, épaississent comme sous l'effet de quelque monstrueuse fusion. Sa chemise de toile gonfle, gonfle... Soudain, les coutures de la chemise craquent, et absurdement les images d'un feuilleton télé que son neveu Ray aimait par-dessus tout lorsqu'il était gamin se bousculent dans l'esprit hagard d'Alfie Knopfler. Le feuilleton s'appelait *L'incroyable Hulk.*

La figure inoffensive et anodine du client prend l'aspect d'un mufle bestial. Ses yeux d'un brun liquide s'éclaircissent, deviennent d'un horrible vert iridescent. Il pousse un cri aigu qui tout à coup se brise, dégringole de plusieurs octaves comme un ascenseur qui choit brutalement dans le vide et se mue en un grondement de fauve caverneux.

La créature — monstre? loup-garou? quel nom lui donner? — pose une patte tâtonnante sur le comptoir et renverse une saupoudreuse à sucre. La patte se referme sur le cylindre de verre épais qui roule sur le Formica lisse en laissant dans son sillage une ligne de poudre blanche et, rugissant toujours, la créature lance le sucrier contre le tableau mural sur lequel de grandes feuilles manuscrites annonçant les spécialités du jour sont fixées par des rectangles de chatterton.

Alfie virevolte brusquement, heurtant le percolateur de la hanche. La lourde machine se décroche de son support et s'écrase au sol avec fracas, aspergeant les chevilles d'Alfie d'un jet de café bouillant. Alfie pousse un cri de douleur. Et de terreur. Car Alfie a peur, à présent. Il a oublié ses quatre-vingt-quinze kilos et les muscles solides qu'il a acquis dans la Marine, il a oublié son petit neveu Ray, il a oublié la partie de jambes en l'air avec Arlene McCune sur la banquette arrière de sa voiture. Il ne reste plus que la Bête qui gronde de l'autre côté du comptoir, telle une de ces abominables créatures du cinéma d'épouvante qui aurait soudain jailli de l'écran du drive-in.

La Bête bondit sur le comptoir avec une agilité terrifiante. Sa chemise est en lambeaux, et Alfie perçoit le son des clés et des pièces de monnaie qui s'entrechoquent au fond des poches de son pantalon déchiqueté.

La créature se jette sur Alfie. Il veut faire un saut de côté pour l'éviter, mais il bute sur le percolateur et s'étale de tout son long sur le linoléum bordeaux. Un rugissement tonitruant l'assourdit, il sent un flot d'haleine jaune contre sa nuque, puis une terrible douleur rouge au moment où les crocs de la Bête s'enfoncent dans ses deltoïdes et remontent vers l'épaule avec une force inouïe. Un grand geyser de sang éclabousse le sol, le comptoir, le gril.

Alfie se relève en chancelant. Le sang s'écoule à gros bouillons de l'énorme brèche de son dos. Il voudrait hurler, mais sa gorge n'émet aucun son. La lumière blanche et étincelante de la pleine lune d'été qui entre à flots par les fenêtres l'empêche de distinguer quoi que ce soit.

A nouveau, la Bête se jette sur lui.

L'aveuglante clarté de la lune est la dernière vision d'Alfie.

JANVIER
FÉVRIER
MARS
AVRIL
MAI
JUIN
JUILLET
AOUT
SEPTEMBRE
OCTOBRE
NOVEMBRE
DÉCEMBRE

Ils ont supprimé le 4 Juillet !
Les membres de la famille Coslaw se montrent extraordinairement peu compatissants quand Marty leur fait part de son indignation. Sans doute ne mesurent-ils pas toute l'étendue de sa peine.
— Ne sois pas bête, lui dit sa mère d'un ton sec.
Elle est souvent brusque avec lui, et lorsqu'elle éprouve le besoin de s'expliquer à elle-même cette brusquerie, elle se dit qu'elle ne va tout de même pas jouer les mères poules avec son fils pour la seule raison qu'il est infirme et qu'il restera cloué dans un fauteuil roulant jusqu'à la fin de ses jours.
— Tu verras, l'an prochain ça n'en sera que meilleur, lui dit son père en lui assenant une claque vigoureuse sur l'épaule. Deux fois meilleur, bon sang de bois ! Tu verras, bonhomme ! Eh, eh !
Herman Coslaw enseigne l'éducation physique à l'école communale de Tarkers Mills et lorsqu'il s'adresse à son fils, il adopte presque toujours un ton artificiellement jovial. En lui-même, Marty a trouvé un nom à ce phénomène : il se dit que son père prend « sa voix de Grand Copain ». Herman Coslaw émaille en outre sa conversation de nombreux « eh, eh ! ». Pour tout dire, son fils le met un peu mal à l'aise. Herman vit dans un univers peuplé de gamins qui s'adonnent à toutes sortes d'exercices violents, font la course, tapent comme des sourds sur des balles de base-ball, nagent des quatre fois cent mètres en crawl, et, du milieu de

ce remue-ménage perpétuel qu'il est chargé de chapeauter, il lui arrive de lever les yeux et d'apercevoir Marty qui l'observe, assis dans son fauteuil roulant à quelque distance de là. Cela met Herman Coslaw mal à l'aise, et quand il est mal à l'aise, il prend sa voix bourrue de « Grand Copain », profère quantité de « eh, eh! » et de « bon sang de bois » et appelle Marty « bonhomme ».

— Ah, ah! Eh bien comme ça, pour une fois, tu seras privé de quelque chose qui te faisait envie! s'écrie Katie, la sœur aînée de Marty, quand ce dernier essaye de lui dire combien il rêvait de cette soirée, quelle fête il se faisait à l'avance — comme tous les ans — des bouquets de lumières multicolores qui allaient éclore au ciel au-dessus du parc municipal, des grandes lueurs éblouissantes suivies de déflagrations roulantes dont l'écho va se perdre au loin dans les collines qui enserrent la ville.

Katie a treize ans — trois ans de plus que Marty — et elle est persuadée que si son frère est l'objet de tant d'attentions de la part de tout le monde, c'est pour la seule et unique raison qu'il n'a pas l'usage de ses jambes. L'annulation du feu d'artifice du 4-Juillet, elle en est ravie.

Même le grand-père Coslaw, qui en temps normal déborde de sollicitude envers Marty, ne s'était pas laissé émouvoir.

— Voyons, mon bedit, berzonne n'a zupprimé le 4-Chuillet! lui avait-il dit avec son accent slave à couper au couteau.

C'était arrivé le 2 juillet, quarante-huit heures plus tôt. Le vieux père Coslaw prenait le frais sur la véranda, un verre de schnaps à la main, et s'abîmait dans la contemplation de la pelouse qui descend en pente douce vers le petit bois, lorsque Marty avait franchi en vrombissant la porte-fenêtre à bord de son fauteuil électrique.

— Ils ont juste annulé le feu d'artifice, et tu sais bien pourquoi.

Marty savait pourquoi, bien sûr. C'était à cause du tueur. Les journaux l'avaient baptisé « le Tueur de la pleine lune », et il aurait fallu que Marty soit sourd pour ne pas saisir au vol quelques-unes des folles rumeurs qui s'étaient mises à circuler à l'école, bien avant le début des vacances d'été. D'après les élèves qui les colportaient, le Tueur de la pleine lune n'était pas un être humain, mais une créature surnaturelle, un genre de loup-garou. Marty n'y croyait guère. Les loups-garous, c'est juste bon pour les films d'horreur. Par contre, il lui semblait tout à fait plausible que Tarkers Mills puisse abriter un de ces dingues qui éprouvent une envie de meurtre irrépressible chaque fois que la lune est pleine. En tout cas, c'était pour cela que la municipalité avait décrété son sale *couvre-feu* pourri qui avait entraîné l'annulation du feu d'artifice.

Au mois de janvier, lorsque Marty restait assis dans son fauteuil roulant, le nez collé aux vitres de la porte-fenêtre à regarder le vent soulever de grands voiles de neige au-dessus du gazon encroûté de givre, ou qu'il se tenait debout derrière l'imposte de la porte de devant, immobilisé par la lourde gangue d'acier de ses prothèses verrouillées, et observait les autres mioches en train d'escalader le flanc enneigé de la colline de Wright en traînant leur luge derrière eux, la seule *idée* du 4-Juillet suffisait à le consoler. Il imaginait déjà la tiède nuit d'été, le Coca glacé au creux de sa paume, les roses de feu s'épanouissant sur le ciel d'encre, les grands soleils tournoyants, le drapeau américain formé de chandelles romaines.

Et voilà qu'à présent ils ont annulé le feu d'artifice! Qu'on lui dise tout ce qu'on voudra, Marty ne peut pas s'empêcher d'y voir une manière d'abolition du 4-Juillet lui-même, de *son* 4-Juillet à lui.

Seul son oncle Al, qui a débarqué à la fin de la matinée pour déguster en famille le repas de saumon cuit et froid accompagné de salade de petits pois frais sans lequel il n'est pas de 4-Juillet digne de ce nom en Nouvelle-Angleterre, a fait preuve envers lui d'une certaine compréhension. Il a écouté Marty avec attention, debout sur la véranda, le maillot de bain trempé qu'il portait pour tout vêtement gouttant sur les dalles d'ardoise. C'était juste après le déjeuner, et les autres membres de la famille Coslaw étaient occupés à batifoler dans leur piscine neuve, de l'autre côté de la maison.

Marty a achevé son explication, ensuite il a levé sur son oncle Al un regard plein d'espérance.

— Tu vois ce que je veux dire? Tu saisis, oncle Al? Contrairement à ce que prétend Katie, ça n'a rien à voir avec mon infirmité, et ce n'est pas non plus que je place mon patriotisme dans le feu d'artifice, comme pépé se l'imagine. C'est simplement que, quand on a attendu si longtemps quelque chose, on se dit qu'il n'est pas... pas normal que Victor Bowle et tous ces débiles du conseil municipal puissent vous le souffler comme ça sous le nez. Surtout quand ce quelque chose-là est d'une importance vraiment vitale. Tu comprends ?

L'oncle Al médita longtemps sans rien dire sur les questions de Marty. Celui-ci était au supplice. Pendant que le silence s'éternisait, il entendit le plongeoir qui vibrait bruyamment au-dessus du grand bain de la piscine familiale et la voix joviale de son père qui beuglait : « Il était beau, celui-là, Katie! Eh, eh! *Rudement* beau! »

Ensuite, d'une voix très douce, son oncle Al déclara :

— Bien sûr que je comprends. Et j'ai quelque chose pour toi, je crois. Tu vas peut-être pouvoir t'offrir ton 4-Juillet personnel.

— Mon 4-Juillet personnel ? Qu'est-ce que tu entends par là ?

— Viens, Marty, allons à ma voiture, j'ai quelque chose qui... enfin, tu verras, quoi.

Avant que Marty ait eu le temps de lui poser de nouvelles questions, l'oncle Al s'éloigna à grands pas le long de l'allée cimentée qui mène devant la maison.

Marty s'engagea à son tour sur l'étroite bande de ciment et se dirigea vers l'entrée de l'allée carrossable, laissant derrière lui le tintamarre qui s'élevait de la piscine, le claquement des corps frappant l'eau, la vibration sonore du plongeoir, les éclats de rire — et la grosse voix de « Grand Copain » de son père. Le fauteuil roulant émettait ce bourdonnement bas et monotone auquel Marty est tellement habitué qu'il n'y fait plus guère attention, pas plus qu'au cliquetis métallique de ses prothèses. Toute sa vie, ces sons ont été la musique de ses mouvements.

La voiture de l'oncle Al était une Mercedes décapotable au profil bas et aérodynamique. Marty n'ignorait pas que ses parents voyaient la Mercedes d'un mauvais œil. « Ce n'est jamais qu'un engin de mort à vingt-huit mille dollars » : c'est ainsi que sa mère l'avait qualifiée un jour, en soulignant sa déclaration d'un reniflement méprisant. Mais pour sa part, Marty adorait cette voiture. Une fois, son oncle Al l'avait emmené faire une balade le long des petites routes de campagne qui forment un lacis compliqué autour de Tarkers Mills. Ils avaient roulé à fond de train. L'oncle Al était monté à 110, peut-être même 130. Il avait refusé de répondre quand Marty lui avait demandé à quelle vitesse ils allaient. « Vaut mieux que tu ne le saches pas, sans quoi tu auras la frousse », avait-il dit. Mais Marty n'avait pas eu peur. Il avait tellement ri qu'il en avait encore mal au ventre le lendemain.

Marty vit que l'oncle Al fourrageait dans la boîte à gants de la Mercedes tandis qu'il roulait vers lui. Lorsque le fauteuil roulant s'arrêta à sa hauteur, il posa un petit paquet entouré de cellophane en travers des cuisses atrophiées du garçonnet.

— Et voilà, mon grand, lui dit-il. Joyeux 4-Juillet!

Marty remarqua d'abord que l'étiquette du paquet était couverte d'exotiques caractères chinois. Ensuite il vit ce qu'il contenait, et il éprouva un pincement au cœur. Le paquet en cellophane était plein de pièces d'artifice.

— Ces petits cônes sont des feux de Bengale, expliqua l'oncle Al.

Littéralement abasourdi de bonheur, Marty remua les lèvres pour parler, mais il n'émit aucun son.

— Tu allumes la mèche, tu les poses par terre et ils projettent autant de lumières différentes qu'il y en a dans le souffle d'un dragon. Ces tubes au bout des minces baguettes sont des fusées. Tu les allumes, tu les places dans une bouteille de Coca vide et elles décollent. Les tout petits sont des fontaines argentées. Il y a aussi une paire de chandelles romaines et, bien entendu, un étui de pétards. Mais pour ce qui est des pétards, tu ferais mieux d'attendre jusqu'à demain.

L'oncle Al lança un regard en direction de la piscine.

— Merci! parvint enfin à articuler Marty. Merci, oncle Al!

— Tout ce que je te demande, c'est de ne dire à personne où tu les as eus. Motus et bouche cousue, d'accord?

— D'accord! D'accord! bredouilla Marty. Mais tu es sûr qu'ils ne te manqueront pas, oncle Al?

— Je sais où m'en procurer d'autres, dit l'oncle Al. Je connais un gars qui en vend à Bridgton. Il fera des affaires jusqu'au soir (1). (L'oncle Al posa une main sur la tête de son neveu.) Quand ils seront tous au lit, fais-toi ton petit 4-Juillet à toi. Mais ne te sers pas des pétards, tu ameuterais tout le quartier. Et pour l'amour du ciel, ne va pas t'arracher la main, sans quoi ma chère sœur ne m'adressera plus jamais la parole.

Là-dessus l'oncle Al éclata de rire, s'installa au volant et fit rugir le moteur de la Mercedes. Il porta deux doigts à sa tempe en guise de salut et démarra en trombe avant que Marty ait eu le temps de bredouiller les paroles de remerciement qui se pressaient à ses lèvres. Marty regarda la Mercedes s'éloigner en refrénant à grand-peine une envie de pleurer. Ensuite, il fourra le paquet en cellophane sous sa chemise et remonta l'allée en vrombissant. Il franchit la porte-fenêtre et se rendit directement dans sa chambre. Il lui tardait déjà qu'il fasse noir et que toute la famille soit endormie.

Ce soir-là, Marty est le premier couché. Sa mère vient lui dire bonne nuit. Elle l'embrasse sur les deux joues avec sa brusquerie coutumière, en évitant de regarder ses jambes qui dessinent sous le drap la forme de deux frêles baguettes.

— Tout va bien, Marty? demande-t-elle.
— Oui, m'man.

Sa mère hésite, comme si elle allait dire quelque chose, mais en fin de compte, elle se borne à hocher légèrement la tête avant de se retirer.

Katie entre dans la chambre à son tour. Elle n'embrasse pas Marty. Elle approche simplement sa tête de son visage, si bien que Marty peut sentir l'odeur de chlore dont ses cheveux sont imprégnés tandis qu'elle lui murmure à l'oreille :

— Tu vois, Marty, tu ne peux pas toujours avoir ce que tu veux rien que parce que tu es infirme!
— J'en ai peut-être eu plus que tu ne crois, dit Marty à mi-voix, et Katie le dévisage un moment avec de petits yeux soupçonneux avant de s'en aller.

Le père de Marty vient en dernier et il s'assied au bord du lit.

---

(1) Contrairement à celui des armes à feu, le commerce des pièces d'artifice est rigoureusement prohibé dans la plupart des Etats américains, et elles se vendent sous le manteau.

— Alors, bonhomme, tout va comme tu veux ? lui demande-t-il de sa voix bourrue de " Grand Copain ". Tu t'es couché tôt, dis donc. *Rudement* tôt.

— C'est juste que je suis un peu fatigué, papa.

— Ah bon. (Il tapote une des cuisses atrophiées de Marty de sa grosse main, grimace instinctivement et se relève en toute hâte.) Navré pour le feu d'artifice, mais l'an prochain tu m'en diras des nouvelles ! Eh, eh ! Youp-la-boum !

Marty sourit dans son for intérieur.

Après quoi il se met à attendre que le reste de la maisonnée se décide à aller au lit. Ça n'en finit pas de durer. La télé jacasse sans trêve dans la salle de séjour, et les éclats de rire préenregistrés sont fréquemment augmentés des pépiements ravis de Katie. Dans les vécés attenants à sa chambre, le grand-père Coslaw actionne la chasse d'eau avec un bruit de cataracte. La mère de Marty est pendue au téléphone. Elle souhaite à son interlocuteur un joyeux 4-Juillet. Oui, dit-elle, c'est bien triste que le feu d'artifice n'ait pas pu avoir lieu ; mais vu les circonstances, elle voit mal comment il aurait pu en aller autrement. Oui, Marty a été tout désappointé, évidemment. A un moment, vers la fin de la conversation, Mrs Coslaw s'esclaffe et il n'y a pas le moindre soupçon de brusquerie dans son rire. Elle ne rit pour ainsi dire jamais en présence de Marty.

A intervalles réguliers, tandis que les aiguilles de son réveil se traînent languissamment de 7 h 30 à 8, puis 9 heures, Marty glisse une main sous son oreiller pour s'assurer que le paquet en cellophane est toujours là. Sur le coup de 9 h 30, alors qu'une lune déjà haute s'encadre dans le panneau supérieur de la fenêtre et baigne la chambre de Marty de sa lumière argentée, la maison commence enfin à s'apaiser peu à peu.

La télé se tait brusquement et Katie se résigne à aller au lit en protestant que tous ses copains ont le droit de veiller *tard* pendant l'été. Après son départ, les parents de Marty restent encore un moment dans le salon. Marty ne perçoit de leur conversation qu'une suite de murmures étouffés. Après cela...

... Après cela, il s'est peut-être bien assoupi, car lorsqu'il palpe à nouveau son fabuleux paquet de feux d'artifice, il s'aperçoit que la maison est plongée dans un complet silence et que l'éclat de la lune est désormais assez intense pour que les objets projettent des ombres. Il sort le précieux paquet de sa cachette, ainsi que la pochette d'allumettes qu'il a chipée durant l'après-midi. Il rentre les pans de sa veste de pyjama dans son pantalon, fourre le paquet et la pochette à l'intérieur de la veste, et entreprend de s'extirper de son lit.

C'est une opération complexe, mais qui n'a rien de douloureux, contrairement à ce que la plupart des gens semblent croire. Ses jambes, rigoureusement insensibles, ne peuvent le faire souffrir en aucune façon. Il s'accroche d'une main à la barre supérieure du lit, se hisse lentement sur son séant et fait passer une jambe, puis l'autre, au-dessus du sol. De son autre main, il saisit la rampe d'aluminium scellée au mur qui part de son lit et fait tout le tour de la chambre. Un jour, il avait essayé de soulever ses jambes à deux mains et il était tombé cul par-dessus tête sur le plancher. Le fracas de sa chute avait fait accourir toute la maisonnée. « Sale petit frimeur ! » lui avait soufflé sa sœur avec férocité après qu'on l'eut fait asseoir dans son fauteuil, un peu sonné mais secoué par un fou rire irrépressible en dépit de son front contusionné et de sa lèvre fendue. « Tu veux te tuer, hein ? C'est ça que tu veux, dis ? » avait ajouté Katie, sur quoi elle avait fondu en larmes et s'était ruée hors de la chambre.

Une fois assis au bord du lit, il s'essuie les mains sur le devant de sa veste de pyjama afin qu'elles soient bien sèches et ne risquent pas de glisser. Puis il se hisse jusqu'à son fauteuil en faisant passer successivement une main, puis l'autre le long de la rampe. Ses jambes, aussi inutiles que celles d'une poupée de son, traînent derrière lui sur le plancher. L'éclat de la lune est tel que son ombre se découpe sous lui avec des contours absolument nets.

D'un mouvement sûr et léger, Marty se propulse sur le siège de son fauteuil roulant, qui est en position d'arrêt. Il s'accorde quelques instants de repos et reprend sa respiration en écoutant le grand silence de la maison. *Ne te sers pas des pétards, tu ameuterais tout le quartier*, lui a dit l'oncle Al, et en écoutant ce silence, Marty comprend qu'il avait raison. Il va s'offrir son petit 4-Juillet en douce et à l'insu de tout le monde. Demain, en apercevant les restes calcinés des feux de

Bengale et des fontaines argentées sur les dalles de la véranda, ils sauront tout, mais à ce moment-là, ça n'aura plus d'importance. *Ils projettent autant de lumières différentes qu'il y en a dans le souffle d'un dragon*, a dit l'oncle Al. Mais Marty se figure qu'aucune loi n'interdit à un dragon de cracher des flammes, pourvu qu'il le fasse discrètement.

Il desserre le frein à main qui bloque les roues de son fauteuil et enclenche la commande de marche. Le voyant qui indique que sa batterie est chargée troue la pénombre de son petit œil d'ambre. Marty enfonce la touche RIGHT TURN, et le fauteuil oblique docilement vers la droite. Une fois qu'il fait face à la porte de la véranda, il enfonce la touche FORWARD et le fauteuil s'ébranle en bourdonnant tout bas.

Marty tire le verrou de la porte-fenêtre, enfonce à nouveau la touche FORWARD et sort sur la véranda. Arrivé dehors, il défait l'emballage de son précieux paquet de feux d'artifice, puis il reste un moment immobile, captivé par la nuit d'été, la stridulation assourdie des grillons, la brise parfumée qui agite imperceptiblement les frondaisons à la lisière des bois, la lune presque irréelle qui nimbe tout de sa clarté radieuse.

Marty n'en peut plus d'attendre. Il sort un serpenteau du paquet, en allume la mèche et le regarde, pétrifié, béat, tandis qu'il jette autour de lui une profusion d'étincelles vertes et bleues, puis grossit magiquement et crache des flammes par la queue en déroulant ses anneaux.

Le 4-Juillet! se dit Marty, les yeux pleins de lumière. *Mon 4-Juillet à moi! Joyeux 4-Juillet, Marty!*

La flamme vive du serpenteau décline, vacille, puis s'éteint. Marty allume un de ses feux de Bengale en forme de pyramide. Il produit une phosphorescence qui est du même jaune criard que le tee-shirt fétiche que Mr Coslaw revêt toujours pour aller jouer au golf. Avant qu'il se soit éteint, Marty en allume un second, et celui-ci exhale une flamme d'un pourpre délicat semblable à celui des roses que Mrs Coslaw a plantées au pied de la clôture de pieux qui entoure la piscine. A présent, la nuit s'est emplie d'une délicieuse odeur de poudre qui s'évanouira peu à peu dans la brise.

D'un geste machinal, Marty tire ensuite de son

paquet l'étui plat qui contient un chapelet de cinq pétards. Ce n'est qu'après l'avoir ouvert qu'il se rend compte qu'il était à deux doigts de commettre l'irréparable. Si jamais il avait été jusqu'à la mise à feu, le crépitement de mitraillette de ces sacrés pétards aurait réveillé tout le voisinage et provoqué un charivari de tous les diables. Sans parler d'un certain garçon de dix ans du nom de Marty Coslaw qui aurait été en disgrâce au moins jusqu'à Noël.

Marty repousse les pétards. Il plonge une main dans le paquet avec jubilation et en ramène un feu de Bengale de très gros calibre, qui serait sûrement apte à concourir pour le titre mondial de champion des Feux de Bengale, catégorie poids lourd. Il est presque aussi gros que le poing de Marty, lequel procède à sa mise à feu avec un mélange de délectation et d'effroi.

Une lueur de fournaise, éclatante et rouge, illumine la nuit; c'est dans sa lumière mouvante et brasillante que Marty discerne un mouvement dans les fourrés qui bordent la lisière des bois, en contrebas de la véranda. Ensuite, une sorte de toussotement — ou de feulement — étouffé se fait entendre, et la Bête surgit.

Un moment, elle reste debout à l'orée du gazon, le mufle dressé, comme pour humer l'air. Puis elle entreprend de gravir d'un pas lourd et lent la pente légère qui conduit à la véranda sur laquelle Marty est assis, les yeux écarquillés, le dos rencogné contre le dossier en grosse toile de son fauteuil roulant. La Bête a le buste penché en avant, mais hormis cela, elle marche incontestablement debout sur ses pattes de derrière, à la façon d'un bipède — à la façon d'un être humain. Les lueurs rougeoyantes du feu de Bengale font danser des flammes démoniaques dans ses yeux verts.

Elle progresse sans hâte, fronçant et défronçant rythmiquement ses larges narines. Elle a flairé une proie, et son odorat lui annonce sans doute qu'il s'agit d'une proie sans défense. Son odeur parvient à Marty : une âcre senteur de fauve, de pelage humide de suint. Elle émet un grondement et retrousse ses babines charnues, couleur de foie cru, découvrant une double rangée de larges crocs effilés. Sa toison est teintée d'un pâle rouge aux reflets d'argent.

Au moment où la Bête parvient à la hauteur de Marty, et où ses pattes griffues si semblables à des mains humaines se tendent vers sa gorge, le garçonnet se rappelle soudain son étui de pétards. Sans même y réfléchir, il gratte une allumette et l'approche de la mèche collective. Elle se consume en un éclair, formant une fine ligne de feu qui roussit le duvet léger du dos de sa main. Désemparé, le loup-garou fait un pas en arrière en émettant un grognement interrogateur (le grognement, tout comme ses pattes, a quelque chose de très humain), et Marty lui lance le chapelet de pétards à la figure.

Ils explosent en une bruyante pétarade, avec d'aveuglantes fulgurations. La Bête pousse un horrible rugissement de rage et de souffrance et elle recule maladroitement en battant frénétiquement l'air de ses pattes pour essayer de se protéger de cette pluie d'étincelles et de minuscules brandons qui lui pénètrent dans les chairs. Quatre pétards explosent d'un coup avec un formidable bruit de tonnerre à quelques centimètres de son mufle, et Marty voit un de ses yeux verts luminescents s'éteindre comme une flamme de chandelle. A présent, la créature pousse des hurlements de douleur. Elle se laboure la face de ses griffes en meuglant pitoyablement et à l'instant où les premières lumières paraissent aux fenêtres de la maison des Coslaw, elle tourne les talons, dévale la pente de la pelouse en bondissant et disparaît dans les bois, ne laissant derrière elle qu'une piquante odeur de poil brûlé. Des exclamations et des cris affolés fusent de la maison.

— Mais qu'est-ce qui se passe ? crie la voix de Mrs Coslaw, avec des accents dont toute brusquerie est décidément absente.

— Qui est-ce qui fait ce raffut, bon Dieu ? vocifère Mr Coslaw d'une voix qui n'a pas grand-chose à voir avec sa voix de « Grand Copain ».

— Marty ? fait Katie d'une voix tremblante, dans laquelle il n'y a pas la plus petite ombre de méchanceté. Marty, tu n'as rien ?

Le grand-père Coslaw a dormi comme un bienheureux tout au long de ce concert de détonations et de cris.

Marty se laisse retomber contre le dossier de son fauteuil tandis que la lueur rouge du feu de Bengale géant décline peu à peu. A présent, elle a pris la teinte pâle et délicate d'une aurore qui point à peine au ciel.

Le garçonnet est bien trop secoué pour pouvoir pleurer. Toutefois, le choc qu'il éprouve n'est pas entièrement funeste. Demain, ses parents l'expédieront à Stowe, dans le Vermont, chez son oncle Jim et sa tante Ida, où il demeurera jusqu'à la fin des vacances d'été (les policiers chargés de l'enquête leur donneront raison d'agir ainsi, car pour eux, l'hypothèse que le Tueur de la pleine lune essaye à nouveau d'attenter à la vie de Marty afin de le faire taire ne saurait être exclue). N'empêche qu'il éprouve aussi une profonde exultation, et que l'exultation l'emporte en lui sur l'horreur. Il a aperçu la face abominable de la Bête et il est encore vivant. Et il y a aussi cette joie simplette, enfantine et secrète qui lui gonfle le cœur, une joie dont il ne pourra jamais faire part à personne, pas même à son oncle Al, le seul être qui serait susceptible de la comprendre. La joie d'avoir eu droit malgré tout à ce feu d'artifice dont il rêvait tant.

Et tandis que ses parents se livraient à d'interminables ruminations en se posant mille questions sur les dégâts que cette affreuse mésaventure avait pu occasionner dans les tréfonds de son inconscient, Marty Coslaw acquit l'intime conviction qu'il avait vécu là le plus beau 4-Juillet de sa vie.

JANVIER
FÉVRIER
MARS
AVRIL
MAI
JUIN
JUILLET
AOÛT
SEPTEMBRE
OCTOBRE
NOVEMBRE
DÉCEMBRE

— Sûr que je pense que c'est un loup-garou ! déclare le constable Neary.

Il a parlé trop fort — comme par hasard, mais le hasard fait parfois bien les choses — et toutes les conversations s'arrêtent brusquement dans le salon de coiffure Stan's. Le mois d'août le plus torride qu'on ait connu à Tarkers Mills depuis bien des années vient d'entrer dans sa troisième semaine. Ce soir, le cycle de la lunaison touche à son terme et toute la ville retient son souffle.

Le constable Neary, qui trône dans le fauteuil central, celui où Stan Pelsky officie en personne, parcourt son auditoire des yeux avant de renouer le fil de son discours. Il parle avec importance, du ton docte et sentencieux d'un homme qui a poussé l'instruction jusqu'au brevet de fin d'études secondaires, même s'il le doit plus à la carrure imposante qui lui a permis de réaliser un nombre respectable de touchés au sol pour le compte de l'équipe de football du lycée qu'à ses performances scolaires proprement dites (il restait généralement cantonné dans les « D », avec quelques « C » de-ci, de-là).

— Y a des gars qui sont comme deux personnes en une, si vous voulez, explique-t-il. Leur personnalité est double, voyez. Y a un nom pour ça, d'ailleurs. Ça s'appelle de la *schizophrénie*.

Il marque un arrêt pour savourer le silence respec-

53

tueux que ce vocable ronflant ne peut manquer de susciter, ensuite il continue :

— Eh bien à mon avis, c'est à un de ces putains de *schizophrènes* qu'on a affaire. Quand la lune est pleine, il s'en va égorger quelqu'un, mais je ne crois pas qu'il soit conscient de ce qu'il fait. Il pourrait être le premier Tartempion venu. Il est peut-être caissier à la banque d'à côté, ou pompiste dans une des stations-service de la voie d'accès à l'autoroute. Peut-être même qu'il est ici, parmi nous, en ce moment. Si vous me demandez s'il s'agit d'un monstre dans le sens qu'il dissimule une bestialité foncière sous un aspect parfaitement normal, là, d'accord, ça ne fait pas un pli. Par contre, vous n'irez pas me faire croire qu'il peut s'agir d'un gus à qui il pousse des poils et qui se met à hurler à la lune. Non. Ce genre de conneries, c'est bon pour les mômes.

— Et le petit Coslaw, Neary, qu'est-ce que vous en dites, alors ? interroge Stan tout en continuant de s'activer sur le bas de la nuque du constable.

Ses longs ciseaux effilés virevoltent en cliquetant autour des épais bourrelets de graisse.

— Justement, ça illustre bien ce que je viens de vous dire, rétorque Neary avec un soupçon d'irritation dans la voix. Ce genre de conneries, c'est bon pour les mômes.

A vrai dire, Neary est bel et bien irrité — et même hors de lui — au sujet de ce qui s'est passé avec Marty Coslaw. Ce gamin-là aurait été le premier témoin oculaire susceptible de lui décrire le détraqué qui a occis une demi-douzaine de citoyens de sa ville, parmi lesquels son vieil ami Alfie Knopfler. Vous croyez peut-être qu'on lui aurait permis de poser quelques questions au mouflet ? Eh bien non, figurez-vous. On n'a même pas eu l'obligeance de lui dire où il se trouvait. Il a dû se contenter de la déposition écrite dont les policiers d'Etat ont eu la bonté de lui fournir un double, et encore a-t-il dû se livrer à des salamalecs avant qu'ils y consentent. C'est tout juste s'il ne lui a pas fallu se mettre à genoux. Tout ça parce qu'il n'est qu'un simple flic de campagne que ces enfoirés de la police d'Etat considèrent comme une espèce de demeuré, même pas fichu de lacer ses propres souliers, sous prétexte qu'il n'arbore pas comme eux un de ces chapeaux de scout à la noix. Et quant à cette déposition, il aurait aussi bien pu se torcher le derrière avec. Le petit Coslaw soutenait avoir vu une « bête » de sept pieds de haut, nue, au corps entièrement couvert d'un pelage de couleur sombre. Elle avait d'énormes crocs, des yeux verts iridescents, et répandait à peu près l'odeur d'un plein baquet de merde de puma. Elle avait de longues griffes, mais ses pattes ressemblaient à des mains humaines. Il lui avait semblé aussi qu'elle était pourvue d'un appendice caudal. D'une *queue*, bordel! Et puis quoi encore?

Kenny Franklin, qui est assis sur une des chaises alignées le long du mur, y va de son grain de sel.

— Peut-être bien qu'il porte un déguisement, votre gars, suggère-t-il. Peut-être qu'il a un masque, quoi.

— Ça, j'y crois pas du tout alors! rétorque Neary avec une conviction farouche. (Il souligne sa déclaration d'un hochement de tête vigoureux, et Stan ne doit qu'à un prompt réflexe de ne pas planter ses ciseaux dans l'épaisse protubérance charnue qu'il s'échinait à contourner.) Oh non! Je n'y crois pas, reprend Neary. Ce gosse a entendu les histoires de loup-garou qui circulaient dans son école juste avant les vacances — il l'a d'ailleurs reconnu — et comme il n'a rien de mieux à faire que de rester toute la journée dans son fauteuil à remuer des bêtises dans sa tête... C'est psychologique, ce truc, vous comprenez? Bon sang, Kenny, même si c'était *toi* qui étais sorti des fourrés sous la pleine lune, il t'aurait pris pour un loup!

Kenny éclate d'un rire un peu forcé.

— Non, conclut Neary, lugubre, le témoignage du petit Coslaw ne vaut pas un clou.

Lorsqu'il a parcouru la déposition de Marty Coslaw (qui a été recueillie à Stowe, chez son oncle Jim), le constable Neary éprouvait tant de rancœur et de dépit qu'il en a sauté les lignes suivantes : *Quatre pétards ont explosé d'un coup sur le côté de son visage (si on peut appeler ça un visage), et je crois bien que l'explosion lui a crevé l'œil gauche.*

Si le constable Neary avait un tant soit peu ruminé là-dessus (et bien entendu ce n'est pas le cas), il n'aurait fait que se gausser de plus belle de ce tissu de calembredaines. Car en ce mois d'août caniculaire de 1984, Tarkers Mills n'abrite qu'un seul individu porteur d'un bandeau à l'œil gauche, et c'est bien le *dernier* que l'on pourrait soupçonner d'être le Tueur de la pleine lune. Les soupçons de Neary se porteraient plus vite sur sa pauvre vieille maman que sur cet homme-là.

— Il n'y a qu'un moyen de tirer cette affaire au clair, affirme le constable Neary en pointant un index résolu en direction des quatre hommes qui ont pris place sur les chaises alignées le long du mur pour attendre leur coupe de cheveux du samedi, c'est un boulot de police consciencieux. Et ce boulot, c'est *moi* qui vais le faire. Les guignols de la police d'Etat feront moins les farauds quand j'aurai alpagué l'assassin. (Son visage prend une expression rêveuse.) Ça pourrait être le premier Tartempion venu, répète-t-il. Un caissier de banque... Un pompiste... Le gars avec qui vous venez de trinquer au bar d'en face. Mais avec un boulot de police consciencieux, l'affaire sera vite réglée. Ça, je vous en fiche mon billet.

Par malheur, le boulot de police consciencieux du constable Lander Neary est brutalement interrompu le soir même. Il vient de ranger son tout-terrain Dodge à l'intersection de deux routes de campagne dans la périphérie ouest de Tarkers Mills lorsqu'un bras velu et argenté de lune s'introduit par la vitre ouverte du camion. En même temps qu'un rauquement de fauve, Neary perçoit une odeur épouvantable de bête féroce, pareille à ces âcres effluves qui flottent dans les ménageries aux abords de la cage des lions.

Une violente torsion lui tire la tête vers la gauche, et son regard effaré se pose sur un unique œil vert. Ensuite il aperçoit le mufle velu, les babines humides et noires. Et quand les babines se rétractent, il voit aussi les crocs. D'un geste presque espiègle, la Bête détend une patte et lui arrache la joue, découvrant tout le côté droit de sa mâchoire. De grands torrents de sang jaillissent de la joue ouverte. Neary sent le liquide tiède qui s'insinue sous le col de sa chemise. Il se met à hurler; le cri s'échappe à la fois de sa bouche et de sa joue. Au-dessus des épaules ondoyantes de la Bête, il voit une lune ronde d'où tombent des rayons d'une blancheur éclatante.

Neary a oublié son fusil à pompe et le colt 45 qu'il porte à la ceinture. Il a oublié que c'était psychologique, ce truc. Il a oublié le boulot de police consciencieux. Il a l'esprit obnubilé par ce que Kenny Franklin lui a dit ce matin chez le coiffeur : *Peut-être bien qu'il porte un déguisement, votre gars. Peut-être qu'il a un masque, quoi.*

Si bien qu'au moment même où le loup-garou approche sa patte de la gorge de Neary, celui-ci avance les deux mains vers sa face velue, saisit deux solides poignées de poils drus et rêches et se met à tirer dessus dans l'espoir insensé que le masque va céder, qu'il va entendre un claquement d'élastique suivi d'un bruit mouillé de latex arraché et qu'il verra le visage du tueur.

Mais rien ne se produit, sauf que la Bête pousse un rugissement de rage et de douleur et lui tranche la gorge d'un revers de la main. (Neary a juste le temps de voir qu'il s'agit bien d'une main, malgré les longues griffes qui la déforment hideusement. Une *main*! Le petit Coslaw ne s'est donc pas trompé!) Un geyser de sang éclabousse le pare-brise et le tableau de bord, et des gouttes écarlates colorent le liquide ambré de la bouteille de bière Busch que le constable Neary avait calée entre ses cuisses.

De son autre main, le loup-garou empoigne les cheveux fraîchement coupés de Neary, et lui extirpe le haut du corps hors de la cabine du Dodge tout-terrain. Après avoir émis un bref hurlement de triomphe, la Bête enfouit son museau dans la gorge béante et assouvit sa faim tandis que la bière s'écoule en gargouillant de la bouteille renversée et répand une écume rosâtre sur le plancher du camion.

C'est beau, la psychologie.
C'est beau, la conscience professionnelle.

JANVIER
FÉVRIER
MARS
AVRIL
MAI
JUIN
JUILLET
AOÛT
SEPTEMBRE
OCTOBRE
NOVEMBRE
DÉCEMBRE

Tandis que les journées s'étirent une à une et que la nuit de la pleine lune se rapproche inéluctablement, la population apeurée de Tarkers Mills soupire en vain après une trêve que la canicule ne paraît pas décidée à lui accorder. Ailleurs dans le vaste monde, les éliminatoires de base-ball battent leur plein, la saison de football vient de s'ouvrir par une série de rencontres amicales et le 21 septembre, un speaker de télé hilare informe le bon peuple du Maine que les Rocheuses canadiennes ont reçu vingt centimètres de neige au cours des dernières vingt-quatre heures. Mais dans ce petit coin de l'univers, l'été s'accroche avec obstination. Dans la journée, le thermomètre ne descend guère au-dessous de 22 degrés. Les gamins ont repris le chemin de l'école depuis déjà trois semaines, mais le cœur n'y est pas. Ils somnolent dans la torpeur moite de salles de classe où l'on croirait que les horloges ont été réglées pour ne marquer qu'une minute à chaque fois qu'il s'écoule une heure en temps réel. De violentes querelles rompent à tout bout de champ l'harmonie des ménages. À la station-service Gulf, sur la voie d'accès à l'autoroute, un touriste immatriculé dans le New Jersey fait une remarque désobligeante au sujet du prix de l'essence, et Pucky O'Neil lui balance le bec de son tuyau en travers de la figure. Le va-de-la-gueule sera bon pour quatre points de suture, et il repart en marmonnant des phrases menaçantes où il est question de poursuites et de dommages et intérêts.

Ce soir-là, au pub, Pucky O'Neil a une mine franchement hargneuse.

— Je ne vois pas pourquoi il râlait tant que ça, maugrée-t-il. Je l'ai cogné qu'avec la moitié de ma force, tu vois ? Si j'y avais été de toute ma force, j'y aurais fait sauter les dents, à ce con-là. Tu vois ?

— Mais oui, mais oui, fait Billy Robertson, qui sent bien que Pucky serait capable de *le* frapper en y allant de toute sa force s'il se mêlait de le contredire. Tu veux une autre bière, Puck ?

— Ça, foutre oui, répond Pucky.

Milt Sturmfuller expédie sa femme à l'hôpital à cause d'un résidu d'œuf que le lave-vaisselle n'a pas su faire disparaître. Dès qu'il aperçoit le fragment de matière jaunâtre qui dépare le fond de l'assiette dans laquelle elle s'apprêtait à lui servir son déjeuner, il lui balance un coup de poing. Et contrairement à Pucky O'Neil, il y va de toute sa force.

— Salope ! Souillon ! crache-t-il, debout au-dessus de la forme prostrée de Donna Lee qui s'est étalée sur le carrelage de la cuisine, le nez brisé, le crâne ouvert. Chez ma mère, les assiettes étaient toujours propres, et pourtant elle n'avait pas de machine, elle. Mais qu'est-ce que t'as dans la peau, dis ?

Plus tard, Milt annoncera à l'interne de garde au service des urgences de l'hôpital général de Portland que sa femme a fait une chute dans l'escalier et Donna Lee, que douze années de terreur conjugale ouverte ont réduite à un état de soumission abjecte, ne le démentira pas.

Le soir de la pleine lune, sur le coup de 7 heures, un petit vent frisquet se lève — la première bise de cet été interminable — qui amène du nord un essaim de gros nuages noirs. Un moment la lune joue à cache-cache avec les nuages qu'elle souligne d'un tremblant liséré d'argent, disparaissant soudain derrière eux pour resurgir l'instant d'après. Ensuite, les nuages bouchent tout le ciel, et la lune se volatilise. Néanmoins, on sent sa présence. Trente kilomètres plus bas, au sud de Tarkers Mills, sa force d'attraction agit sur le ressac de l'Atlantique. Plus près de là, elle agit aussi sur la Bête.

Aux alentours de 2 heures du matin, d'épouvantables piaulements s'élèvent de la porcherie d'Elmer Zinneman, dont la ferme se trouve en bordure de West Stage

Road, à une vingtaine de kilomètres de la ville. Elmer passe ses pantoufles et fait mine d'aller chercher son fusil, vêtu de son seul pantalon de pyjama. Sa femme, qui pouvait encore passer pour accorte lorsqu'il l'a épousée (c'était en 1947, et elle venait d'avoir seize ans), l'implore en sanglotant de ne pas y aller, le conjure de rester près d'elle. Elmer l'écarte d'une bourrade et va décrocher son fusil du portemanteau de l'entrée. Ses cochons ne se bornent pas à couiner comme il leur en prend parfois la fantaisie : ils poussent des clameurs stridentes pareilles à celles qui pourraient s'échapper d'un dortoir de fillettes dans lequel un satyre en rut aurait fait irruption en pleine nuit. Elmer annonce à sa femme qu'il sort, que rien ne l'en empêchera... et sur ces mots il s'immobilise, une de ses grosses mains calleuses en suspens au-dessus du verrou de la porte de derrière, tandis qu'un hurlement de triomphe suraigu s'élève dans les ténèbres. Ce hurlement est celui d'un loup, mais il a des résonances si humaines que la main d'Elmer Zinneman retombe mollement du verrou qu'il s'apprêtait à repousser et qu'il se laisse tirer en arrière par sa femme Alice sans résister. Elmer entoure sa femme de ses bras, il la fait asseoir sur le divan et ils restent là, pelotonnés l'un contre l'autre, comme deux gosses terrorisés.

Bientôt, les braillements des cochons diminuent d'intensité, puis ils cessent. Oui, les cochons se taisent. Un par un, ils se taisent. Leurs cris s'étranglent avec un horrible gargouillement, et ils ne disent plus rien. La Bête émet un nouveau hurlement, qui résonne aussi clair que l'argent de la lune. Elmer s'approche de la fenêtre et il entrevoit une silhouette indécise qui disparaît en bondissant dans les ténèbres.

Elmer et Alice Zinneman réintègrent la chambre conjugale et restent assis côte à côte dans leur lit, toutes lumières allumées. Au bout d'un moment, l'averse éclate enfin et la pluie tambourine bruyamment sur leurs carreaux. C'est une pluie froide, la première vraie pluie d'automne. Demain, les premières taches de jaune et de rouge apparaîtront sur les arbres.

Le lendemain, Elmer trouve l'enclos de ses cochons dans l'état où il s'attendait à le voir. Un vrai carnage. Ses neuf truies et ses deux verrats ont tous crevé. Ils ont été étripés et partiellement dévorés. Leurs tristes dépouilles gisent dans la fange, arrosées par la pluie battante, et fixent de leurs yeux exorbités le ciel froid de l'automne.

Pete, le frère d'Elmer, est debout à côté de lui. Elmer lui a téléphoné à la première heure ce matin, et il est descendu tout exprès de Minota. Ils restent un long moment silencieux, ensuite Elmer formule à voix haute l'idée qui leur trottait dans la tête à l'un comme à l'autre.

— L'assurance couvrira une partie des pertes, dit-il. Pas tout, mais quelque chose quand même. Pour le reste, j'en serai de ma poche, voilà. Valait mieux que ça tombe sur mes cochons que sur une personne de plus.

Pete a un hochement de tête.

— Il faut en finir, marmonne-t-il d'une voix tellement sourde qu'Elmer saisit tout juste ses paroles à travers le bruit de la pluie.

— Qu'est-ce que tu veux dire ? interroge-t-il.

— Tu le sais très bien, répond Pete. A la prochaine pleine lune, faudra organiser une battue. Y aura qu'à lâcher quarante bonshommes dans la nature. Quarante, ou soixante, cent soixante même s'il le faut. Il est grand temps qu'on s'arrête de faire semblant qu'il ne se passe rien. Il se passe quelque chose, et faudrait avoir de la merde dans les yeux pour ne pas voir ce que c'est. Vise-moi un peu ça, bordel !

Pete Zinneman pointe l'index vers le sol. Tout autour des cochons massacrés, la terre boueuse de l'enclos est sillonnée d'empreintes bien nettes. Ce sont des empreintes de loup, mais elles ont quelque chose qui évoque curieusement la trace d'un pied humain.

— Tu les vois, ces empreintes, oui ou merde ?

— Je les vois, admet Elmer.

— Eh bien, d'après toi, qui c'est qui les a laissées ? Le Petit Chaperon rouge ?

— Non, ma foi.

— Ces empreintes, ce sont celles d'un loup-garou, affirme Pete. Tu le sais. Alice le sait. Presque tout Tarkers Mills le sait. Bon Dieu, même moi, je le sais, et je suis du comté voisin. (Il dévisage son frère avec une expression rigide et austère qui lui donne l'air d'un puritain de 1650. Ensuite il répète :) Il faut en finir. Tout ça n'a que trop duré.

Elmer médite longuement sur les paroles de son

frère tandis que la pluie crépite sur leurs cirés. A la fin, il hoche la tête.
— D'accord, fait-il. Mais pas le mois prochain.
— Tu veux attendre jusqu'en novembre ?
Elmer fait signe que oui.
— Les arbres auront perdu leurs feuilles, explique-t-il. Et pour peu qu'il neige, la piste sera plus facile à suivre.
— Et à la prochaine pleine lune ? demande Pete.
Elmer Zinneman promène son regard sur les cochons massacrés qui jonchent l'enclos accoté au mur latéral de sa grange. Ensuite il le reporte sur son frère Pete.
— Faudra voir à garer ses fesses, répond-il.

JANVIER
FÉVRIER
MARS
AVRIL
MAI
JUIN
JUILLET
AOÛT
SEPTEMBRE
OCTOBRE
NOVEMBRE
DÉCEMBRE

    Lorsque Marty Coslaw revient de sa tournée des petits fous, le soir de Halloween, la batterie de son fauteuil roulant est pratiquement morte. Marty va se coucher aussitôt, et il reste allongé dans son lit, les yeux ouverts, jusqu'à ce qu'un croissant de lune apparaisse dans le ciel constellé d'étoiles qui scintillent comme de minuscules diamants. Dehors, sur la véranda, à l'endroit où un chapelet de pétards du 4-Juillet lui a sauvé la vie, les feuilles mortes vont et viennent sur les dalles d'ardoise, et quand le vent glacial leur fait décrire de fugaces spirales, elles produisent un son sinistre d'ossements entrechoqués. La pleine lune d'octobre est passée sans que Tarkers Mills enregistre un nouvel assassinat. Cela fait donc deux mois d'affilée que personne n'a été tué. En ville, certains sont d'avis que la terreur est terminée. Stan Pelsky, le coiffeur, et Cal Blodwin, le concessionnaire Chevrolet (qui est l'unique marchand de voitures de la ville) se sont rangés du côté de ces optimistes pour qui le tueur était sans doute un vagabond de passage, un ermite vivant dans les bois. Ils étaient sûrs qu'il finirait par aller chercher fortune ailleurs, et leur prophétie s'est réalisée. Mais d'autres sont loin d'être aussi affirmatifs. Ceux-là ont tiré la conclusion qui s'imposait des quatre daims égorgés que l'on a retrouvés, juste après la dernière pleine lune, dans les bois qui bordent l'entrée de l'autoroute, et des onze cochons massacrés dans l'enclos d'Elmer Zinneman durant celle du mois précédent. Les partisans des deux camps font assaut d'arguments en éclusant des bières au pub, et leurs débats égayent les longues soirées d'automne.

Marty Coslaw, lui, sait tout.

Ce soir, il a procédé à la rituelle tournée des petits fous avec son père. (Herman se fait une joie d'accompagner son fils : il aime bien Halloween, le froid piquant le met de bonne humeur, et chaque fois qu'une porte s'ouvre devant eux et qu'un visage familier s'y encadre, il pousse de grands hennissements de rire et lance des exclamations idiotes du genre « youpi ! » et « tralala-itou ! » de sa voix bourrue de « Grand Copain ».) Marty s'était déguisé en Yoda. Un masque de caoutchouc d'un réalisme saisissant lui recouvrait la face, et ses jambes atrophiées disparaissaient sous les plis d'une longue toge. « Tu obtiens *toujours* ce qui te fait envie », lui a dit Katie avec un hochement de tête excédé lorsqu'elle a aperçu le masque, mais Marty savait bien qu'elle ne lui en voulait pas vraiment (ne lui avait-elle pas confectionné une crosse de Yoda artistement recourbée pour compléter son costume ?). En revanche, il n'est pas exclu qu'elle ait éprouvé une pointe de tristesse, car désormais elle n'est plus d'âge à pouvoir encore se permettre d'aller extorquer des sucreries à la ronde. Elle devra se contenter d'une soirée avec ses copains du lycée. Elle dansera sur des disques de Donna Summer, elle essayera de happer avec les dents une pomme suspendue à un fil ou flottant sur une bassine, ensuite ils tamiseront les lumières et feront tourner une bouteille et si le goulot se pointe vers Katie, il faudra qu'elle embrasse un garçon et elle le fera, non qu'elle en ait envie, mais parce qu'elle sait que ses amies et elle en riront comme des petites folles pendant l'étude du lendemain.

Pour emmener Marty faire sa tournée, Mr Coslaw avait pris le minibus familial, car il est muni d'une rampe amovible qui facilite grandement les allées et venues du fauteuil roulant du garçonnet. Marty n'avait qu'à se laisser glisser au bas de la rampe, après quoi il zigzaguait le long des rues à bord de son fauteuil en susurrant comme un moustique, le sac à friandises au creux de son giron. Marty et son père ont rendu visite à toutes les maisons de leur rue, et à pas mal d'autres dans le centre-ville. Ils sont passés chez les Collins et chez les Manchester, chez les MacInnes, les Milliken et les Easton. Au pub, Billy Robertson avait rempli un bocal à poissons rouges de petits carrés de maïs caramélisé. Au presbytère de l'église congrégationaliste, il y avait des Mars, au presbytère baptiste des Milky Ways. Après cela ils sont passés chez les Quinn, les Randolph, les Dixon, et dans une vingtaine d'autres maisons. Marty est revenu de son expédition avec un sac à friandises bourré à craquer... et détenteur d'un secret horrible, auquel il a peine à croire.

Il sait.
Il sait qui est le loup-garou.
A un certain point de sa tournée, la Bête en personne, momentanément exempte de la démence qui s'empare d'elle à chaque pleine lune, a déposé une friandise dans le sac de Marty. Le loup-garou, qui ne pouvait savoir que le visage de l'enfant avait mortellement pâli sous son masque de Yoda et que sa main gantée étreignait sa crosse avec une telle force que les ongles en avaient blanchi, lui a souri et a gentiment tapoté son crâne en caoutchouc.

C'était bien le loup-garou. Marty en mettrait sa main au feu, et ce n'est pas seulement parce que l'homme en question portait un bandeau noir à l'œil gauche. Il y a autre chose : une sorte de ressemblance, de similitude foncière entre les traits de ce visage et le mufle convulsé du monstre rugissant auquel il a fait face par une nuit d'été radieuse, voilà bientôt quatre mois.

Depuis son retour du Vermont, au début du mois de septembre, Marty est aux aguets, persuadé qu'il croisera fatalement le loup-garou dans Tarkers Mills et qu'à ce moment-là il le reconnaîtra puisqu'il sera borgne. Quand Marty a dit aux policiers qu'il était quasiment certain de lui avoir crevé un œil, ils ont hoché la tête et ils lui ont promis qu'ils allaient suivre cette piste, mais il a bien vu qu'ils étaient sceptiques. Peut-être qu'ils ne l'ont pas cru parce qu'il n'est qu'un enfant, ou peut-être qu'il aurait fallu qu'ils assistent eux-mêmes à ce face-à-face nocturne avant de croire qu'il ait pu réellement avoir lieu. Mais qu'ils le croient ou pas n'y change rien. Marty, lui, sait que les choses se sont passées ainsi.

Tarkers Mills a beau être une petite ville, elle est d'assez grande étendue; jusqu'à ce soir, Marty n'avait aperçu aucun borgne, et il n'avait pas osé poser trop de questions. Sa mère a déjà bien assez peur comme cela que sa mésaventure du 4-Juillet l'ait définitivement marqué, et s'il avait essayé de se livrer à une enquête en règle, cela lui serait fatalement revenu aux oreilles. Du reste, Tarkers Mills *est* une petite ville. Tôt ou tard, il devait apercevoir la Bête dans son incarnation humaine.

Sur le chemin du retour, Mr Coslaw (que ses milliers d'élèves passés et présents ne désignent que sous le nom de Coslaw-le-Mono) a remarqué que Marty était bien silencieux tout à coup, et il a imputé cela à l'épuisement provoqué par cette soirée fertile en émotions. Mais en fait, Marty n'était pas le moins du monde épuisé. Il ne s'était jamais senti aussi réveillé, aussi énergique de toute sa vie, à l'exception de cette fabuleuse nuit du feu d'artifice. Une idée lui tournait inlassablement dans la tête. L'idée que si lui, Marty Coslaw, n'avait pas été catholique et n'avait pas fréquenté Saint-Mary, une lointaine paroisse de la périphérie, il ne lui aurait pas fallu près de deux mois pour identifier le loup-garou.

Car l'homme au bandeau noir, l'homme qui a déposé un Milky Way dans son sac à friandises avant de tapoter gentiment son crâne en caoutchouc n'est pas catholique. Loin s'en faut. La Bête est le révérend Lester Lowe, pasteur de l'église baptiste de la Grâce.

Quand le visage souriant du révérend s'est encadré dans l'embrasure de la porte, éclairé à contre-jour par la lueur jaune d'un plafonnier, Marty a discerné clairement le carré de cuir noir qui couvrait son œil gauche. Avec son bandeau sur l'œil, le petit prêtre falot avait de faux airs de boucanier.

— Navré pour votre œil, mon révérend, avait déclaré Herman Coslaw de sa voix bourrue de " Grand Copain ". Ce n'est rien de sérieux, j'espère ?

Le sourire du pasteur s'était élargi, et son visage avait pris l'expression béatifique du martyr qui endure stoïquement ses supplices. Hélas, leur avait-il expliqué, il avait perdu son œil. Une tumeur bénigne; pour l'exciser, le chirurgien n'avait eu d'autre choix que de pratiquer l'ablation de l'œil. Mais puisque telle était la volonté du Seigneur, il s'y était plié de bonne grâce. Et d'ailleurs, avait-il conclu en tapotant à nouveau le sommet du masque de Yoda de Marty, certains d'entre nous ont des croix encore bien plus lourdes à porter.

A présent, Marty, allongé dans son lit, écoute le vent d'octobre qui chante dehors, faisant ululer sourdement les yeux vides des deux citrouilles creuses placées en sentinelle à l'entrée de l'allée carrossable et crépiter sinistrement les dernières feuilles mortes. Désormais, il n'a plus qu'une seule question à se poser : *Que faire ?*

Il n'en sait rien, mais il est sûr que, le moment venu, il trouvera bien une solution.

Il dort du sommeil des jeunes enfants, profond et sans rêves, tandis qu'au-dehors le grand fleuve du vent déferle au-dessus de la ville, entraînant octobre dans son charroi et amenant à sa place le glacial novembre, mois où les étoiles filantes fusent comme des étincelles sur un ciel couleur de plomb.

JANVIER
FÉVRIER
MARS
AVRIL
MAI
JUIN
JUILLET
AOÛT
SEPTEMBRE
OCTOBRE
NOVEMBRE
DÉCEMBRE

Un novembre fuligineux pèse sur Tarkers Mills. On dirait que l'année en est réduite à brûler d'ultimes scories. Main Street semble le théâtre d'un singulier exode. Le révérend Lester Lowe l'observe depuis le seuil du presbytère baptiste. Il vient de sortir pour prendre le courrier dans sa boîte aux lettres. Il y a trouvé six circulaires et prospectus et une unique lettre manuscrite, qu'il tient à la main tout en regardant la longue procession de camions à plate-forme poussiéreux (des Ford et des Chevrolet pour la plupart) qui sort de la ville en sinuant comme une ligne de danseurs de conga.

La météo annonce de la neige, mais il ne s'agit sûrement pas de fuyards désireux d'échapper aux rigueurs du climat : on ne prend pas la route des rivages dorés de la Floride et de la Californie vêtu d'une grosse veste de chasse, avec un fusil accroché derrière vous en travers de la lunette arrière et vos chiens installés sur la plate-forme de votre tout-terrain. Cela fait quatre jours de suite que ces hommes s'en vont battre la campagne sous la direction d'Elmer Zinneman et de son frère Pete avec leurs chiens, leurs fusils et de solides provisions de bière en boîte. Depuis que la pleine lune approche, c'est ce virus-là qui les a mordus. La saison est close pour le gibier à plume, celle du gibier à poil est passée aussi, mais il n'y a pas de saison pour faire la chasse au loup-garou. Oh, bien sûr, ces hommes se sont composé pour la circonstance des masques farouches de pionniers qui forment le cercle avec leurs chariots bâchés, mais pour la plupart d'entre eux, tout cela n'est qu'une sorte de bringue. *Youp-la-boum!* et *Tralala-itou!* comme dirait Coslaw-le-Mono.

Le révérend Lowe sait bien que pour beaucoup, ces expéditions ne représentent rien de plus qu'une occasion d'aller crapahuter dans la forêt, d'ingurgiter des litres de bière, de pisser dans des ravins, de se raconter des histoires de nègres, de Polacks et de Français, de canarder des écureuils et des merles. *Les animaux, ce sont eux*, se dit-il en portant machinalement la main au bandeau noir qu'il arbore depuis l'été. *Il y en a un qui va finir par prendre une balle perdue. Ils ont de la veine que ça ne se soit pas déjà produit.*

Le dernier camion disparaît de l'autre côté de la colline, et l'écho de ses coups de klaxon rageurs et des vociférations des chiens qui s'égosillent à l'arrière flotte un moment dans son sillage. Oui, pour beaucoup de ces hommes, il ne s'agit que de se payer une tranche de rigolade, mais il y en a quelques-uns aussi (les frères Zinneman, par exemple) dont les intentions sont tout à fait sérieuses. Quinze jours plus tôt, Lester Lowe a entendu Elmer Zinneman exposer sa stratégie alors qu'il attendait son tour au salon de coiffure. *Si cette créature, qu'elle soit humaine ou animale, part en chasse ce mois-ci, les chiens flaireront son odeur*, disait Elmer. *Et si elle reste terrée au fond de sa tanière (ou de son pavillon), nous aurons peut-être sauvé la vie à quelqu'un. Ou du moins à quelques têtes de bétail.*

Oui, il y en a parmi eux (une douzaine, peut-être même le double) qui veulent vraiment en découdre. Mais ce ne sont pas ces hommes-là qui ont fait naître au fond du cerveau de Lowe ce sentiment étrange et nouveau qui l'obsède depuis quelque temps.

S'il a constamment l'impression d'être aux abois, c'est à cause de ces lettres. Ce sont plutôt de courtes notes que des lettres en bonne et due forme (la plus longue de toutes comportait deux phrases), rédigées d'une écriture enfantine et maladroite, et truffées de fautes d'orthographe. Il jette un coup d'œil à celle qui est arrivée dans le courrier de ce matin. Laborieusement tracé, en grosses majuscules appliquées, le libellé de l'adresse est exactement le même que d'habitude : RÉVÉREND LOWE, PRESBYTÈRE BAPTISTE, TARKERS MILLS, MAINE 04491.

A nouveau, il se sent oppressé par cet étrange sentiment d'être pris au piège... il imagine que c'est ce que doit éprouver le renard acculé par une meute déchaînée dans cet instant d'angoisse suprême où il fait face en dénudant ses crocs, pour livrer un combat sans espoir aux chiens qui vont le mettre en pièces.

Il referme la porte d'un geste sec, regagne sa salle de séjour où la grande horloge paysanne égrène solennellement les secondes, se laisse choir sur son fauteuil et pose soigneusement ses prospectus (qui sont tous de caractère ecclésiastique) sur la table en noyer poli que Mrs Miller encaustique deux fois par semaine. Ensuite il décachette sa nouvelle lettre. Comme toutes les précédentes, elle ne comporte ni en-tête, ni signature. Au milieu d'une feuille de papier ligné qui semble provenir d'un cahier d'écolier figure cette phrase unique :

Pourquoi ne pas vous suicider ?

Le révérend Lowe porte une main à son front (elle tremble imperceptiblement). De l'autre, il fait une boule de la feuille de papier et la place dans le gros cendrier de verre posé au centre de la table. (Le révérend reçoit d'ordinaire les paroissiens qui désirent le consulter en particulier dans son salon, et il y a parmi eux des fumeurs.) Il sort une pochette d'allumettes d'une des poches du gros cardigan de laine qu'il porte toujours le samedi lorsqu'il reste à la maison, et il met le feu à cette lettre comme à toutes les précédentes. Puis il la regarde brûler.

La conscience de son état lui est venue en deux étapes distinctes. A la suite de son cauchemar du mois de mai, celui dans lequel il avait vu ses fidèles se métamorphoser en loups tandis qu'il prononçait son prêche du Retour, et à la suite de sa macabre découverte du cadavre éventré de Clyde Corliss dans l'église, il a obscurément senti qu'il y avait en lui quelque chose qui ne... qui ne tournait pas rond, voilà. Il ne voit pas comment il pourrait le formuler autrement. Il avait déjà remarqué que certains matins (en général dans les périodes de pleine lune), il se réveillait en éprouvant une extraordinaire sensation de bien-être, de santé, de force. Ce sentiment diminuait avec la lune, puis s'enflait à nouveau en lui à l'approche de la pleine lune suivante. Consécutivement à son rêve et au meurtre de Corliss, il n'a pu faire autrement que de se rendre compte d'un certain nombre de détails troublants sur lesquels il était parvenu à s'abuser jusque-là. Des vêtements crottés, lacérés. Des écorchures et des contusions dont l'origine lui échappait (mais comme elles ne lui causaient ni démangeaisons ni douleurs, contrairement aux écorchures et aux contusions ordinaires, il n'avait aucune peine à ne pas y prendre garde, à les évacuer tout simplement de sa conscience). Il était même parvenu à ignorer les traces de sang qu'il lui arrivait de découvrir sur ses mains − et ses lèvres.

Et puis, le 5 juillet, deuxième étape. Là, on en avait vite fait le tour : à son réveil, il était borgne. Il n'avait pas éprouvé plus de douleur qu'avec les écorchures et les contusions antérieures; simplement, il n'y avait plus, à l'endroit où s'était trouvé son œil gauche, qu'une orbite gougée et sanguinolente. A partir de là, la certitude était trop aveuglante pour qu'il puisse se voiler la face plus longtemps. Le loup-garou, *c'est* lui. La Bête, *c'est* lui.

Depuis trois jours, il éprouve des sensations désormais familières. Il est agité, fébrile; une impatience presque joyeuse l'a envahi; il a des tiraillements dans tout le corps. La mue approche, elle est tout près. Cette nuit, la lune sera pleine et les chasseurs seront aux aguets avec leurs chiens. Bah, après tout, qu'importe ? Il a bien plus de ressources qu'ils ne lui en prêtent. Ils sont persuadés d'avoir affaire à un lycanthrope, un homme-loup. Pourtant, ils ne pensent qu'au loup, et ils oublient l'homme. Bien sûr, les tout-terrain à bord desquels ils patrouillent facilitent leurs déplacements, mais rien ne l'empêche d'utiliser à des fins analogues sa petite conduite intérieure Fiat. Son plan est déjà tout tracé. Dans l'après-midi, il descendra vers le sud et prendra une chambre dans un motel à la périphérie de Portland. Ainsi, la métamorphose aura lieu loin des chasseurs et de leurs chiens. Oh non, ils ne lui font pas peur, ceux-là. Sa crainte présente a un tout autre objet.

Pourquoi ne pas vous suicider ?

La première lettre est arrivée début novembre. Elle disait simplement :

Je sais qui vous êtes.

La seconde disait :

Si vous êtes un homme de Dieu, quittez la ville. Allez-vous-en quelque part où vous pourrez tuer des animaux, pas des humains.

Et la troisième :

Finissez-en.

C'est tout : *Finissez-en*. Rien d'autre. Et maintenant :

Pourquoi ne pas vous suicider ?

Parce que je ne veux pas, songe le révérend Lowe avec acrimonie. *Je n'ai pas voulu que ce... cette chose m'arrive. Je n'ai pas été mordu par un loup, ni envoûté par un Tsigane. Il s'agit d'un simple accident. Un jour, j'ai cueilli des fleurs pour garnir les vases de ma sacristie. C'était en novembre dernier, près de ce charmant petit cimetière, sur la hauteur de Sunshine Hill. Je n'avais jamais vu de fleurs comme celles-là. Elles se sont flétries entre mes mains. Avant même que j'aie eu le temps de retourner en ville, elles sont devenues toutes noires. C'est sûrement à ce moment-là que la chose m'est arrivée. Je n'ai pas de raisons précises de le penser, et pourtant j'en ai la certitude. Mais je ne me suiciderai pas. C'est eux qui sont des bêtes, pas moi.*

Qui peut donc m'écrire ces lettres ?

Sur ce point, il est complètement dans le noir. L'unique hebdomadaire de Tarkers Mills n'a pas rapporté l'agression dont Marty Coslaw a été victime, et le révérend se fait une règle de ne jamais écouter les ragots. En outre, il ne sait presque rien de Marty pour la raison même qui faisait que celui-ci ignorait tout de la vie du révérend Lowe jusqu'à la soirée de Halloween : un véritable abîme sépare les catholiques des baptistes. Et il ne garde aucun souvenir des actes auxquels il se livre dans son incarnation de bête; il ne lui en reste que cette espèce de bonheur un peu ivre qu'il éprouve à chaque fin de cycle, et la fébrilité qui l'envahit toujours avant.

Il se lève et se met à faire les cent pas. Il va et vient sans relâche dans le salon dont le silence n'est brisé que par le tic-tac solennel de la grosse horloge. Il marche de plus en plus vite, et le rythme de ses pensées s'accélère à mesure. *Je suis un homme de Dieu*, songe-t-il, *et je ne me suiciderai pas. Je fais œuvre de charité ici, et même s'il peut m'arriver de faire le mal aussi, je ne serai pas le premier à y avoir succombé. En somme, le mal sert aussi les desseins du Tout-Puissant, du moins c'est ce que le livre de Job nous enseigne. Si c'est le Malin qui guide mon bras, Dieu saura bien le retenir au moment où il le faudra. Car tout en ce bas monde sert les desseins de la Divinité... Mais qui peut-il bien être? Dois-je faire mon enquête? Qui a-t-on attaqué le 4-Juillet? Comment ai-je... comment la Bête a-t-elle perdu son œil? Il faudrait le faire taire, sans doute... mais pas ce mois-ci. Attendons d'abord que les chiens aient réintégré leurs chenils. Oui...*

Le buste plié vers l'avant, il tourne sur lui-même d'un pas sans cesse plus rapide, sans s'apercevoir que ses joues et son menton normalement glabres (d'ordinaire il ne se rase que tous les trois jours, du moins quand la lune décline) sont à présent couverts de touffes de poils broussailleux et rêches et que son unique œil brun se teinte peu à peu de lueurs smaragdines. Plié en deux, le menton pointé vers le sol, il marche, marche sans trêve. Il se met à se parler à lui-même tout en marchant, mais ses paroles deviennent de plus en plus confuses, de plus en plus indistinctes, de plus en plus semblables à des grognements inarticulés.

A la fin, alors que la grise après-midi de novembre se mue précocement en un crépuscule couleur d'anthracite, il bondit dans la cuisine, arrache ses clés de voiture du clou où elles sont pendues et se précipite dehors. Il saute dans sa Fiat, démarre sur les chapeaux de roue et prend la direction de Portland à toute allure. Un large sourire s'étale sur sa face hirsute, et il ne lève même pas le pied quand la première neige de l'année se met à tourbillonner dans le faisceau de ses phares. Le plomb du ciel semble se muer en légères paillettes dansantes, et il sent la lune qui flotte quelque part, très haut au-dessus des nuages. Il en éprouve le pouvoir : sa poitrine s'enfle, et les coutures de sa chemise blanche se tendent à craquer.

Il allume la radio, la règle sur une station de rock. Ah, c'est *fou* ce qu'il se sent bien !

Ce qui se produit un peu plus tard ce soir-là pourrait tenir de la punition divine, à moins qu'il ne s'agisse d'un de ces pieds de nez dont étaient coutumiers les dieux antiques que les hommes adoraient à l'abri de cercles de roches géantes par les nuits de pleine lune. Oui vraiment, c'est d'un drôle — c'est même absolument tordant —, parce que si le révérend Lowe s'est déplacé jusqu'à Portland pour pouvoir se muer en Bête sans être dérangé, l'individu qu'il dépècera par cette nuit neigeuse de novembre ne sera autre que Milt Sturmfuller, qui a vécu toute sa vie à Tarkers Mills. Et peut-être qu'il y a vraiment une justice céleste après tout, parce que s'il existe une crapule de première grandeur à Tarkers Mills, c'est bien ce sale con de Milt Sturmfuller. Il est venu passer la nuit à Portland après avoir raconté à Donna Lee, la malheureuse épouse qui lui tient lieu de punching-ball, qu'il allait en ville « pour affaires ». L' « affaire » en question est une entraîneuse de bas étage du nom de Rita Tennison; ladite Rita lui a filé un petit herpès des familles dont Milt a d'ores et déjà infecté cette pauvre Donna Lee, qui n'a jamais accordé ne serait-ce qu'un regard à un autre homme au cours de ses longues années de malheur conjugal.

Le révérend Lowe a pris une chambre dans un motel situé en bordure de la voie ferrée Portland-Westbrook. Le motel s'appelle le Driftwood, et c'est justement dans celui-ci que Milt Sturmfuller et Rita Tennison se sont retrouvés pour traiter leur « affaire » cette nuit de novembre.

A 10 heures et quart, Milt gagne le parking du motel pour récupérer une bouteille de bourbon qu'il a oubliée dans sa voiture. Il est en train de se féliciter *in petto* d'avoir eu l'heureuse idée de s'en aller de Tarkers Mills pendant la nuit de la pleine lune lorsque la Bête borgne s'abat sur lui du haut d'un semi-remorque Peterbilt à demi enfoui sous la neige et le décapite proprement d'un spectaculaire revers de patte. Le dernier son que Milt Sturmfuller perçoit avant de rendre l'âme est le rugissement de triomphe qui s'élève de la poitrine du loup-garou. Puis sa tête s'en va rouler sous le Peterbilt, les yeux exorbités, le cou crachant de gros bouillons de sang, et la bouteille de bourbon s'échappe de sa main trémulante tandis que la Bête enfonce son groin dans le cou tranché et entreprend de se nourrir.

Le lendemain, après avoir regagné Tarkers Mills et son presbytère, le révérend Lowe (Ah, c'est *fou* ce qu'il se sent bien ce matin!) lira le récit du meurtre dans un quotidien de Portland et songera dévotement : *C'était un méchant homme. Tout en ce monde contribue à l'œuvre de Dieu.*

Aussitôt après, il se demandera : *Quel est l'enfant qui m'envoie des lettres? Est-ce lui qui a été attaqué en juillet? Il est temps de retrouver sa piste. Il est temps de prêter un peu l'oreille aux ragots.*

Le révérend Lester Lowe rajuste son bandeau noir, tourne la page de son journal et il se dit : *Tout en ce monde sert les desseins du Seigneur. Si Dieu le veut, je le retrouverai. Et je le ferai taire. A tout jamais.*

JANVIER
FÉVRIER
MARS
AVRIL
MAI
JUIN
JUILLET
AOÛT
SEPTEMBRE
OCTOBRE
NOVEMBRE
DÉCEMBRE

    C'est le soir du réveillon et il est minuit moins le quart. A Tarkers Mills comme dans le reste de l'univers, l'année touche à sa fin. Et à Tarkers Mills comme dans le reste de l'univers, l'année qui s'achève a apporté son lot de changements.
    Milt Sturmfuller n'est plus et sa femme Donna Lee, enfin délivrée de sa tyrannie, a quitté la ville. Les uns disent qu'elle est allée vivre à Boston; pour d'autres, ce serait plutôt Los Angeles. La nouvelle gérante de la librairie du centre a renoncé au bout de quelques mois, comme tous ses prédécesseurs. Par contre, le salon de coiffure Stan's, la supérette et le pub se portent on ne peut mieux, merci. Clyde Corliss est mort, mais ses deux vauriens de frères sont en excellente santé; ils continuent d'aller faire leurs emplettes dans un hypermarché situé à deux villes de là, car ils n'oseraient quand même pas faire usage ici, au vu et au su de tout Tarkers Mills, des tickets d'alimentation qu'ils perçoivent au titre de l'aide sociale. La petite mère Hague, qui confectionnait les meilleurs gâteaux de la ville, a succombé à une crise cardiaque. Fin novembre, Willie Harrington, qui a eu quatre-vingt-douze ans cette année, a dérapé sur le verglas devant sa maisonnette de Ball Street et s'est cassé la hanche, mais un citadin plein aux as qui avait une résidence d'été dans le coin a légué une coquette somme à la bibliothèque, et l'an prochain on pourra enfin édifier la fameuse annexe pour les enfants, projet que l'on remet sur le tapis à

chaque assemblée municipale depuis des temps immémoriaux. Au mois d'octobre, Ollie Parker, le principal de l'école, a été pris de saignements de nez irrépressibles, et son médecin a diagnostiqué de l'hypertension aiguë. *Vous avez de la veine que votre cerveau n'ait pas éclaté*, a bougonné le toubib en lui ôtant le sphygmomanomètre. Après quoi il lui a prescrit de perdre vingt kilos et, ô miracle ! Ollie en a bel et bien perdu dix au cours des deux mois suivants. A la Noël, il a l'air d'un autre homme, il se sent un autre homme. (« Et il se *conduit* comme un autre homme », confie sa femme à sa grande amie Delia Burney, avec un sourire égrillard.) Brady Kincaid qui fut égorgé par la Bête dans la saison des cerfs-volants, est toujours aussi mort et Marty Coslaw, qui naguère encore occupait le pupitre voisin de celui de Brady à l'école, toujours aussi infirme.

Il y a des choses qui changent, d'autres qui ne changent pas, et à Tarkers Mills, l'année s'achève comme elle a débuté : un blizzard déchaîné tonitrue dehors, et la Bête rôde quelque part.

Dans la salle de séjour des Coslaw, Marty et son oncle Al sont installés devant la télévision. Ils regardent le réveillon rock de Dick Clark. L'oncle Al est sur le divan. Marty est assis dans son fauteuil roulant, juste devant l'écran. Il tient un revolver sur ses genoux. C'est un colt Woodsman de calibre .38. Son barillet ne contient que deux balles, mais elles sont toutes deux en argent massif. L'oncle Al a persuadé un de ses amis, Mac McClutcheon, de lui fabriquer ces balles à l'aide de son moule à munitions. Ce McClutcheon, qui habite Hampden, s'est fait tirer l'oreille un bon moment avant d'accepter, mais ensuite il a fait fondre à l'aide d'une lampe à souder au propane la cuillère en argent que Marty a reçue pour sa confirmation, et il a soigneusement calibré la quantité de poudre nécessaire à propulser les balles sur une trajectoire à peu près horizontale.

— Je ne te garantis pas que ça marchera, a-t-il annoncé à l'oncle Al, mais c'est probable tout de même. Qu'est-ce que tu vas tuer, Al ? Un vampire, ou un loup-garou ?

— Un de chaque, a rétorqué l'oncle Al en lui rendant son sourire. C'est pour ça que je t'ai demandé deux balles. Il y avait aussi une stryge qui rôdait dans les parages, mais son père a eu un coup de sang dans le Dakota du Nord et elle a dû sauter dans le premier avion pour Fargo. (Ils se sont esclaffés en chœur, et là-dessus, Al a ajouté :) Ces balles sont pour mon neveu. C'est un vrai mordu des films d'horreur, et j'ai pensé que ça lui ferait un chouette cadeau de Noël.

— Bon, eh bien s'il les tire dans une planche, ramène-la-moi, lui a dit Mac. J'aimerais bien voir comment elles se comportent.

A vrai dire, l'oncle Al était assez perplexe. Depuis le 3 juillet dernier, il n'avait pas revu Marty, et il n'avait pas non plus remis une seule fois les pieds à Tarkers Mills. Comme on pouvait s'y attendre, sa sœur lui en voulait à mort à cause de ces sacrés pétards. *Il a failli se faire tuer, pauvre con!* lui a-t-elle vociféré au téléphone. *Mais qu'est-ce qui t'a pris de faire ça, bon Dieu!*

A ce qu'il semble, ce sont bien les pétards qui lui ont sauvé la... a commencé Al, mais là-dessus, la mère de Marty lui a raccroché au nez et il est resté en tête à tête avec le *bip-bip* lancinant de la tonalité. Sa sœur est une vraie tête de mule; il aurait perdu son temps à essayer de lui seriner une vérité qu'elle ne voulait pas entendre.

Et puis, début décembre, Marty lui a téléphoné.

— Oncle Al, il faut que je te voie, lui a-t-il dit. Tu es le seul à qui je puisse parler.

— Ta mère me tire la tronche, Marty, a objecté Al.

— C'est *important*! a plaidé Marty. Je t'en prie, oncle Al! Je t'en *supplie*!

L'oncle Al est donc venu, bravant le mutisme glacial et les regards vindicatifs de sa sœur, et par une claire et froide journée de décembre, il a hissé Marty avec précaution sur le siège du passager de sa Mercedes et il l'a emmené faire une petite balade. Mais ce jour-là, ils ne se sont pas grisés de vitesse en riant aux éclats. Marty a raconté posément son histoire, et l'oncle Al l'a écoutée avec une anxiété croissante.

D'abord, Marty a fait pour la énième fois le récit de la fabuleuse nuit du feu d'artifice en exposant par le menu à l'oncle Al la manière dont il s'y était pris pour crever l'œil de la créature avec son chapelet de pétards. Après cela, il lui a raconté Halloween, sa rencontre avec le révérend Lowe. Et pour finir, il lui a parlé des lettres anonymes qu'il a envoyées au révérend. Pas toutes anonymes en fait, puisqu'il en a encore expédié deux après le meurtre de Milt Sturmfuller à Portland, et que ces deux-là, il les a signées de son nom, précédé d'une des formules de politesse rituelles qu'on lui a enseignées à l'école : *Bien sincèrement vôtre, Martin Coslaw.*

— Anonymes ou non, tu n'aurais pas dû envoyer de lettres à ce pauvre type ! s'est exclamé l'oncle Al avec de la dureté dans la voix. Bon Dieu, Marty ! L'idée t'est-elle seulement venue que tu pouvais te *tromper* ?

— J'y ai pensé, bien sûr, a répondu Marty. C'est pour ça que j'ai signé les deux dernières. Tu ne me demandes pas ce qui s'est passé ? Tu ne me demandes pas s'il a appelé mon père pour lui dire que je lui avais envoyé une lettre lui suggérant de se tuer, et une autre qui disait : " Vous êtes fait comme un rat " ?

— Il ne l'a pas fait, n'est-ce pas ? a interrogé Al, sachant d'avance la réponse.

— Non, a dit Marty d'une voix tranquille. Il n'a pas téléphoné à papa. Ni à maman. Et à moi non plus, il ne m'a pas téléphoné.

— Marty, il pourrait avoir trente-six mille raisons de ne...

— Mais il n'y a pas trente-six mille raisons, oncle Al. Il n'y en a *qu'une.* C'est qu'il est le loup-garou. La Bête, c'est *lui.* Et il attend le retour de la pleine lune. Tant qu'il n'est que le révérend Lowe, il ne peut rien faire. Mais une fois loup-garou, il pourra faire un tas de choses. Se débarrasser de moi, par exemple.

Marty s'exprimait avec une candeur si confondante que l'oncle Al était presque convaincu.

— Qu'est-ce que tu attends de moi, Marty ? a-t-il demandé.

Alors Marty lui a dit qu'il voulait deux balles d'argent, et un revolver pour les tirer. Il voulait aussi que l'oncle Al vienne passer chez les Coslaw le réveillon du jour de l'an, qui coïncidait avec la pleine lune.

— Pas question ! s'est écrié l'oncle Al. Marty, tu es un brave gosse, mais je crois que tu perds les pédales. A mon avis, c'est ce fauteuil roulant qui te porte sur le ciboulot. Réfléchis un peu à tout ça, et tu verras bien que ça ne tourne pas rond chez toi.

— Peut-être, a dit Marty. Mais pense à ce que tu éprouveras si jamais mes parents t'appellent le premier janvier pour t'annoncer que j'ai été tué et dévoré dans mon lit. Tu veux avoir ça sur la conscience, oncle Al?

Al a ouvert la bouche pour parler, puis il l'a refermée aussi sec. Il a engagé la Mercedes dans l'allée carrossable d'un pavillon. Ses pneus de devant produisaient un léger craquement sur la neige fraîche. Il a débrayé pour faire marche arrière. Al avait combattu au Vietnam, et il en était revenu décoré; il était parvenu à déjouer toutes les manœuvres d'une série de jeunes personnes aguichantes qui s'étaient juré de lui mettre la bague au doigt; et voilà qu'à présent il se faisait piéger en beauté par son neveu, un mioche de dix ans. Un mioche de dix ans *infirme*, par-dessus le marché. Evidemment qu'il ne voulait pas avoir une chose pareille sur la conscience, ni même seulement l'*éventualité* qu'elle puisse se produire. Et Marty le savait bien. Il savait bien que si l'oncle Al pensait qu'il pouvait y avoir ne serait-ce qu'une chance sur mille pour qu'il fût dans le vrai...

Quatre jours plus tard, le 10 décembre, l'oncle Al avait téléphoné.

— Grande nouvelle! avait claironné Marty en regagnant le séjour à bord de son fauteuil roulant. L'oncle Al vient passer le réveillon du nouvel an avec nous!

— Ça, *sûrement* pas! avait lancé sa mère d'une voix plus sèche et plus coupante que jamais.

Marty ne s'était pas laissé démonter.

— Zut! avait-il fait. Excuse-moi, maman, mais je l'ai déjà invité. Il a dit qu'il apporterait de la poudre fumigène pour la cheminée...

La mère de Marty avait passé le reste de la journée à darder sur lui des regards venimeux chaque fois que leurs yeux se croisaient... mais elle n'avait pas appelé son frère pour annuler l'invitation et c'est cela seul qui comptait.

Ce soir-là, pendant qu'ils dînaient, Katie lui avait chuchoté :

— On te passe *toujours* tes caprices, rien que parce que tu es infirme.

Avec un large sourire, Marty s'était penché sur sa sœur, et il lui avait murmuré à l'oreille :

— Moi aussi je t'aime, Katie.

— Petit salaud! s'était-elle écriée en s'écartant brusquement de lui.

Et voilà. Ça y est. Le soir du réveillon est enfin venu.

La tempête n'a pas arrêté de s'enfler, et en écoutant le vent qui mugissait à tue-tête et chassait devant lui de violentes bourrasques de neige, la mère de Marty a fini par se convaincre que son frère Al ne viendrait pas. A vrai dire, Marty lui-même a éprouvé de sérieux doutes par moments... Mais en fin de compte, l'oncle Al s'est garé devant chez eux sur le coup de 8 heures. Il ne conduisait pas sa petite Mercedes basse sur pattes, mais un énorme engin à quatre roues motrices qu'il avait emprunté à un ami.

A 11 heures et demie, toute la famille est allée au lit, laissant Marty et l'oncle Al en tête-à-tête. C'est à peu de chose près le scénario qu'avait imaginé Marty. L'oncle Al soutient toujours que son neveu travaille du chapeau; n'empêche que ce n'est pas un revolver qu'il a apporté, mais *deux*. Il les avait dissimulés sous son gros parka de l'armée. Il tend le .38 à barillet chargé des deux balles d'argent à Marty dès que les parents de celui-ci se sont retirés pour la nuit (comme pour mieux souligner sa réprobation, la mère de Marty a violemment claqué derrière elle la porte de la chambre conjugale). L'autre arme est chargée de balles en plomb tout à fait conventionnelles. Mais Al s'est dit que si jamais un maniaque homicide faisait irruption dans la maison cette nuit (à mesure que le temps s'écoule et que rien n'arrive, il y croit de moins en moins), l'impact du .45 Magnum devrait suffire à l'arrêter.

A la télé, les caméras cadrent de plus en plus fréquemment l'énorme boule de lumière qui surmonte le gratte-ciel de l'Allied Chemical, à New York. Ce sont les derniers instants de l'année. Des acclamations s'élèvent de la foule. L'arbre de Noël des Coslaw se dresse encore dans un coin. Il vire déjà au brun et paraît bien chétif et nu à présent qu'on l'a dépouillé de ses cadeaux.

— Marty, il ne va rien... commence l'oncle Al.

Et à cet instant précis la baie panoramique de la salle de séjour vole en éclats avec un fracas clair et retentissant de verre brisé et le vent s'engouffre à l'intérieur de la pièce en gémissant lugubrement, poussant devant lui des tourbillons de neige blanche... et la Bête.

L'oncle Al reste pétrifié un instant, littéralement pétrifié, d'incrédulité et d'horreur. Elle est d'une taille imposante, cette Bête. Deux mètres dix, deux mètres vingt peut-être, et encore faut-il tenir compte du fait qu'elle a le buste tellement penché que l'extrémité de ses pattes de devant n'est qu'à quelques millimètres du tapis. Son unique œil vert (*Elle correspond exactement à la description de Marty*, songe confusément l'oncle Al, *tout correspond, il n'a rien inventé*) roule dans son orbite et elle promène autour d'elle un horrible regard vacant. Le regard se pose sur Marty. Un rugissement de triomphe caverneux gonfle la poitrine de la créature et au moment où il jaillit d'entre ses immenses crocs jaunâtres, elle bondit sur le garçonnet.

Le visage de Marty s'est empreint d'une étrange sérénité. Calmement, il lève son revolver. Il paraît excessivement frêle et menu dans son fauteuil roulant, avec les deux baguettes que ses jambes inutilisables dessinent sous le tissu informe de son jean délavé et ses pantoufles en mouton retourné qui dissimulent des pieds qui n'ont jamais éprouvé la moindre sensation. Et, chose inouïe, par-dessus le hurlement strident de la Bête et les mugissements du vent, par-dessus le tumulte invraisemblable qui fait rage dans son propre esprit où mille questions se bousculent et s'entrechoquent (est-il possible qu'une scène pareille se produise réellement au beau milieu de la réalité tangible qui l'entoure?), Al entend clairement la voix de son neveu qui dit : « Pauvre révérend Lowe, je vais essayer de vous délivrer. »

A la seconde même où le loup-garou s'élance vers lui en projetant une grande ombre noire sur le tapis, ses pattes griffues tendues devant lui, Marty appuie sur la détente. En raison de la faible charge de poudre, le revolver n'émet qu'un « plop » dérisoire pareil à celui d'une carabine à air comprimé.

Mais le rugissement sauvage du loup-garou s'élève de plusieurs octaves d'un coup et se mue en un hurlement de souffrance d'une insupportable stridence. Il va dinguer contre une cloison que son épaule troue de part en part. Une gravure de chez Currier & Ives, qui représente une scène du Vieil Ouest, lui choit sur le crâne, glisse le long de l'épaisse toison de son dos et se brise au sol au moment où il se retourne. Des flots de sang ruissellent sur la face hirsute et féroce du loup-garou et son unique œil vert roule frénétiquement dans son orbite. Il s'avance, chancelant et grondant, dans la direction de Marty. Ses mains griffues s'ouvrent et se referment spasmodiquement, et ses mâchoires claquantes font pleuvoir autour de lui des jets de bave ensanglantée. Marty serre le revolver à deux mains, et sa posture évoque celle d'un nourrisson qui porte un gobelet à ses lèvres. Il attend, attend, attend... et à la seconde même où le loup-garou fait mine de plonger sur lui, il presse à nouveau la détente. Magiquement, l'œil restant de la créature s'éteint comme une chandelle dans un ouragan. Elle pousse un nouveau cri strident et, aveugle à présent, se dirige en titubant vers la fenêtre brisée. Les voilages de mousseline qui flottent au vent s'entortillent autour de sa tête, et Al voit de grandes fleurs de sang s'épanouir sur le tissu blanc. Au même instant, à la télé, la grosse boule scintillante commence à glisser lentement du haut de son mât.

Le loup-garou tombe à genoux au moment où Mr Coslaw surgit dans la pièce. Il est vêtu d'un pyjama jaune vif et on dirait que ses yeux vont lui sortir de la tête. Le .45 Magnum est toujours posé sur les genoux de l'oncle Al. Il ne l'a même pas levé.

La Bête s'effondre à présent.

Un long spasme la secoue.

Elle est morte.

Herman Coslaw la contemple, les yeux ronds, la bouche ouverte.

Marty se retourne vers son oncle Al. Il tient le revolver fumant dans sa main droite et son visage a une expression d'intense fatigue... à laquelle se mêle une sorte de béatitude.

— Bonne année, oncle Al, dit-il. Elle est morte. La Bête est morte.

Et là-dessus, il fond en larmes.

Par terre, sous les mailles serrées des voilages qui l'enveloppent (ces voilages auxquels Mrs Coslaw tient comme à la prunelle de ses yeux), le loup-garou est en train de changer. Les poils hirsutes qui le recouvraient entièrement semblent se rétracter à l'intérieur de son corps. Ses babines figées dans un rictus de rage et de douleur se distendent et retombent sur ses dents qui sont en train de rétrécir. Les griffes se volatilisent comme par magie et font place à des ongles... des ongles qui ont été rongés presque jusqu'au sang.

A présent, c'est le révérend Lester Lowe qui est

étendu là, enveloppé du linceul sanglant des voilages. Des flocons de neige dansent follement autour de son cadavre.

L'oncle Al s'approche de Marty et le prend dans ses bras. Mr Coslaw est toujours abîmé dans la contemplation effarée du cadavre nu allongé dans sa salle de séjour. Et tandis que la mère de Marty pénètre sans bruit dans la pièce, serrant contre sa gorge le col de son peignoir, l'oncle Al étreint son neveu de tout son cœur.

— Tu as fait du beau travail, Marty, lui murmure-t-il. Tu es un gosse épatant, tu sais.

Dehors, le vent fouaille en hurlant le ciel obstrué de neige. A Tarkers Mills, la première minute de la nouvelle année sera à marquer d'une pierre blanche.

NOTE DE L'AUTEUR

   Les férus d'observation astronomique auront sans doute remarqué que j'ai pris de grandes libertés avec les cycles lunaires (et ce, quelle que soit l'année où peut se situer mon récit). J'ai fait cela dans le dessein de tirer parti de certaines journées (Saint-Valentin, 4-Juillet, etc) qui « balisent » en quelque sorte les mois dans notre esprit à nous autres Américains. Je tiens à dire ici à ceux de mes lecteurs qui auraient pu croire que j'ai fait cela par pure ignorance qu'il n'en est rien... mais que c'était tout bonnement trop tentant.

Stephen KING
4 août 1983

PEUR BLEUE

FONDU À L'OUVERTURE :

1 EXT. PLEINE LUNE PLAN RAPPROCHÉ NUIT

La lune occupe presque tout l'écran. Elle vogue, mystérieuse, dans une chaude nuit de fin d'été.

SON : Grillons.

LA CAMÉRA PANORAMIQUE LENTEMENT SUR :

2 EXT. DES VOIES FERRÉES EN RASE CAMPAGNE
NUIT ET CLAIR DE LUNE

DÉBUT DU GÉNÉRIQUE

Un chariot s'avance sur la voie. Il est conduit par Arnie Westrum; c'est un homme de grande taille vêtu d'un T-shirt sans manches et d'un pantalon de travail. Il boit de la bière.

> ARNIE (*chante*)
> *Ma* bière, c'est Rheingold, la bière *forte*...
> Quand vous *achetez* de la bière, pensez :
> [Rheingold...

Il achève sa bouteille et la jette sur le ballast. En avant, on voit un aiguillage.

Arnie met le chariot au point mort, ouvre la boîte à outils située à l'arrière et prend une grosse torche. Il la braque sur l'aiguillage.

Dans la boîte, il ramasse un pied-de-biche, plus une grande clé, des tenailles, un marteau et une paire de gants de travail. Il prend également une bouteille de bière et la coince dans sa poche arrière.

Arnie saute à terre et s'approche de l'aiguillage.

SUITE DU GÉNÉRIQUE

3 EXT. ARNIE À CÔTÉ DE L'AIGUILLAGE

Il laisse tomber ses outils, enfile ses gants de travail et éclaire l'aiguillage un instant. Pendant ce temps :

> ARNIE (*il chante*)
> Ni *amère*, ni *douce*, c'est le *plaisir* de la
> [fraîcheur.
> Goûtez donc, achetez donc la bière
> [Rheingold...

Il tente d'actionner l'aiguillage. Pas moyen. Il est bloqué.

> ARNIE
> Plus coincé qu'une conne de saucisse dans un congèle.

Il prend la bière dans sa poche arrière et sort un ouvre-bouteilles de l'une de ses poches de devant. Il fait sauter la capsule et boit à longues gorgées. Il rote. Puis il coince la bouteille à moitié vide dans les scories pour qu'elle ne se renverse pas. Enfin, il ramasse le pied-de-biche.

4 EXT. LE CHARIOT

SON : bruissements de feuilles. Quelque chose sort des buissons... quelque chose d'*immense* qui bondit avec souplesse sur le chariot. C'est un loup-garou aux yeux jaune-verdâtre. Des lambeaux de vêtements sont encore accrochés à son corps.

Quelle sorte de monstre, exactement ? Un humanoïde aussi bien qu'un loup... et quand on apprendra de qui il s'agit sous sa forme humaine, on se dira qu'on aurait dû le voir au premier coup d'œil... et on se traitera d'imbécile de ne pas l'avoir su plus tôt.

Il est tapi sur toute la longueur du chariot, immense, le corps plein de poils, la gueule pleine de crocs, implacable.

FIN DU GÉNÉRIQUE

5 EXT. ARNIE NUIT

De toutes ses forces, il essaye de débloquer l'aiguillage avec le pied-de-biche. L'injuriant entre ses dents. Soudain, la voie et la tringle de l'aiguillage bougent.

ARNIE
Nom d'un chien ! Bon... un peu d'huile maintenant...

Il retourne vers le chariot.

6 EXT. ARNIE ARRIVE AUPRÈS DU CHARIOT

ARNIE
: Ni amère, ni douce... Un sacré putain de
[plaisir...

son : Un cliquetis, des bruissements. Arnie regarde autour de lui.

7 EXT. LES RAILS ET L'AIGUILLAGE
ARNIE EN AMORCE   NUIT

Il n'y a rien. Sa bouteille de bière se trouve à côté de ses outils posés en vrac.

8 EXT. ARNIE SUR LE CHARIOT

Il fouille dans la boîte à outils, dos à l'aiguillage.

9 EXT. LA BOUTEILLE DE BIÈRE D'ARNIE GROS PLAN

Une main-patte velue se referme sur la bouteille... On voit les immenses griffes crochues de la main.

10 EXT. LA FACE DU LOUP-GAROU   GROS PLAN

Des yeux jaune-vert étincelants; un visage féroce, bestial, encore à moitié humain. C'est tout ce qu'on voit. Le reste est plongé dans l'ombre. Il ouvre sa gueule et termine la bouteille de Rheingold. Glouglous de la bière qui descend dans la gorge du loup-garou.

11 EXT. ARNIE ET LE CHARIOT

Il a déniché un vieux bidon à huile, un de ceux munis d'un long bec verseur. Il repart vers l'aiguillage en balançant le bidon.

ARNIE (*il chante*)
Ma bière, c'est Rheingold, la bière *forte*...
Pensez à Rheingold chaque fois que vous
[éclusez une bière...

Il arrive auprès de l'aiguillage, baisse la tête...
et s'arrête de chanter. Il écarquille les yeux.

12 EXT.   LES SCORIES À CÔTÉ DES RAILS   ARNIE EN AMORCE

On voit le trou où Arnie a posé sa bière, mais il est vide, bien sûr. A côté de lui, dans les scories, il y a deux immenses empreintes de pas, mi-humaines, mi-animales.

13 EXT.   ARNIE

Il a peur. Regarde autour de lui pour voir qui est là. Il commence à se rendre compte qu'il est dans la merde jusqu'au cou.

SON : Un rugissement hargneux qui glace le sang.

14 EXT.   LE LOUP-GAROU

Il se dresse sur ses pattes arrière. Une vilaine lueur jaune-vert flamboie dans ses yeux. Ses babines se retroussent, révélant ses horribles crocs.

15 EXT.   ARNIE

Il renverse la tête pour regarder la créature; il est défiguré par la peur.

ARNIE
Oh! n...

Une immense main-patte armée de griffes s'abat sur lui. Le divorce entre la tête d'Arnie et le restant de son corps est immédiatement accordé, dans le style pratiqué à Reno.

16 EXT. LE CHARIOT

SON : pas de la bête qui approche. Un bras velu et une main griffue plongent dans la boîte à outils ouverte, et fouillent dedans. La main dégouline de sang. Lorsqu'elle réapparaît, elle tient une bouteille de Rheingold.

Le loup-garou se met à chanter. C'est un bizarre grognement à la fois horrible et drôle dont les paroles sont diaboliquement reconnaissables.

LE LOUP-GAROU
(*voix gutturale, inhumaine*)
Ma bière, c'est Rheingold, la bière forte...

Pas d'ouvre-bouteilles pour cette créature; il frappe avec force le goulot contre le rebord de la boîte à outils. De la bière jaillit en moussant.

17 EXT. LA FACE DU LOUP-GAROU DANS LE NOIR

Il enfourne le goulot déchiqueté de la bouteille dans sa gueule et boit. De la mousse dégouline sur son pelage.

LE LOUP-GAROU (*voix hargneuse*)
Quand vous achetez une bière, pensez :
[Rheingold...

18 EXT. LE LOUP-GAROU GROS PLAN

La bouteille est vide. On entend des BRUITS DE CRISSEMENT, alors qu'il commence à *manger* la bouteille.

Du sang se met à couler de sa gueule; son visage se tord de douleur et de rage. Il crache des morceaux de verre pleins de sang.

Il lève la tête, pousse un long hurlement.

19 EXT. TARKER'S MILLS NUIT-CLAIR DE LUNE

Une petite commune; peut-être de la Nouvelle-Angleterre, peut-être du Sud profond. En 1984 ou bien en 1981. On est dans la grand-rue. C'est Tarker's Mills, et dans les petites villes de ce genre, le temps s'écoule plus lentement. Des voitures — pas trop — vont et viennent. Personne n'est pressé.

On voit l'église méthodiste (et la porte latérale du presbytère); le magasin de sports d'Andy; le pub d'Owen avec son néon « Narragansett ». On voit un salon de coiffure et son enseigne à raies bicolores; on voit l'église catholique de la Sainte-Famille et la porte latérale de la cure. On voit le Gem Theater qui passe *Two Women* avec le retour triomphal de Sophia Loren.

C'est notre ville, typiquement américaine.

> JANE (*voix off*)
> Voici Tarker's Mills où j'ai grandi... et tel que c'était quand j'avais quatorze ans, une ville où chacun se soucie autant de son voisin que de lui-même. Voilà à quoi ressemblait ma ville. On l'ignorait encore, mais

nous étions au bord du cauchemar. La tuerie avait commencé.

son : Le hurlement du loup-garou, distant, presque imperceptible.

20 EXT./INT. MONTAGE DE TARKER'S MILLS NUIT

a) Virgil Cutts, propriétaire de la station Virgil's Texaco, remplit le réservoir d'une voiture. On entend le hurlement et... Virgil lève la tête, mal à l'aise.

b) Chez le coiffeur, au même moment, Billy McClaren, le barbier, retire la serviette protégeant le révérend méthodiste O'Banion. Ils regardent tous les deux autour d'eux.

c) Les gens sortent du Gem Theater. Ils s'immobilisent au hurlement et regardent vers la périphérie de la ville.

21 EXT. COUCHER DE LA LUNE GROS PLAN NUIT

Tandis que Jane parle, on voit la lune disparaître à l'horizon.

    JANE (*voix off*)
La tuerie avait commencé, mais on ne pouvait pas le savoir... Arnie Westrum était un alcoolo notoire et ce qui s'était passé ressemblait à un accident.

22 EXT. LE CHARIOT ET LE CORPS DÉCAPITÉ D'ARNIE
 NUIT-AUBE

Lentement, l'image devient plus claire, plus nette, cependant que l'aube s'annonce.

son : Un train approche. On entend son sifflet.

LA CAMÉRA PANORAMIQUE SUR les débris d'une bouteille de Rheingold, les outils d'Arnie en vrac. Et là, sur la joue de la tête coupée d'Arnie, quelques fourmis grappillent ce qui les intéresse.

son : le sifflet du train, beaucoup plus proche.

> JANE (*voix off*)
> Le coroner du comté a conclu qu'Arnie était mort sur la voie. Faute de preuves pour toute autre conclusion.

Et soudain, le train jaillit dans le champ, sifflet hurlant. Le chariot valdingue. Le corps d'Arnie disparaît dessous. On voit quelque chose s'agiter sous le chariot. Un tas de fringues, peut-être. Peut-être... mais ce n'est pas ça.

FONDU ENCHAÎNÉ SUR :
23 EXT. LE PARC MUNICIPAL DE TARKER'S MILLS JOUR

Le parc municipal constitue plus ou moins le centre de la ville; il pourrait donner sur les commerces ou être entouré par eux. LA CAMÉRA S'AVANCE AVEC LENTEUR vers une grande tente dressée dans le parc — on dirait presque une tente pour un meeting religieux, mais le calicot tendu au-dessus de l'entrée indique : SOUTENEZ LA CAMPAGNE AU PROFIT DU SERVICE MÉDICAL DE TARKER'S MILLS.

Derrière ou sur le côté, des tables de pique-nique ont été installées bout à bout sur la pelouse. Des femmes disposent dessus des salades et les pains cuits à la maison. A la fin du meeting, la ville entière va festoyer. Plus loin, des hommes s'affairent autour de barbecues, font griller du maïs...

Joe Haller (*voix amplifiée*)
Je laisse maintenant la parole au père Lester Lowe de l'église catholique de la Sainte-Famille.

Des applaudissements enthousiastes accueillent cette déclaration.

24 INT. LA FOULE JOUR

Presque toute la ville est là, assise sur des chaises pliantes. On distingue plus particulièrement trois personnes : Nan Coslaw, son mari, Bob, et leur fille âgée de quatorze ans, Jane. C'est notre Jane, une Jane légèrement plus âgée, dont on a déjà entendu la voix.
A présent, le meeting, commencé depuis un bout de temps, l'ennuie un peu. Alors que les applaudissements continuent, elle se penche vers sa mère.

Jane
Je sors un instant, d'ac ?

Nan
Si tu veux. Ne t'éloigne pas. Et vérifie si ton frère va bien.

Alors que Jane se lève, les applaudissements commencent à faiblir.

NOTE : Jane porte un crucifix en argent autour du cou et continuera à le porter tout le long du film.

25 INT. LE PODIUM JOUR

Sur un côté, une grande photographie en noir et blanc est exposée sur un chevalet. Elle représente une camionnette qui a été aménagée en ambulance.

Il y a quatre fauteuils derrière le podium. Le révérend Tom O'Banion occupe l'un d'eux. Andy Fairton, le visage rouge et radieux, en occupe un autre. Joe Haller, le commissaire, regagne le sien. Lester Lowe s'approche du micro; les applaudissements cessent. Le visage de Lowe rayonne d'amour et de bienveillance.

LOWE
Depuis dix ans...

L'ampli ne marche pas. Il tapote le micro.

26 INT. JANE

Elle se fraye un chemin le long de sa rangée. Elle passe devant une jeune fille qui a à peu près le même âge et qui a entendu la recommandation de Nan.

LA FILLE (moqueuse)
Et vérifie si ton frère va bien.

JANE (voix basse)
Marty n'est qu'un épouvantail.

Elle atteint l'extrémité de la rangée et se dirige vers la sortie.

27 INT. LE PODIUM AVEC LE PÈRE LOWE

Il tapote à nouveau le micro.

28 INT. LA FOULE AVEC BOB ET NAN COSLAW AU PREMIER RANG

>   BOB (*bon enfant*)
> Faites comme si vous quêtiez de l'argent pour votre propre église, mon père ! Ça marchera !

Des rires enjoués accueillent cette déclaration.

29 INT. LOWE SUR LE PODIUM

Un peu démonté, il tapote le micro et obtient en récompense un LARSEN STRIDENT.

>   LOWE
> Depuis dix ans, je fais le même rêve. Je rêve qu'un jour notre petite communauté qui, parfois, semble si éloignée de Durham et de ses hôpitaux salutaires, possède un équipement médical moderne. J'espère que ce meeting, qui a réuni tant d'amis, marquera le début de la réalisation de ce rêve.

SON : Applaudissements enthousiastes.

30 EXT. UN SERPENT DANS L'HERBE GROS PLAN JOUR

C'est un serpent noir... inoffensif, mais de grande taille. Il zigzague dans l'herbe vers un ruisseau. EN FOND SONORE : Applaudissements.

>   MARTY (*off*)
> Bon Dieu ! Brady, t'es sûr qu'il est pas venimeux ?

>   BRADY (*off*)
> Ce vieux serpent de rien du tout ? *Jamais de la vie !*

Des mains — des mains crasseuses de garçon qui aime bien faire des blagues — attrapent le serpent.

31 EXT. MARTY ET BRADY   GROS PLAN

Brady brandit le serpent. Les deux enfants le regardent avec respect et émerveillement.

NOTE : Marty porte une médaille de St. Christophe en argent qu'il gardera tout le long du film.

MARTY
Passe-le-moi !

Brady le lui tend. Pendant que Marty observe le serpent, Brady voit :

32 EXT. JANE QUI SORT DE LA TENTE

JANE (*voix off*)
J'allais sur mes quinze ans cet été-là. Mon frère, Marty, en avait onze. Marty et son ami, Brady Kincaid, étaient les deux croix qu'il me fallait porter. En fait, le pire des deux était Brady, mais je ne voulais pas le reconnaître, ou rarement, car mes parents me jetaient sans cesse mon frère à la figure.

LOWE (*off depuis la tente*)
Trente-deux mille dollars représentent une grosse somme. Mais si vous songez au nombre de vies que cette ambulance permettra de sauver, c'est une bagatelle.

Des applaudissements enthousiastes accueillent cette déclaration.

33 EXT. MARTY ET BRADY

On serre à nouveau de près les deux garçons : on les voit cadrés à mi-corps ou à hauteur de poitrine. Brady arrache le serpent des mains de son ami.

> BRADY
> J'ai une idée.

> MARTY
> Laquelle ?

Brady regarde vers Jane. Marty suit son regard. Il écarquille les yeux.

> MARTY
> T'es pas cap !

Brady a un sourire hilare. Marty jauge son sourire.

> BRADY
> T'es cap !

34 INT. LE PODIUM AVEC LOWE JOUR

> LOWE
> Un effort comme celui-ci constitue à mes yeux le *symbole* même de la vie en communauté. Tous unis, fermiers et commerçants... protestants et catholiques...

35 EXT. JANE JOUR

Elle s'avance lentement vers les tables de pique-nique et passe sous un arbre. Les applaudissements s'intensifient.

> BRADY (*voix aguichante*)
> Jane... Jane...

Elle lève les yeux. Le serpent noir se balance au-dessus d'elle, caressant presque son visage renversé en arrière.

Jane hurle et déguerpit en courant, mais elle s'emmêle les pieds et tombe brutalement. Elle porte ce qui *était* une jolie robe bain de soleil et un collant. A présent, la robe est déchirée et le collant a un accroc aux genoux.

36 EXT. L'ARBRE AVEC BRADY

Allongé sur une branche, il rigole comme un fou.

37 EXT. JANE

Elle se relève, regarde ses vêtements, ses genoux en sang. Elle est au bord des larmes.

38 EXT. MARTY SUR UN CÔTÉ DE L'ARBRE
PLAN RAPPROCHÉ

Cadré à mi-corps. Comme il se doit, il a l'air de regretter d'avoir participé à cette petite plaisanterie.

> MARTY
> Ce n'est qu'un serpent noir, Jane...

39 EXT. JANE

Elle lui jette des regards furibonds, presque haineux.

JANE
Non, mais regarde mes genoux! Regarde ma robe! *Je te déteste!*

40 EXT. BRADY DANS L'ARBRE

BRADY
Fifille a fait pipi dans sa culotte?

41 EXT. MARTY

MARTY
Arrête, Brady!

42 EXT. BRADY DANS L'ARBRE

Il jette le serpent.

43 EXT. JANE

Elle évite le serpent en poussant un petit cri. Elle se met à pleurer, mais cela ne l'empêche pas d'envoyer Brady se faire foutre.

44 EXT. BRADY DANS L'ARBRE

BRADY
Ooooh, comme c'est *vilain*, ça!

45 EXT. MARTY

Il s'avance vers Jane... Il y a quelque chose d'étrangement anormal dans ce mouvement. Dans un instant, nous comprendrons pourquoi, mais pour le moment, nous devons être intrigués.

MARTY
Jane, excuse-moi. C' n'était qu'une blague. On n' voulait pas...

Il l'a rejointe. Jane, maintenant, sanglote de façon hystérique.

JANE
Bien sûr! Jamais tu l' fais exprès! *J' te déteste, espèce d'épouvantail!*

Elle s'enfuit en courant.

46 EXT. L'ARBRE AVEC BRADY

BRADY (*satisfait*)
Cette fois, on l'a vraiment foutue en rogne.

47 EXT. MARTY

Il est dans un fauteuil roulant et regarde Jane avec un air renfrogné.

MARTY
Ferme-la, Brady. T'as l'esprit mal tourné.

48 JANE PRÈS DU KIOSQUE JOUR

Elle marche, pleurant encore un peu. A présent, elle s'arrête derrière des buissons, jette un regard autour d'elle, relève la jupe de sa robe et retire en se tortillant son collant déchiré.

STELLA RANDOLPH (*off*)
Attends! T'en va pas!

Effrayée, Jane regarde autour d'elle, rabaissant d'instinct sa robe. Personne en vue.

>   UN HOMME (*off, voix dure*)
> Fous-moi la paix !

Maintenant, Jane regarde vers :

49 EXT. LE KIOSQUE   JANE EN AMORCE

Un homme ayant tout l'air du représentant de commerce qui a réchappé de justesse à une sale histoire avec la fille du fermier descend les marches du kiosque quatre à quatre.

Stella Randolph, une jeune fille rondouillette mais jolie à croquer, s'approche des marches; mais ne descend pas du kiosque. Elle pleure, elle aussi. Toutefois, ce sont de *vraies* larmes, les amis. Stella, c'est les chutes du Niagara en personne.

>   STELLA (*voix forte*)
> S'il te plaît ! Tu dois m'aider !

50 EXT. LE FOURBE EFFRONTÉ

>   LE FOURBE
>   (*il continue à s'éloigner*)
> C'est peut-être ton four, mais c' n'est pas mon p'tit pain qu'est en train de cuire dedans. Désolé, babe.

FOND SONORE : Applaudissements plus forts.

51 EXT. JANE

On entend Stella sangloter, tandis que Jane s'avance lentement vers le kiosque, son collant caché dans une main. Jane semble soudain consciente qu'elle n'est pas la seule dans ce triste monde à avoir des problèmes. Elle atteint le pied des escaliers menant au kiosque et mine de rien jette son collant dans une corbeille.

Jane gravit lentement les marches.

>JANE
> Stella ? C'est toi ?

52 EXT. SUR LE KIOSQUE

Stella s'est réfugiée sur l'un des bancs où elle sanglote éperdument dans une poignée de kleenex. Boulotte, vingt-deux ans, elle est à la fois comique et terriblement triste. Au son de la voix de Jane, elle regarde autour d'elle.

> STELLA (*inquiète*)
> Qui... ?

> JANE (*s'approchant un peu plus*)
> C'est Jane, Stella. Jane Coslaw.

Après avoir constaté que c'est bien Jane, Stella lui tourne le dos, toujours en larmes. Jane demeure plantée sans trop savoir que faire. Après un instant, elle s'approche encore un peu et touche d'un geste timide le dos de Stella.

> JANE (*tendrement*)
> Qu'est-ce qui n' va pas ?

> STELLA (*en pleurs*)
> Il s'en va. J' le sais.

> JANE
> Mais *qui* s'en va ?

Stella se tourne vers elle, en larmes, affolée.

STELLA

Qu'est-ce que j' vais dire à ma *mère*? S'il ne m'épouse pas, qu'est-ce que j' vais dire à ma *mère*?

JANE (*éberluée*)

Stella, j'ignorais que...

STELLA

Oh! fiche-moi la paix! Fiche-moi donc la paix, espèce d'idiote!

Stella traverse le kiosque, l'air écrasée, et descend les marches. Jane la suit du regard, abasourdie et peut-être même un peu effrayée.

53 INT. LE PODIUM AVEC LE RÉVÉREND O'BANION   JOUR

O'BANION

Prions!

54 INT. L'ASSEMBLÉE

La plupart des fidèles baissent la tête.

55 INT. LE RÉVÉREND O'BANION SUR LE PODIUM

O'BANION

Que la grâce de Dieu rayonne sur tous ceux ici présents... et élève leurs esprits... et garantisse le succès de l'entreprise qu'ils ont décidé de soutenir avec ferveur. Amen!

56 INT. L'ASSEMBLÉE

Les fidèles relèvent la tête. Certains répètent « Amen ». D'autres se signent.

57 EXT. LE COIN PIQUE-NIQUE JOUR

Les fidèles sortent de la tente, s'apprêtant à s'empiffrer.

58 EXT. LE BREAK DES COSLAW JOUR

La voiture roule sur une route de campagne en direction de la maison des Coslaw.

59 INT. LE BREAK JOUR

Bob et Nan Coslaw sont assis à l'avant; Marty et Jane sur le siège arrière. Jane s'est installée aussi loin que possible de Marty. Elle est encore folle de rage. Ses genoux sont couverts de sparadrap. Le fauteuil roulant de Marty est rangé n'importe comment dans le coffre.

Nan se retourne vers les gosses : elle est vraiment furieuse contre Jane.

> NAN
> Je veux que vous enterriez la hache de guerre, tous les deux. Tu t'es conduite comme une petite sotte, Jane.

> JANE (*emportée*)
> T'as vu mes genoux ?

> MARTY
> Jane, je...

> NAN
> T'es aussi mesquine que sotte, Jane. Ton frère, depuis sa *naissance*, n'a jamais eu une égratignure aux genoux.

C'est bien là la principale source de l'animosité de Jane envers son frère et la raison de presque toute la tension qui règne dans la famille Coslaw.

Marty cligne des yeux et se détourne légèrement, gêné... comme toujours. Cela lui déplaît, mais il ne sait pas comment arrêter ses parents, et sa mère en particulier.

> JANE
> Tu prends toujours sa défense parce que c'est un infirme ! C'est pas *ma* faute s'il est infirme, figure-toi !

> MARTY
> Allons, Jane... c'était l'idée de Brady. Et je n'ai pas pu le retenir.

> JANE
> Brady est un épouvantail, et toi aussi !

> NAN
> *Jane Coslaw !*

> BOB (*il rugit*)
> *Arrêtez ou je fiche tout le monde dehors !*

Dans cette cellule familiale traditionnelle, Bob représente la Voix de l'Autorité. Tout le monde obtempère, bien que l'atmosphère demeure orageuse.

60 EXT. LE BREAK JOUR

La voie ferrée court parallèlement à la route.

61 INT. LE BREAK PLAN D'ENSEMBLE JOUR

                    BOB
         (*avec un geste de la main*)
Tiens, c'est là que ce pauvre vieil Arnie
Westrum a ramassé sa dernière cuite.

Il se signe et tout le monde regarde vers :

62 EXT. LES RAILS DE LA GS & WM
   LE BREAK EN AMORCE   JOUR

63 INT. LA VOITURE   JOUR

                    BOB
On a dû ramasser ses restes dans une corbeille à fruits.

                    JANE
Oh papa ! T'es *dégoûtant* !

                    MARTY
Il a vraiment eu la tête coupée, p'pa ?

                    JANE
Si vous n'arrêtez pas, je vais vomir. J' le sens.

                    NAN (*durement*)
Tu ne vomiras pas, Jane. D'ailleurs, on en a tous assez de cette conversation pour film d'horreur.

64 INT. MARTY PLAN PLUS RAPPROCHÉ   JOUR

Il se dévisse le cou pour regarder l'endroit où Arnie a mordu la poussière. Son visage est pensif, solennel.

FONDU ENCHAÎNÉ SUR :

65 EXT. LA MAISON DES COSLAW   NUIT

Lumières au rez-de-chaussée et au premier.

>   NAN (*off*)
>   Allez ouste, vous deux ! Au lit !

Une des lumières s'éteint à l'étage.

66 INT. CHAMBRE DE JANE   NUIT

Jane est couchée dans son lit, tournée vers le mur. Quand la porte s'ouvre, une lumière lugubre éclaire son visage malheureux.

>   MARTY (*off*)
>   Janey ?... t'es réveillée ?

Jane ne répond pas.

67 INT. LA PORTE DE LA CHAMBRE DE JANE AVEC MARTY

Il est dans son fauteuil roulant pour la maison, et non dans la Silver Bullet (comme durant les plans dans le parc, mais on ne l'a pas clairement). Il y a un objet sur ses genoux. Une boîte, à coup sûr.

>   MARTY
>   J' peux entrer ?

68 INT. JANE

Elle a les yeux ouverts, mais ne dit rien. Elle se contente de regarder le mur.

69 INT. MARTY

Il roule jusqu'au lit de Jane et pose quelque chose sur sa table de nuit. Bruit de pièces de monnaie et de froissement de papier. Elle se retourne et s'aperçoit qu'il a mis environ trois dollars sur la table. Plus une boîte de fruits secs assortis.

> JANE
> C'est pourquoi c't argent ?

> MARTY
> Un nouveau collant. C'est assez ?

> JANE
> J'en veux pas de ton blé. T'es un épouvantail.

> MARTY
> C'était l'idée de Brady, Jane. Je t' le jure. S'il te plaît, prends cet argent. Je veux qu'on fasse la paix.

Elle le regarde et se rend compte qu'il est sincère... qu'il regrette vraiment. Elle s'attendrit. Peut-être reste-t-il encore un espoir pour ces deux gosses.

> JANE
> Je peux en avoir une paire au drugstore du coin pour un dollar quarante-neuf. Tiens.

Elle pousse le restant de la monnaie vers lui, puis regarde la boîte. Elle la prend, intriguée.

> MARTY
> Ça aussi, c'est pour toi. Oncle Al me l'a donnée...

JANE (*méprisante*)
Cet *ivrogne*!

MARTY
... mais je l'ai gardée pour toi.

Il lui lance un beau sourire attendrissant. Quand ton petit frère devient charmant, c'est le moment d'être sur tes gardes... mais Jane se laisse avoir. Elle commence à ouvrir la boîte, puis lui lance un regard interrogateur.

MARTY
Ouais, continue!

Elle l'ouvre. Un long serpent en papier monté sur ressort jaillit à son nez. Elle hurle.

JANE
Espèce d'épouvantail!

Marty recule son fauteuil pour se mettre hors de portée.

MARTY (*tout sourire*)
C'est vraiment pour ton anniversaire, n'empêche... Fais le coup à Brady. Il mouillera son futal.

JANE
Va te faire foutre!

70 INT. MARTY SUR LE SEUIL DE LA CHAMBRE

MARTY (*souriant*)
Je t'aime, Janey.

71 INT. JANE DANS SON LIT

Elle voudrait se mettre en colère contre lui... mais n'y arrive pas. (Nous découvrirons plus tard que Marty partage ce trait de caractère avec son oncle Al.) Elle lui lance un petit sourire.

72 INT. MARTY

Il fait demi-tour dans son fauteuil roulant, un vague sourire aux lèvres, et s'en va.

73 EXT. TARKER'S MILLS SOUS LA LUNE NUIT

Vue plongeante sur un beau petit nid de lumières.

SON : Un hurlement.

74 EXT. UNE MAISON AU LOIN DANS LA CAMPAGNE NUIT

Il y a une lumière au premier, et au rez-de-chaussée une autre, ainsi que le scintillement bleuâtre d'un écran de télé.

Du lierre couvre un des murs latéraux de la maison.

SON : dialogue TV, gros rires.

75 INT. LE LIVING DE LA MAISON DES RANDOLPH NUIT

La mère de Stella est endormie devant la télé.

76 INT. UN BEAU PLAT EN PORCELAINE DE CHINE
   GROS PLAN NUIT

Tout un tas de comprimés tombent en pluie dans le plat.

TRAVELLING ARRIÈRE : Stella, assise devant le miroir de sa coiffeuse. Le reste de la pièce se reflète dans le miroir, y compris la fenêtre... Nous sommes au premier.

NOTE : Cela serait pas mal de voir la grosse lune flotter à hauteur de la fenêtre.

Sur la coiffeuse à côté du plat rempli de comprimés, il y a une photo sous cadre de l'ex-amant de Stella. Elle repose un flacon vide. Sur l'étiquette, on lit clairement : NEMBUTOL. Il y a aussi un grand verre d'eau sur la coiffeuse.

Stella retourne la photo. Il se peut qu'elle pleure, mais probablement pas. Elle prend environ cinq comprimés, commence à les porter à sa bouche...

UN HURLEMENT au-dehors... plus proche.

Stella jette un œil autour d'elle, puis avale les comprimés avec un peu d'eau. Elle s'arrête et se regarde dans le miroir.

STELLA
Les suicidés vont en enfer. Surtout si ce sont des femmes enceintes. Et ça m'est complètement égal.

Elle avale cinq autres comprimés. Et encore cinq autres.

SON : Craquement de branchages.

77 EXT. LE MUR COUVERT DE LIERRE NUIT

Des mains armées de griffes empoignent le lierre et grimpent.

son : respiration rauque, gutturale.

78 INT. STELLA DEVANT SA COIFFEUSE   NUIT

Elle avale une nouvelle poignée de comprimés... et la fenêtre derrière elle s'ouvre avec fracas.

On entend un rugissement, cependant que le loup-garou saute dans la pièce.

79 INT. LE LIVING AVEC LA MÈRE   NUIT

Elle s'assied, réveillée en sursaut.

Du premier : NOUVEAU RUGISSEMENT À VOUS GLACER LE SANG... SUIVI D'UN HURLEMENT.

80 INT. LA CHAMBRE DE STELLA AVEC STELLA   NUIT

Elle court... et une immense main avec des griffes déchire le dos de sa chemise de nuit.

81 INT. LE LIVING AVEC LA MÈRE   NUIT

LA MÈRE
Oh! mon Dieu... Stella!

Elle court vers la porte, traverse le vestibule. D'en haut parviennent des bruits confus : rugissements, meubles brisés, verre qui se casse.

82 INT. LE LIT DE STELLA GROS PLAN   NUIT

Une de ces pattes mortelles s'abat sur le lit, déchire les draps... le matelas... les ressorts même.

Des pieds velus, boueux, aux talons protubérants, sautent sur le lit.

83 EXT. FENÊTRE DE STELLA GRANDE CONTRE-PLON-
GÉE NUIT

Le loup-garou bondit par la fenêtre... il est gracieux, félin, sauvage.

SON : Un hurlement de triomphe.

84 INT. LE VESTIBULE DU PREMIER AVEC LA MÈRE NUIT

Elle a trouvé quelque part un vieux pistolet. Elle s'avance en le serrant bravement à deux mains.

LA MÈRE
Stella !... Stella !

Elle parvient derrière la porte fermée de la chambre de sa fille, hésite un instant... puis l'ouvre brutalement et entre.

Un long temps de silence, tandis que nous restons sur le seuil.

La mère hurle.

85 INT. LE VISAGE DE LA MÈRE TRÈS GROS PLAN

Elle hurle à nouveau.

86 INT. LA CHAMBRE DE STELLA PLAN LARGE

C'est le carnage total; tout est éclaboussé de sang. Le miroir est cassé, la photo de Dan, le fourbe effronté, est cassée; le lit est scindé en deux. Il y a de grandes empreintes de loup boueuses sur les restes du lit.

Stella gît recroquevillée dans un coin, des dizaines de comprimés de Nembutol éparpillés autour d'elle. Elle avait peut-être eu l'intention de se suicider, mais il est certain que ce n'est pas ce qui s'est passé.

La mère hurle.

87 EXT. MONTAGE DE TARKER'S MILLS MATIN

a) Mr Peltzer sort son porte-journaux... rien d'autre que le *Press Herald* ce matin. Il a un air bouleversé et macabre. Gros titre effrayant du journal : L'OUEST DU MAINE BOULEVERSÉ PAR UN MEURTRE ATROCE. On voit la photo de Stella.

b) A travers la vitre du snack de Robertson, on aperçoit le propriétaire, Bobby Robertson, qui parle gravement avec un groupe d'hommes. Parmi eux, Milt Sturmfuller, Owen Knopfler, Virgil Cutts, Billy McClaren et Elmer Zinneman, un fermier que nous rencontrerons par la suite.

c) Le magasin de sports d'Andy : Andy Fairton est en train d'accrocher un grand écriteau dans sa vitrine, sur lequel il est inscrit à la main : FUSILS DE CHASSE REMINGTON À UN COUP À DEUX COUPS À POMPE PROTÉGEZ-VOUS ET PROTÉGEZ VOTRE FAMILLE.

d) Au presbytère de l'église méthodiste, une Dodge de 53 s'arrête lentement et la mère Randolph en descend, en larmes. Au moment où elle atteint la porte du presbytère, Lester Lowe sort et la serre contre sa poitrine.

88 EXT. UN PETIT BÂTIMENT EN BRIQUE DE LA GRAND-RUE MATIN

Un écriteau indique : MUNICIPALITÉ DE TARKER'S MILLS.

89 INT. UN VESTIBULE AVEC UNE PORTE DONT LE HAUT EST EN VERRE DÉPOLI

Sur le verre, une inscription en lettres élégantes : COMMISSARIAT DE TARKER'S MILLS. Et dessous : JOSEPH HALLER.

JOE HALLER *(off)*
O.K. !... Oui... Oh ! allez vous faire foutre !

90 INT. LE BUREAU DU COMMISSAIRE AVEC HALLER ET PETE SYLVESTER MATIN

Haller raccroche lentement le récepteur. Il a l'air d'un type qui n'a pas fermé l'œil de la nuit. Pete, son adjoint bien en chair, a l'air d'un athlète de collège qui se retrouve soudain promu champion international.

PETE
Qu'est-ce qu'ils ont dit, Joe ?

HALLER
Qu'ils seraient là à midi.

PETE *(nerveux)*
Ce n'était peut-être pas une bonne idée d'envoyer ce minus de la police judiciaire se faire foutre, Joe.

HALLER *(morose)*
J'ai attendu qu'il ait raccroché. Jésus, quel bordel ! Je regrette de ne pas être resté dans l'armée. Bon, on y va.

Il se lève avec lenteur.

91 EXT. GROUPE SCOLAIRE DE TARKER'S MILLS APRÈS-MIDI

C'est un agréable bâtiment en brique rouge. Du lierre couvre les murs latéraux. Sur l'un des côtés du bâtiment s'alignent deux ou trois rangées de vélos.

son : la cloche sonne.

Après un ou deux coups, les portes s'ouvrent violemment et un milliard de gosses s'éparpillent dans la rue. C'est la fin de la première journée d'école, et ils sont excités. Les classes vont du primaire au collège. La plupart des gosses filent chez eux à toute allure en vélo ou en courant. Ils ont tous un carnet rose à la main.

92 EXT. UNE BANDE DE GOSSES AVEC BRADY KINCAID ET TAMMY STURMFULLER   APRÈS-MIDI

Brady et Tammy roulent en vélo. On entend à présent un bruit de moteur, et Marty les rattrape. Pour la première fois dans le film, on le voit au guidon de la Silver Bullet. Plus tard, le bruit de son moteur semblera extrêmement puissant, aussi puissant que celui d'une voiture de course, mais pour l'heure, il rappelle celui d'une tondeuse à gazon munie d'un pot d'échappement. La Silver Bullet est vraiment terrible, n'empêche : d'un gris métallisé étincelant avec des flammes décalquées sur le capot. Un engin que ce vieux Roth aurait pu inventer. A l'arrière, il y a une plaque d'immatriculation indiquant : SILVER BULLET.

BRADY
Vise-moi ça ! Voilà Madman Marty et sa Silver Bullet.

Tammy éclate de rire.

BRADY
Content d'être retourné en tôle, Marty ?

MARTY
Ouais... ça me plaît l'école.

TAMMY
Espèce d'épouvantail!

MARTY
Ma sœur dit ça aussi. Je vais bientôt vérifier dans la glace si je n' suis pas en train de verdir.

BRADY
Faut que j' me taille... salut, Marty... salut, Tammy.

93 EXT. CARREFOUR DE LA GRAND-RUE ET DE LA RUE WALNUT   PLAN PLUS LARGE   APRÈS-MIDI

Tammy et Marty regardent Brady foncer chez lui en vélo. Marty débraye et pousse un petit levier. Son fauteuil saute du trottoir sur la chaussée et ils traversent la rue côte à côte, Tammy en vélo, Marty dans son fauteuil roulant.

94 EXT. MARTY ET TAMMY VUS DE L'AUTRE TROTTOIR

Il monte d'un bond sur le trottoir, se remet au point mort et emballe le moteur. *Vraom!*

MARTY
Pas mal, hein? Oncle Al a retiré le pot d'échappement normal et m'a installé un Cherry Bomb.

TAMMY
C'est quoi, ça?

Le jeune Marty Coslaw, dans son fauteuil roulant, sort malgré sa peur pour arrêter le tueur qui menace Tarker's Mills.

Jane Coslaw, la sœur de Marty, est jalouse des attentions dont son frère est l'objet, mais elle s'allie à lui pour arrêter le tueur.

Oncle Al, le grand ami des enfants, construit un fauteuil roulant motorisé que Marty baptise « Silver Bullet ».

Nan Coslaw pense que son frère Al exerce une influence néfaste sur Marty et n'hésite pas à le lui dire.

Le shérif Joe Haller s'efforce d'arrêter la foule partie pour lyncher le tueur.

La foule n'a aucune idée de l'ennemi qu'elle devra affronter : c'est un loup-garou.

Après le meurtre du jeune ami de Marty, le révérend Lowe trouve en chaire des paroles de réconfort.

La congrégation paraît se transformer sous les yeux du révérend Lowe : ce sont des loups-garous.

Les paroissiens font la fête dans l'église...

... et ils attaquent le révérend Lowe.

Une fois sorti de la maison, Marty se rend compte qu'il va devoir affronter le loup-garou.

Maintenant que Marty connaît son terrible secret, le révérend Lowe veut le tuer.

Le loup-garou fait irruption chez les Coslaw dans l'intention de tuer Marty.

Marty et Jane affrontent le loup-garou avec pour seule arme une balle d'argent.

Marty
Mieux que rien. Il m'a dit qu'il reviendrait un de ces jours et qu'on gonflerait le moteur... mais je n' suis plus sûr qu'il va le faire. Il est en train de divorcer et ma mère lui fait la tête.

Tammy
Parce qu'il divorce ?

Marty
Heu... c'est la *troisième fois.*

95 EXT. UNE RUE DE LA PÉRIPHÉRIE DE LA VILLE AVEC MARTY ET TAMMY APRÈS-MIDI

Les autres gosses sont partis ; ils sont seuls. Il n'y a plus de trottoir et ils roulent lentement sur le bas-côté boueux de la route. Ils regardent vers :

96 EXT. LA MAISON DES RANDOLPH MARTY ET TAMMY EN AMORCE APRÈS-MIDI

L'allée est fermée par une barrière portant l'inscription : ENQUÊTE DE POLICE. La cour est remplie de voitures de flics... celle du commissaire Haller, plus un certain nombre de véhicules de la police d'Etat. Des hommes en uniforme vont et viennent.

On voit une grande tenture noire au-dessus de la porte.

97 EXT. MARTY ET TAMMY

TAMMY
Merci de m'accompagner, Marty... J'avais tellement peur de passer par là toute seule.

MARTY *(neutre)*
Ouais... *c'est* un peu effrayant.

TAMMY
Tu comprends, moi je la voyais. *Tout le temps.*

Tammy arrête son vélo. Elle est au bord des larmes.

TAMMY
Je la voyais *tous les jours,* et elle n'a jamais soupçonné ce qui allait lui arriver; moi non plus, d'ailleurs! Je sais bien que ça a l'air idiot, mais...

MARTY
Hé, calme-toi! Je comprends ce que tu ressens...

Il remet la Silver Bullet en marche et elle doit pédaler pour le rattraper.

98 EXT. L'ALLÉE DES STURMFULLER AVEC MARTY ET TAMMY APRÈS-MIDI

Ils s'arrêtent à la fin de l'allée.

TAMMY
Y A AUTRE CHOSE d'effrayant.

MARTY
Quoi?

                    TAMMY
            (en la désignant du doigt)
    Ça !

99 EXT. LA VIEILLE SERRE   MARTY ET TAMMY EN AMORCE

Elle se trouve un peu en retrait de la maison. Un endroit à vous donner la chair de poule. La plupart des vitres sont cassées. Certaines — peu — ont été remplacées par du carton. L'intérieur ressemble à une jungle où les plantes auraient déclenché une émeute. A l'arrière-plan, il y a un bout de jardin négligé où pas grand-chose ne pousse.

100 EXT. MARTY ET TAMMY

Elle est profondément troublée.

                    TAMMY
    J'ai entendu des bruits dans ce coin.

                    MARTY
    Quel genre de bruits ?

                    TAMMY
    Des grattements, des craquements.

                    MARTY
    Des rats.

                    TAMMY
    Mon père, lui, il dit que ce sont des gosses. Mais c'est pas des rats, ni des gosses, c'est...

101 EXT. LA MAISON DES STURMFULLER AVEC MILT
APRÈS-MIDI

Oh! bon sang de bonsoir, pas de problème, voici le Grand Alcoolique américain, version rurale. Milt porte un sous-vêtement genre thermolactyl taché de pipi, plus une casquette de base-ball avec CATERPILLAR inscrit dessus; dans une main, il tient une bouteille de bière (je parierais qu'il s'agit d'une Rheingold, la bière forte), de l'autre, il se gratte furieusement l'entrejambe.

> MILT
> *Tammy, rentre tout de suite faire la cuisine!*

102 EXT. LA SERRE APRÈS-MIDI

Inquiétante... sinistre.

> TAMMY *(off)*
> Faut que je rentre.

103 EXT. MARTY ET TAMMY

> MARTY
> J'irais bien jeter un coup d'œil, mais la terre a l'air si grasse que j'ai peur de rester embourbé.

Elle lui sourit, se penche et l'embrasse sur la bouche. Marty est abasourdi, mais heureux.

> TAMMY
> T'en avais envie, n'est-ce pas?

> MARTY *(l'air détaché)*
> Bien sûr. Ne t'inquiète pas.

TAMMY
Oh! tu sais, c'est pas grand-chose. Mais je suis un peu retournée depuis que... Enfin tu sais quoi.

MARTY
Ouais, mais si tu entends encore des bruits, dis-le à ton père. D'accord?

TAMMY
O.K.! Tu as assez d'essence pour rentrer chez toi?

MARTY *(sursautant)*
Bon Dieu!

104 EXT. LE « TABLEAU DE BORD » DU FAUTEUIL ROULANT   MARTY EN AMORCE

Il y a une jauge à essence, et l'aiguille est presque sur le zéro.

105 EXT.   MARTY ET TAMMY

MARTY
Je fais *toujours* ça! Faut que j'y aille, Tammy.

MILT *(off)*
Tammy!

TAMMY *(elle crie)*
J'arrive, p'pa! *(A Marty :)* Salut... merci de m'avoir raccompagnée à la maison.

Elle lui fait un signe de la main et remonte l'allée, tandis que Marty s'engage en marche arrière sur la route, puis reprend le chemin de la ville.

106 EXT. TAMMY

Elle arrête son vélo à côté de son père.

>MILT
>T'en as mis un temps. Qu'est-ce que tu fiches sans arrêt avec cet infirme ?
>
>TAMMY
>Il me plaît.
>
>MILT
>Ces foutus infirmes finissent toujours à l'hospice. On devrait tous les passer sur la chaise électrique. Ça équilibrerait c' putain de budget.

Après avoir lâché cette perle de sagesse, Milt rentre. A présent, il se gratte le derrière. Tammy s'arrête un instant et regarde vers la CAMÉRA; elle a l'air troublée et effrayée.

107 EXT. LA SERRE DÉSERTE QUE TAMMY REGARDE

FONDU ENCHAÎNÉ SUR :

108 EXT. MARTY

Il file vers le centre-ville qui est encore à quelque distance... Mais du moins a-t-il atteint le trottoir sur lequel il roule.

>MARTY *(sur le ton de la prière)*
>Allez, p'tit...

Il baisse les yeux vers :

109 EXT. LA JAUGE DU FAUTEUIL ROULANT   LE DOS DE MARTY EN AMORCE

Maintenant, l'aiguille est carrément sur le zéro.

110 EXT. LA STATION TEXACO DE VIRGIL   AU CRÉPUSCULE

Marty arrive. Le moteur du fauteuil roulant se met à avoir des ratés, hoquette et s'arrête. Le fauteuil roule au point mort jusqu'à la pompe la plus proche de la rue, puis s'immobilise. Virgil Cutts s'avance.

> VIRGIL
> Eh ben, Marty, t'as encore eu du pot, on dirait.

> MARTY
> Ouais. Vous voulez bien me faire le plein, s'il vous plaît, Mr Cutts.

> VIRGIL
> Tu veux que je vérifie le niveau d'huile ?

> MARTY
> Bien sûr !

> VIRGIL
> J' te fais le pare-brise et je vérifie cette cochonnerie de guidon ?

Marty rit. Virgil commence à verser délicatement de l'essence dans le minuscule réservoir du fauteuil.

111 EXT. LA MAISON DES COSLAW   NUIT

Elle est coiffée par la lune. Trois jours après la pleine lune.

ONCLE AL *(off)*
Je veux voir ton Carlton Fiske et te relance un George Brett... un Dave Kingman... et un Road Carew.

112 INT. NAN COSLAW SUR LE SEUIL DE LA CUISINE NUIT

Elle s'essuie les mains sur un torchon avec l'air de quelqu'un qui vient de mordre dans un citron.

113 INT. LE LIVING ONCLE AL ET MARTY NUIT

Oncle Al est la brebis égarée de la famille. La trentaine, il a une belle prestance et un air canaille. Et un coup dans l'aile également. Il a descendu de la bière et du whisky. A côté de lui, un cendrier déborde de mégots.

Marty et lui sont en train de jouer les cartes de base-ball de Marty au poker. Chacun en a une pile devant lui.

Marty est fou de son oncle Al. Chaque fois qu'il le regarde, son visage s'illumine.

MARTY
D'accord, d'accord. Je suis.

Il jette trois cartes de base-ball sur la table.

ONCLE AL
Ralph Houk! Tu n'as pas le droit de miser un entraîneur!

MARTY
O.K.! O.K.! Dwight Evans, alors.

Oncle Al
Qu'il aille se faire foutre ! Que *tous* les Red Sox aillent se faire foutre !

Il avale une gorgée de whisky et la fait passer avec une gorgée de bière.

114 INT. LE LIVING PLAN GÉNÉRAL

Nan entre en coup de vent. Elle en a assez vu et assez entendu. Elle gratifie oncle Al d'un coup d'œil assassin, puis regarde Marty avec un sourire protecteur.

Nan
Allez, Marty... Il est temps d'aller au lit.

Elle saisit son fauteuil et commence à le pousser.

Marty
M'man... !

Oncle Al
Laisse-le finir la partie, Nan.

Soûl ou pas, il sait très bien ce qu'il dit. A regret, Nan repousse Marty vers la table.

Nan
Dépêchez-vous !

Oncle Al étale ses cartes.

Oncle Al
Trois rois.

Marty *(rayonnant)*
Une suite à la reine.

> ONCLE AL
> Quelle putain de veine tu as !

> NAN *(outrée)*
> Ça *suffit !*

> MARTY
> *(pendant que sa mère pousse son fauteuil)*
> Ooh, m'man... !

115 INT. LA MONTÉE D'ESCALIER DANS LA MAISON DES COSLAW   NUIT

Marty est assis sur un siège spécial qui monte lentement le long d'un rail jusqu'au premier étage. Il est abattu, le visage renfrogné.

EN FOND SONORE, Nan gourmande son frère Al. A mon avis, on ne discerne pas tout ce qu'elle lui dit, mais nous connaissons tous des femmes comme Nan et il n'est pas bien difficile de combler les blancs. « Une maison de bons chrétiens... Tu arrives ici complètement soûl et attends... ne prends même pas la peine de téléphoner avant... » Etc., etc.

Au premier étage, il y a un autre fauteuil roulant. Ce n'est pas la Silver Bullet, mais un très humble fauteuil, de ceux que l'on fait avancer en tournant les roues à la main. Quand le siège mobile stoppe, Marty se glisse sur le fauteuil et s'engage dans le couloir en direction de la salle de bains.

Au rez-de-chaussée, Nan continue sa harangue.

116 INT.   LE LIVING AVEC NAN ET ONCLE AL   NUIT

Oncle Al range les cartes; il est dans une sorte de stupeur alcoolique; je veux dire par là qu'il est *réellement* ivre. Il a une cigarette au bec; une autre se consume dans le cendrier archiplein. Il laisse tomber une pile de cartes de base-ball sur le sol et, en se penchant pour les ramasser, il se cogne le front contre la table.

NAN
Je ne veux pas que tu boives devant Marty. C'est trop. Si tu ne peux pas t'en empêcher, il vaut mieux que tu ne viennes plus.

Al se redresse. Il y a en lui une sorte de force contenue, et voici qu'il parvient à remonter des abysses de son ivresse.

ONCLE AL
Si je viens ici, c'est parce que Marty a besoin d'un ami.

NAN
Oui... Tu as toujours été un ami pour lui. Mais si tu n'arrives pas à laisser tes cuites dans cette poubelle que tu appelles ta maison, il vaut mieux que tu ne viennes plus.

Elle quitte la pièce, au bord des larmes. Oncle Al la regarde partir, puis son attention est attirée par le cendrier qui fume. Il l'arrose de bière. L'incendie s'éteint, mais le résultat est encore plus écœurant à voir. Le geste peu sûr, il se remet à ranger les cartes.

ONCLE AL *(à lui-même)*
Et encore une fabuleuse soirée chez sœur Nan! *Youpi!*

117 INT.   LA SALLE DE BAINS DU PREMIER ÉTAGE
         CHEZ LES COSLAW   NUIT

Marty, à présent en pyjama, se brosse les dents.
Jane rentre. Elle est en chemise de nuit.

>   MARTY
> M'man était vraiment en colère cette fois,
> hein ?
>
>   JANE
> Tu t'attendais à autre chose ? Quand il est
> arrivé, on aurait dit une brasserie ambu-
> lante et il était aussi bien arrangé qu'un lit
> qu'on n'a pas fait depuis quinze jours.
>
>   MARTY
> Ferme-la !

Il tente de lui lancer un coup de poing. Jane
l'esquive facilement, mais Marty, déséquilibré,
bascule de son fauteuil et tombe. Sa brosse à
dents rebondit sur le carrelage.

>   BOB COSLAW *(off, voix endormie)*
> Hé ! c'est toi, Marty ?
>
>   JANE
> Il n'a rien, p'pa !

Elle jette un coup d'œil autour d'elle, puis se
penche au-dessus de son frère.

118 INT.   MARTY ET JANE   PLAN SERRÉ

L'une des joues de Marty est appuyée sur le sol.
Il a les yeux fermés et pleure.

>   JANE *(bas)*
> Marty, ça va ?

MARTY
Oui, va-t'en !

NAN *(off)*
Marty ?

Bruit de pas dans les escaliers.

Jane lance un coup d'œil par-dessus son épaule, puis aide Marty à remonter dans son fauteuil. Il se hisse dessus en s'accrochant au lavabo. Jane a juste le temps de lui lancer un regard qui signifie clairement : « S'il te plaît, ne me dénonce pas. »

Nan entre.

NAN
Jane, est-ce que tu embêtes encore ton frère ?

MARTY
Elle m'embêtait pas, m'man. J'ai laissé tomber ma brosse à dents, et en voulant la ramasser, j'ai basculé. Jane m'a aidé à me relever.

Il bat des paupières.

MARTY *(ton sirupeux)*
Jane est *merrrrveilleuse*.

Jane ramasse sa brosse à dents et la lui tend.

JANE
Tiens. Brosse-les bien, Marty. Une partie des conneries que t'as dans le cerveau risque de tomber dans ta bouche et de t'empoisonner.

NAN
Jane Coslaw!

Jane bat en retraite. Marty a un sourire large comme ça. La vanne était trop bonne.

119 EXT. LA MAISON DES STURMFULLER NUIT

Dans le ciel, au-dessus de la serre en ruine, on voit la lune.

LENT TRAVELLING AVANT VERS la serre. On commence à entendre : des grattements, des froissements... et des grognements sourds.

120 INT. LA CHAMBRE DE TAMMY NUIT

Elle est profondément endormie.

121 INT. LE LIVING NUIT

A la télé, l'*Heure du Catch*.

SON : porte du frigo qui claque. Milt Sturmfuller entre dans le living. Il porte toujours son caleçon rehaussé de taches de pisse et un litre de bière dans chaque main; de la Rheingold forte. Il s'assied devant la télé.

MILT *(ivre)*
Ecrabouille-le ! Tords-lui le cou !

122 EXT. LA SERRE NUIT

Les bruits continuent. Il y a un bref silence, puis quelque chose — un pot de fleurs certainement — tombe et se fracasse par terre.

123 INT. LE LIVING AVEC MILT   NUIT

Il tourne la tête une seconde — il a entendu un bruit —, mais la foule hurle à la télé. Le match atteint son apogée.

> MILT
> *(regardant à nouveau le poste)*
> Fous-le en l'air, toi, tête de con!

124 EXT. LA SERRE   PLAN RAPPROCHÉ   NUIT

SON : un grognement sourd. Les feuilles s'agitent, tremblent. Un autre fracas, plus fort que le précédent.

125 INT. MILT DANS LE LIVING   NUIT

Il tourne la tête vers la fenêtre. Il se lève, s'en approche et regarde dehors.

126 EXT. LA SERRE   PLAN MOYEN   MILT EN AMORCE   NUIT

SON : nouveau fracas. Les plantes bougent.

127 INT. MILT DANS LE COULOIR   NUIT

Il décroche son fusil, l'ouvre, regarde s'il est chargé.

> MILT
> J' vais te lui flanquer une de ces giclées de gros sel qu' c'est pas demain qu'il reviendra casser mes pots!

128 EXT. LA SERRE PLAN MOYEN MILT EN AMORCE NUIT

La porte s'ouvre en grinçant, et Milt, le fusil à la main, entre à pas de loup. L'endroit est une *véritable* jungle. Milt avance doucement dans cette jungle, et le metteur en scène filmera cela de façon à créer un rude suspense. Je suis certain que des plantes lui effleureront le visage et qu'un insecte ou deux — peut-être même une araignée grassouillette — lui tomberont dessus.

Il entend un bruit de fuite précipitée et se retourne d'un bloc.

MILT *(il crie)*

Qui est là?

129 INT. LE SOL DE LA SERRE LE DOS DE MILT EN AMORCE

Une souris s'enfuit au milieu des grosses planches disjointes qui recouvrent le sol. (Certaines sont très écartées, et l'on voit que dessous, c'est profond.)

130 INT. MILT

Il se détend et se remet en marche. On s'attend à ce que ça arrive, mais ça continue à ne *pas* arriver.

Puis, comme Milt finit par reprendre la direction de la porte, deux énormes mains poilues surgissent du *sol,* en brisant des lames du plancher, et saisissent Milt aux genoux.

SON : des grognements bestiaux.

Milt hurle et appuie sur la détente de son fusil. Mais il est dirigé vers le haut et il reçoit une pluie de morceaux de verre. Milt est tiré vers le bas. Il s'est déjà enfoncé jusqu'aux genoux.

131 INT. LA CHAMBRE DE TAMMY STURMFULLER NUIT

Elle s'assied dans son lit.

SON : des rugissements et les cris de Milt qui proviennent de la serre.

Mrs Sturmfuller entre dans la pièce avec ses bigoudis sur le crâne.

> MRS STURMFULLER
> Tammy, où est ton père ?

SON : un nouveau hurlement dans la serre.

132 INT. LA SERRE AVEC MILT NUIT

A présent, c'est jusqu'à la ceinture qu'il disparaît entre les planches brisées.

SON : bruits de chair déchiquetée, d'os broyés. Milt hurle.

Soudain, il est à nouveau tiré brutalement vers le bas, et sa poitrine s'empale sur une planche pointue, comme un gladiateur romain sur son épée.

Une main velue apparaît, le saisit par le cou et tire. Milt disparaît complètement, entraînant avec lui la planche plantée dans sa poitrine.

133 EXT. LA SERRE VUE DE LA FENÊTRE DE TAMMY NUIT

SON : Grognements, grondements.

134 INT. TAMMY ET MRS STURMFULLER NUIT

Terrorisées, devant la fenêtre, elles se serrent l'une contre l'autre.

135 EXT. LA MAISON DES STURMFULLER
PLAN GÉNÉRAL JOUR

A présent, les voitures de police sont là. Il y a aussi une ambulance. Au moment où nous arrivons, plusieurs flics — Joe Haller et Pete Sylvester sont parmi eux — s'approchent de la camionnette. Ils portent des sacs en grosse toile.

136 EXT. LA COUR DES STURMFULLER AVEC PETE
SYLVESTER AU PREMIER PLAN

Il lâche le sac taché de sang qu'il portait, court vers la haie et vomit ses tripes.

137 EXT. TARKER'S MILLS MONTAGE CRÉPUSCULE

a) Dans Oak Street, Mrs Thayer, complètement épouvantée, se dépêche de rentrer chez elle. Elle regarde sans cesse par-dessus son épaule et vole jusqu'en haut des escaliers de son perron. Là, elle se débat interminablement avec son trousseau de clés, puis la serrure. Enfin, elle se jette à l'intérieur et claque la porte derrière elle.

b) Dans la grand-rue, au presbytère de la Sainte-Famille, le père Lowe pousse les volets et... les ferme à clé.

c) Dans un quartier résidentiel, un gosse joue avec des camions en plastique devant une palissade. A part lui, la rue est déserte. Sa mère sort et le traîne à l'intérieur.

d) Dans son magasin d'articles de sport, Andy Fairton vérifie un automatique et le glisse dans l'étui suspendu à sa hanche. Il a un air déplaisant, belliqueux.

e) Billy McClaren retourne le carton OUVERT-FERMÉ de son salon de coiffure. Il regarde prudemment des deux côtés de la rue (pour vérifier s'il n'y a pas une bande de psychopathes qui l'attendent pour se faire rafraîchir la barbe, je pense), puis il sort et ferme la porte à clé derrière lui. LA CAMÉRA LE SUIT le long de quelques vitrines de magasins jusqu'au pub d'Owen dans lequel il entre.

f) L'éventaire des journaux devant le drugstore de Peltzer. Le *Press-Herald* barré d'un titre énorme : LE MANIAQUE S'OFFRE UNE SECONDE VICTIME.

138 EXT. MARTY ET BRADY KINCAID L'HEURE MAGIQUE

Ils jouent avec des cerfs-volants dans le parc municipal. En arrière-plan, on distingue le kiosque. Bien sûr, Marty dirige son cerf-volant depuis la Silver Bullet. Le vent est bon.

LENT PANORAMIQUE des garçons jusqu'au pub d'Owen de l'autre côté de la rue.

ZOOM AVANT jusqu'à ce que l'on puisse lire l'affiche qui est collée sur sa vitrine. Elle annonce : 10000 DOLLARS DE RÉCOMPENSE POUR TOUTE PERSONNE FOURNISSANT DES RENSEIGNEMENTS SUR L'HOMME (OU L'ANIMAL) QUI A TUÉ STELLA RANDOLPH ET MILTON STURM-FULLER. C'est signé : COMITÉ DES CITOYENS DE TARKER'S MILLS.

Andy Fairton arrive. Il entre dans le pub.

139 INT. LE PUB D'OWEN CRÉPUSCULE

A une table au premier plan : Virgil Cutts, Bobby Robertson, Elmer Zinneman et son frère, Porter Zinneman. Derrière eux, au bar, Pete Sylvester prend une bière avec Billy McClaren. Assis à une table discrète, on aperçoit également le père Lester Lowe qui sirote une bière en écoutant attentivement la conversation.

>ELMER *(à Virgil)*
>Ne me raconte pas qu'un animal peut déchiqueter un type de la façon dont Milt Sturmfuller l'a été.

>VIRGIL
>Le lit de cette fille a bien été *complètement éventré*! Normalement, il faudrait une tronçonneuse pour faire ça!

>PORTER
>Ça, c'est bien vrai!

>ELMER
>Porter, ferme-la un peu. (*A Virgil :*) Et les empreintes, alors?

Andy Fairton rejoint le groupe et s'installe sans y avoir été invité.

>VIRGIL
>C'est peut-être un truc pour embrouiller les flics. Et des *animaux* qui essayent d'embrouiller les flics, ça n'existe pas; ce sont les *hommes* qui font ça!

ANDY FAIRTON
Dans ce coin, la loi n'a guère besoin qu'on l'embrouille.

En entendant cette saillie, Pete se retourne. En tant qu'adjoint du commissaire et incapable congénital, c'est un être très sensible.

ANDY
(sur un ton de profond dégoût)
Si on le lui bourrait de radium et qu'on lui file un compteur Geiger, Joe Haller ne retrouverait même pas son cul.

PETE SYLVESTER
(en s'approchant)
Je connais peut-être bien le type qui devrait se ramasser une amende de deux cents dollars pour ce petit accrochage qui a eu lieu l'année dernière sur Ridge Road.

ANDY
Et *moi*, je connais un gros con qui ferait bien de fermer sa grande gueule avant que quelqu'un la lui rapetisse. Si je paye le salaire de Joe Haller, c'est pour qu'il assure la sécurité des habitants de cette ville, et il ne le fait pas.

140 INT. BILLY MCCLAREN AU BAR

Il regarde vers la table où se trouve le groupe de Fairton.

BILLY *(innocemment)*
D'après le livre de comptes de la municipalité, tu es en retard pour tes impôts, non, Andy ? A moins que depuis, tu aies régularisé ta situation.

141 INT. LA TABLE DE FAIRTON

      ANDY
A quoi tu joues ? Tu cherches à faire le malin ?

Owen Knopfler s'avance.

      OWEN
Hé, les gars, baissez un peu le thermostat, sinon je vais m'occuper de vous, moi. Bon, qui c'est qui veut boire quelque chose ?

     ANDY (*sur un ton maussade*)
Donne-moi une Schlitz.

142 EXT. UNE BRANCHE DANS LAQUELLE EST ACCROCHÉ LE CERF-VOLANT DE BRADY   CRÉPUSCULE

SON : un halètement.

Marty entre dans le champ; il grimpe à la force des bras. Même si ses jambes traînent mollement derrière lui (comme la queue d'un cerf-volant), ses bras sont très forts. Il s'assied sur la branche, libère le cerf-volant et la ficelle, puis regarde en bas.

     MARTY (*il crie*)
Ça y est !

143 EXT. LE PIED DE L'ARBRE AVEC BRADY

      BRADY
Laisse-le tomber !

Tandis que le cerf-volant tombe en virevoltant, Jane arrive en bicyclette.

JANE
Marty Coslaw, descends de cet arbre!

144 EXT. MARTY DANS L'ARBRE

Il descend, puis reste suspendu à la plus basse branche.

MARTY
Jane, pousse la Silver Bullet jusque-là, s'il te plaît.

145 EXT. MARTY ET JANE

JANE
(elle ne s'exécute pas immédiatement)
T'es en retard d'une heure pour le dîner, monsieur le sauveteur.

MARTY *(toujours suspendu)*
Oh! merde, j'avais oublié! Elle est en colère?

JANE
Ils sont en colère *tous les deux*... après moi, parce que je ne t'ai pas fait rentrer à l'heure. Je devrais plutôt attendre que tu craques.

Mais elle pousse la Silver Bullet sous la branche et Marty se laisse tomber dedans. Il tire sur le démarreur et le moteur se met en marche.

146 EXT. BRADY EN TRAIN DE FAIRE VOLER SON CERF-VOLANT DANS LE PARC

MARTY *(off)*
Hé, Brady! Tu viens?

> BRADY *(levant la tête vers le ciel)*
> Pas tout de suite!

Brady se fout royalement de l'inquiétude de Marty. Il lui fait juste un vague geste. Tout ce qui l'intéresse, c'est l'ascension continue, comme les politicards.

147 EXT. MARTY ET JANE

Marty regarde vers le parc, sourcils froncés. On le sent indécis.

> JANE
> Marty, *viens*!

Elle commence à s'éloigner sur son vélo. Marty démarre à son tour, s'arrête et regarde :

148 EXT. BRADY DANS LE PARC

LENT PANORAMIQUE VERTICAL jusqu'au cerf-volant qui flotte dans le ciel d'un pourpre bleuté.

149 INT. LE PUB D'OWEN   FIN DU CRÉPUSCULE

Les anciens clients sont toujours là, à l'exception de Lowe, Billy McClaren et Bobby Robertson. Beaucoup d'autres sont arrivés; c'est l'heure de l'apéro. Parmi eux, nous remarquons Mr Aspinall, le principal, et Peltzer, le droguiste. Une serveuse, Norma, circule avec des verres et des bouteilles de bière.

A propos de bière, Andy Fairton a descendu une quantité respectable de Schlitz. Toutefois, ça n'a pas adouci ses mœurs; il est plus belliqueux que jamais.

ANDY (*pérorant*)
Toute cette enquête a été aussi utile qu'un exercice de lutte anti-incendie dans la Vallée de la Mort! C'est...

PETE (*courageusement*)
Je t'ai assez entendu, Andy. Si tu ne la boucles pas, c'est moi qui vais te la boucler.

150 INT. LA PORTE DU PUB D'OWEN

Elle s'ouvre et un type en combinaison de travail entre; c'est Herb Kincaid. Il tient une serviette à la main et semble inquiet.

151 INT. LE GROUPE À LA TABLE DE FAIRTON

ANDY (*abasourdi*)
Qu'est-ce que t'as dit?

152 INT. LE BAR AVEC OWEN KNOPFLER

OWEN
Par les larmes du Christ!

Il glisse une main sous le bar et sort une batte de base-ball. Des lettres gravées au feu verticalement forment le mot PACIFICATEUR.

Owen fait le tour du bar à toute vitesse, la batte à la main.

153 INT. LE GROUPE DE FAIRTON

Pete, poings levés, se tient debout en face d'Andy. Ses grosses joues tremblent de détermination.

PETE
T'as très bien entendu c' que je t'ai dit, moulin à paroles!

Furieux, Andy se lève. Pas de problème, il va y avoir une bagarre. Derrière eux, Herb Kincaid s'est approché de la table. Herb n'a même pas remarqué ce qui se passe. Il a ses propres problèmes.

154 INT. HERB KINCAID

Il s'éclaircit la gorge. C'est un homme doux, timide, qui n'aime pas parler en public, surtout dans un bar, mais la situation lui impose de le faire, et sans tarder.

HERB (*assez fort*)
Est-ce que l'un de vous a vu mon fils, Brady?

155 INT. LE PUB SOUS UN AUTRE ANGLE

Tout le monde regarde Herb. Les conversations s'arrêtent. Andy et Pete s'immobilisent, poings toujours levés, comme des gamins en train de jouer aux statues. Owen aussi s'est immobilisé, à quelque distance des belligérants, son PACIFICATEUR à la main.

156 EXT. LE PARC MUNICIPAL PLAN GÉNÉRAL NUIT

Maintenant, l'obscurité est presque totale, et une grosse lune d'été rougeoyante s'élève au-dessus de l'horizon.

SON : Un hurlement de loup, long, modulé... très fort.

157 INT. LE PUB D'OWEN NUIT

Silence de mort. Tout le monde a la tête tournée vers la porte et les fenêtres. Tout le monde écoute le HURLEMENT. Une profonde terreur déforme chaque visage.

Norma lâche son plateau. Les verres et les bouteilles se fracassent sur le sol.

158 INT. LE GRAND COULOIR DE LA MAIRIE NUIT

Joe Haller sort en trombe de son bureau en envoyant claquer la porte contre le mur. Il boucle la ceinture de son revolver.

159 EXT. LE KIOSQUE NUIT

Le cerf-volant jaune de Brady, déchiré par endroits, tombe en voletant sur les marches du kiosque. Il représente un visage avec un immense sourire; dans l'obscurité, ce sourire tout maculé de sang est sinistre.

160 INT. LE PUB D'OWEN NUIT

>   HERB
> *Brady!*

Il s'élance vers la porte. Andy Fairton le retient par le bras.

>   HERB
> *Laisse-moi passer!*

Il repousse Andy et fonce vers la porte, suivi par Pete et plusieurs autres.

161 EXT. LE KIOSQUE NUIT

>   JOE HALLER *(off)*
> Je vous salue Marie pleine de grâce, le Seigneur est avec vous. Vous êtes bénie entre toutes les femmes...

Il sort de l'ombre, en tenant mollement son revolver. Le bonhomme a reçu un sacré choc. Le bas de ses jambes de pantalon est rouge de sang. Il descend deux marches, puis s'assied lourdement à côté du cerf-volant ensanglanté de Brady. Il regarde droit devant lui. Dans le vide.

>   HALLER *(bas)*
> ... et Jésus, le fruit de vos entrailles, est béni. Sainte Marie, mère de Dieu, priez pour nous, pauvres pécheurs, maintenant... maintenant...

Il baisse la tête vers le cerf-volant, détourne les yeux, puis plaque une main sur son visage et se met à pleurer.

162 EXT. LE PARC AVEC LA GRAND-RUE EN ARRIÈRE-PLAN NUIT

Un groupe d'hommes — pas tous ceux qui étaient dans le pub mais presque — court vers le kiosque. Herb Kincaid qui les devance crie sans cesse le nom de son fils.

SON : un long hurlement dans le lointain.

163 EXT. LE KIOSQUE AVEC HALLER ET KINCAID NUIT

Comme Herb Kincaid s'approche,

HALLER
Ne monte pas sur ce kiosque, Herb !

HERB
C'est mon gosse ? C'est Brady ?

HALLER
Ne monte pas !

HERB *(en se précipitant en haut)*
Brady ! Brady !

Il disparaît dans l'obscurité. Haller laisse retomber sa tête.

HERB *(off)*
Bra...

Les autres arrivent, Pete le premier. Haller ne relève pas la tête.

PETE
Joe, est-ce que...

HALLER *(tête baissée)*
Chut !

PETE
C'est le gosse de...

HALLER *(toujours la tête basse)*
J'ai dit : *chut !*

Mal à l'aise, les hommes regardent Haller, se regardent entre eux. Andy Fairton se fraye un chemin parmi eux.

ANDY
Mais bordel, qu'est-ce qui se passe...

son : hurlements de Herb. Une pause. Nouveaux hurlements. Les hommes reculent un peu. Haller ne relève toujours pas la tête. Soudain, dans l'obscurité, sur le kiosque, Herb éclate de rire. Les hommes reculent encore un peu, avec l'air plus mal à l'aise que jamais.

>HERB *(off, entrecoupé de rires)*
>On enterrera ses chaussures.

Maintenant, Haller se lève et rejoint les autres.

>HERB (*off, toujours riant*)
>Y a plus que ça à faire; on enterrera ses *chaussures*. Dans deux boîtes de cigares Roi-Tan, pourquoi pas?

164 EXT. LE KIOSQUE   LE DOS DES HOMMES EN AMORCE

Herb Kincaid apparaît. Il est tout barbouillé du sang de son fils.

>HERB
>Nous enterrerons ses *chaussures*, parce que ses *pieds* sont dedans. Et c'est la seule chose qui soit encore reconnaissable.

Herb rit encore plus fort.

>HERB
>Ce sera l'enterrement le moins cher qu'on ait jamais vu dans le coin !

Herb hurle de rire.

TRAVELLING AVANT JUSQU'À CADRER EN GROS PLAN le cerf-volant de Brady.

165 EXT.   LA LUNE   GROS PLAN

son : les hurlements de rire de Herb.

FONDU ENCHAÎNÉ SUR :

166 EXT. L'ÉGLISE DE LA SAINTE-FAMILLE JOUR

son : un harmonium joue le vieux cantique mélancolique « Déposons nos gerbes ».

Tout un tas de voitures est garé devant l'église; oncle Al trouve malgré tout une place pour sa MG. A l'arrière, il y a la Silver Bullet de Marty attachée avec une courroie.

JANE *(voix off)*
Ma mère et mon père — ma mère, en particulier — n'aimaient pas beaucoup oncle Al...

167 INT. L'ÉGLISE DE LA SAINTE-FAMILLE JOUR

Le fauteuil de Marty est rangé au fond. La plupart des fidèles pleurent. Mrs Bowie joue de l'harmonium. Le cercueil de Brady est posé sur des tréteaux au centre. Bien sûr, il est fermé. Il y a des monceaux de fleurs.

JANE *(voix off)*
... mais quand il y avait un truc aussi désagréable à faire que d'accompagner Marty à l'enterrement de son meilleur copain...

168 INT. ONCLE AL, MARTY, TAMMY ET MRS STURMFULLER SUR UN BANC

De gauche à droite, on a : oncle Al, Marty, Tammy, Mrs Sturmfuller.

Oncle Al sort discrètement de sa poche-revolver une petite fiole en argent sur laquelle est gravée en caractères gothiques l'inscription TORD-BOYAUX. Il dévisse le bouchon et s'accorde un petit gorgeon. Il s'arrête et jette un coup d'œil à Marty qui a l'air en état de choc.

>   JANE *(voix off)*
> ... ils étaient bien contents que ce soit lui qui s'en charge. Quant au genre de réconfort qu'oncle Al a été capable de lui apporter...

Oncle Al tend la fiole à Marty. Ce dernier lui jette un long regard interrogateur, puis boit. Marty regarde Tammy qui a un air franchement épouvantable. Sa mère regarde ailleurs. Marty lui flanque un coup de coude. Elle tourne la tête vers lui. Il lui tend la fiole. Les yeux de Tammy s'écarquillent.

>   JANE *(voix off)*
> ... je pense à présent qu'il vaut mieux que cela soit resté entre eux deux...

Après un bref instant de réflexion, Tammy prend la fiole et boit une grande gorgée. Elle repasse la fiole à Marty qui la redonne aussitôt à oncle Al, alors que Tammy manque de s'étrangler. Mrs Sturmfuller la regarde... puis regarde Marty et oncle Al. Tout en cachant la fiole dans une main, ce dernier lui lance un sourire de sympathie, d'un air de dire : « N'est-ce pas épouvantable ? » Mrs Sturmfuller regarde à nouveau l'autel d'un air absent.

>   JANE *(voix off'fin)*
> ... ou entre eux trois.

Oncle Al fourre la fiole dans sa poche; au même moment, l'harmonium cesse de jouer.

169 INT.   LA CHAIRE AVEC LE PÈRE LOWE

                LOWE
Mrs et Mr Kincaid ont souhaité qu'il n'y ait pas de service religieux cet après-midi. Par contre, une messe de requiem en souvenir de Brady Kincaid sera célébrée dimanche prochain. Ils m'ont demandé de prononcer, si je m'en sentais capable, quelques paroles de consolation.

Il regarde les fidèles.

170 INT.   LES PAROISSIENS

Ils regardent Lowe dans l'espoir qu'il les aidera à comprendre l'horrible chose qui vient de se passer.

171 INT.   LOWE AU-DESSUS DU CERCUEIL

                LOWE
Si jamais je peux vous offrir quelques paroles de consolation, ce seront celles-ci : le visage de la bête féroce finit toujours par se dévoiler; le temps de la bête féroce finit toujours par passer.

Il fait un effort terrible sur lui-même pour poursuivre.

                LOWE
Si parfois, faibles petites créatures plongées dans les ténèbres, nous nous sentons seuls et effrayés, alors il est temps de nous tourner vers notre prochain pour trouver espoir et réconfort. Vers nos voisins. Vers

notre communauté. Vers notre amour du prochain. Moi seul, je ne suis point à même de soulager la douleur de Herb et Naomi Kincaid, ni de soulager la vôtre, ni de soulager la mienne. Mais s'il y a une chose que je crois, c'est ceci : nous pouvons nous réconforter les uns les autres. Ensemble, nous pouvons apaiser nos âmes. Ensemble, nous pouvons continuer.

172 INT. LES PAROISSIENS   PLAN GÉNÉRAL AVEC MARTY ET TAMMY

Les enfants pleurent. Marty prend Tammy par les épaules et elle pose sa tête sur son épaule.

173 INT. LE PÈRE LOWE

LOWE
La Bible nous enseigne à ne point redouter la terreur qui rôde la nuit ou celle qui prend son essor à midi, et pourtant, nous la redoutons... Nous la redoutons. Parce que nous sommes ignorants et que nous nous sentons très faibles. *Mais nous ne devons pas rester seuls.* Nous ne devons pas nous *permettre* de rester seuls, car la porte menant à l'enfer de la terreur est large. Tournons-nous vers notre prochain. Unissez-vous dans votre tristesse et tentez de vous rappeler que le visage de la bête féroce finit toujours par se dévoiler. *(Une pause.)* Le temps de la bête féroce finit toujours par passer. *(Une pause.)* Prions ensemble.

174 EXT. LE CORTÈGE FUNÈBRE AVEC MARTY   JOUR

Marty et Tammy, l'air malheureux, se regardent. Tammy se met à pleurer... certainement à cause de son père autant que de Brady... et ils s'embrassent.

175 EXT. ONCLE AL   GROS PLAN

Il regarde les gosses avec une sympathie et un amour profonds.

176 EXT. UNE ROUTE DE CAMPAGNE   APRÈS-MIDI

La voiture de sport d'oncle Al passe dans le champ. Il ramène Marty chez lui.

177 INT. LA VOITURE AVEC ONCLE AL ET MARTY   APRÈS-MIDI

>   ONCLE AL
> Ça va, Marty ?

>   MARTY
> Ouais.

>   ONCLE AL
> Il y a un dicton... « Tout vaut mieux qu'une flèche dans l'œil. » Tu le connais ?

>   MARTY
> Non.

>   ONCLE AL
> Remarque, j' suis pas sûr que ça soit ça. Doux Jésus ! Ils feraient mieux de choper le type.

>   MARTY
> Oncle Al, et si c'était pas un *type* ?

Oncle Al
Hein ?

Marty
Et si c'était un monstre ?

Oncle Al *(il rit)*
Doux Jésus, Marty ! laisse tomber !

178 EXT. LA VOITURE D'ONCLE AL DANS LA GRAND-RUE APRÈS-MIDI

Elle passe en vitesse de croisière devant le pub d'Owen. Il y a des voitures garées devant, mais aussi beaucoup de camionnettes.

179 INT. LA VOITURE AVEC MARTY ET ONCLE AL

Marty
Qu'est-ce qui se passe chez Owen, oncle Al ?

Oncle Al
Une bande de rigolos qui se prennent pour Clint Eastwood... Marty, on ne t'a jamais dit que les monstres n'existent que dans les B.D. et au ciné ?

180 EXT. LA MAISON DES COSLAW FIN D'APRÈS-MIDI

La voiture d'oncle Al bifurque dans l'allée et se gare.

181 INT. LA VOITURE AVEC MARTY ET ONCLE AL
FIN D'APRÈS-MIDI

MARTY
Tammy a dit qu'elle avait entendu des bruits dans la serre. Des grognements comme ceux d'un gros animal. Son père a été tué *cette nuit-là*.

Oncle Al le regarde un instant avec un air dubitatif, comme s'il le croyait presque. Puis il secoue la tête.

ONCLE AL
Marty, sors ça de ta cervelle. Les psychopathes sont plus actifs lors de la pleine lune, et c' type est un psychopathe. Tu verras qu' ça sera quelqu'un comme toi et moi. *(Silence.)* Façon de parler. Allez, à la maison, maintenant.

Il ouvre sa portière et sort de la voiture.

182 INT. MARTY   PLAN PLUS RAPPROCHÉ

Il aimerait bien croire oncle Al... mais n'y arrive pas.

183 INT. LE PUB D'OWEN   FIN D'APRÈS-MIDI

ANDY FAIRTON
Bon, chacun sait dans quel groupe il est et le terrain qu'il doit couvrir?

PORTER ZINNEMAN
Je veux, oui!

ELMER ZINNEMAN
Porter, ferme-la!

167

Les hommes portent tous des vêtements de chasse : chemises à carreaux rouges et noirs, casquettes orange, etc. Ils ont tous des fusils. Parmi eux, il y a également quelques femmes, l'air dur et déterminé. Presque tous ceux que nous avons rencontrés jusque-là sont présents. Lowe aussi, l'air profondément tourmenté.

Andy Fairton est debout sur le bar. Ces hommes sont ses volontaires. C'est lui qui a tout organisé. Andy irradie une assurance d'entraîneur de foot, macho en diable. Il a galvanisé la foule. Chacun est persuadé qu'il part réduire le meurtrier en bouillie.

> ANDY
> Les groupes un à quatre fouilleront les bois au nord de chez Sturmfuller. Les groupes cinq et six, l'ouest de Carson Creek.

La porte du bar s'ouvre; Haller et Pete entrent. Joe Haller a le moral à zéro. Il demeure abattu depuis le meurtre de Brady. Je crois qu'il a eu une sorte de crise spirituelle, et même si notre objectif n'est pas de l'analyser — après tout, nous sommes dans un film d'horreur et non dans un film de John Cassavetes —, il est évident que son autorité s'est considérablement affaiblie.

> ANDY *(il continue)*
> Lever de la lune à vingt heures cinquante-deux.

Quelques rires nerveux accueillent cette déclaration. Pendant ce temps, Haller et Pete se frayent un chemin vers l'avant de la salle. Ils s'arrêtent près de Herb Kincaid qui présente un visage lugubre.

>ANDY *(il continue)*
Si ce salopard sort cette nuit pour se balader sous la lune, nous l'aurons.

184 INT.   LES VOLONTAIRES AVEC ELMER ET PORTER

>PORTER *(enjoué)*
Je veux, oui !
>ELMER
Porter, ferme-la !

185 INT.   ANDY FAIRTON

>ANDY
Souvenez-vous bien d'une chose : c'est le psychopathe qu'il s'agit de descendre et pas l'un de nous. Alors ouvrez grand les yeux avant de...

186 INT.   LA FOULE AVEC HALLER

>HALLER
Je vous ordonne de tous rentrer chez vous !

Un murmure de mécontentement accueille cette déclaration. Haller fait quelques pas en avant et se tourne face à la foule.

>HALLER
Je ne me souviens pas avoir engagé un seul d'entre vous !

187 INT.   ANDY FAIRTON

ANDY
Exact, Joe... la seule personne que tu aies engagée est ce gros tas de merde qui se trouve à côté de toi. Et vous n'avez rien foutu pour résoudre ces cas.

Il y a un murmure d'approbation.

188 INT. PLAN LÉGÈREMENT PLUS LARGE AVEC ANDY ET HALLER

Andy bondit du bar et se plante face à Haller. En arrière-plan, on voit Herb Kincaid (au fait, Kincaid devrait porter un brassard noir... il est arrivé directement de l'enterrement de son fils).

HALLER *(sans grande conviction)*
On le chopera.

ANDY
Tu n'es même pas fichu de choper un rhume.

Haller le dévisage un instant, puis se tourne pour observer la foule. Ils ont l'air de gens prêts au lynchage. Leurs visages expriment un mélange de honte et de détermination farouche. Haller parle avec une sorte de désespoir sur un ton de plus en plus faible.

HALLER
En termes de loi, il y a un nom pour ce que, vous autres, vous projetez. Cela s'appelle la justice privée, et entre la justice privée et le lynchage, il n'y a qu'un pas. Je ne suis pas J. Edgar Hoover (1), mais à Tar-

---

(1) Directeur du F.B.I. de 1924 à 1972.

ker's Mills, la loi, c'est moi, et *je vous ordonne de rentrer chez vous.*

Mal à l'aise, ils piétinent sur place; beaucoup baissent les yeux. Haller a touché une corde sensible.

ANDY
Ne vous laissez pas effrayer par c' type! Qu'est-ce qu'il a fait depuis que l'affaire a commencé à part se tourner les pouces?

Ça n'a pas d'effet. La plupart d'entre eux ont l'air dégoûté aussi bien par le discours d'Andy que par ce qu'ils ont envie de faire.

ANDY *(plus fort)*
Il n'a même pas relevé une seule *empreinte digitale*!

OWEN KNOPFLER
Ah! ferme ta gueule, Andy!

ANDY
Ne me dis pas de...

Herb Kincaid s'avance.

HERB
Ouais, bien dit. Ferme ta gueule!

Andy, surpris et désorienté, se tait. Herb se tourne vers Joe Haller et le regarde avec un air menaçant. Haller a du mal à soutenir son regard.

HERB *(posément)*
J'arrive de l'enterrement de mon fils.

HALLER
Herb... je sais à quel point tu es ému... tu es bouleversé par la douleur... mais...

HERB *(posément)*
Il a été réduit en morceaux.

Silence absolu chez Owen à présent. Tous observent la scène, fascinés.

HALLER
Oui. Oui, mais...

HERB *(encore calme)*
Emu, tu dis. Bouleversé par la douleur, tu dis. Commissaire Haller, tu ne sais pas ce que *signifient* ces mots. Mon fils a été réduit en morceaux. *En morceaux!*

Herb se tourne vers les autres. Des larmes ruissellent sur son visage.

HERB
Mon fils a été réduit en morceaux! (Il se tourne vers Haller.) Tu viens ici parler à ces hommes de justice privée. Tu oses faire ça! Commissaire Haller, pourquoi tu ne vas pas à Harmony Hill déterrer ce qui reste de Brady et lui expliquer ce qu'est la justice privée? Voudrais-tu faire ça?

Haller ne répond pas. Il contemple la pointe de ses bottes.

HERB
Non. Bien sûr que non! *(Aux autres :)* Vous, les gars, restez ici, si vous voulez. Je ne demanderai à personne d'agir contre sa conscience. Quant à moi... je vais de ce pas

m'occuper d'une petite affaire de justice privée.

Andy Fairton est à nouveau gonflé à bloc. Il lance un grand sourire vénéneux à Haller qui est effondré, puis il suit Herb Kincaid, imité par les autres.

189 EXT. LE PUB D'OWEN CRÉPUSCULE

Les volontaires sortent en masse du pub et montent dans des breaks et des camionnettes. Les moteurs rugissent. Les véhicules commencent à démarrer en marche arrière, alors que le pub continue à se vider. On entend même des cris d'excitation. Ils sont en route; le sang bout dans les veines.

190 INT. LE PUB D'OWEN CRÉPUSCULE

Lester Lowe, l'air plus chaviré que jamais, se fraye un chemin jusqu'à la porte. LA CAMÉRA LE SUIT. Il empoigne Billy McClaren.

LOWE
Billy... Billy, c'est une mauvaise idée. Joe peut...

BILLY (*sans regarder Lowe*)
Joe a eu sa chance, mon père. Laissez-moi tranquille!

Il sort en jouant des coudes. Lowe jette des regards affolés dans tous les sens; son visage exprime son incrédulité. Puis il attrape Porter Zinneman; Porter le repousse; il essaye de retenir quelques hommes avec un désespoir croissant. Tous le repoussent.

Haller se fraye un chemin jusqu'à Lowe à travers la foule qui va s'éclaircissant et l'attire à l'écart.

>
>HALLER

Laissez-les !

>
>LOWE

Mais...

>
>HALLER

C'est là l'esprit de communauté dont vous parliez. Magnifique, n'est-ce pas ? Ils tueront peut-être un auto-stoppeur ou un autre innocent, et Andy est capable d'exposer la tête dans sa vitrine et de la mettre en tombola. Au bénéfice de l'ambulance, naturellement.

Haller éclate de rire.

>
>LOWE

Mais on ne peut pas faire *quelque chose* ?

Owen Knopfler passe à côté d'eux en courant. Il porte un fusil en bandoulière. Et dans sa main gauche, le PACIFICATEUR.

>
>HALLER

Bien sûr que si. On peut prier le Seigneur pour qu'ils reviennent tous vivants.

191 EXT. DEVANT LE PUB D'OWEN CRÉPUSCULE

Voitures et camionnettes continuent à démarrer. Il demeure encore une grande vieille Ford dont la partie arrière est en bois. Andy Fairton piaffe d'impatience à côté de la portière du conducteur.

Billy McClaren et Bobby Robertson sont avec lui ainsi qu'une grande femme plantureuse, nommée Maggie Andrews.

Owen sort du pub et s'approche de la Ford.

> ANDY
> Bon Dieu, c'est pas trop tôt! Ils auront cloué sa peau à la porte d'une grange avant qu'on ait décollé d'ici.

Ils s'empilent dans le véhicule. Andy prend le volant. Il fait rugir le moteur et sort en marche arrière dans la grand-rue.

192 EXT. LA GRAND-RUE SOUS UN NOUVEL ANGLE

On voit un cortège de voitures et de camionnettes se diriger vers la sortie de la ville.

193 EXT. LE PÈRE LESTER LOWE

Il reste planté sur le trottoir et observe le cortège qui quitte la ville. Certains klaxonnent, d'autres poussent des hourras. Son visage émacié est sombre et préoccupé.

194 EXT. PLEINE LUNE GROS PLAN NUIT

195 EXT. ELMER ET PORTER ZINNEMAN NUIT

Elmer est à plat ventre, le corps à moitié coincé sous une barrière de fils de fer barbelés. Son fond de pantalon est tout déchiré. Les deux frères se trouvent à la lisière d'une zone boisée. Une nappe de brouillard rampe au pied des arbres.

Elmer
Aide-moi, Porter, bordel de Dieu !

Porter empoigne Elmer par le bras droit et tire. On entend un bruit de tissu qui se déchire. Elmer hurle.

Elmer
Tire pas ! Tu veux m'arracher la fesse droite ou quoi ?

Porter
Figure-toi, Elmer, qu' y en a pas mal qui aimeraient te lever la peau des fesses depuis...

Elmer
Tu vas m' décrocher, oui, au lieu de faire le malin !

Porter entreprend de retirer les barbelés du pantalon d'Elmer.

196 EXT. DANS LES BOIS   PLAN LARGE
     O'BANION ET VIRGIL CUTTS   NUIT

O'Banion a un air plutôt comique dans son costume de chasse... il ressemble au prêtre dans *L'Exorciste* lors du safari.

SON : Un hurlement assez fort.

Virgil
Nom de Dieu, c'était *tout près*. Oh ! pardonnez-moi, mon rév'rat.

O'Banion
Allons-y. Et prudence !

Ils s'avancent à pas lents. O'Banion progresse légèrement en tête.

PANORAMIQUE sur le révérend qui s'engage dans des broussailles montant à hauteur de genoux.

SON : claquement grinçant de métal, suivi d'un bruit de chair écrasée.

O'Banion se met à hurler et à se débattre.

VIRGIL
Rév'rat ! C'est quoi ?

O'BANION (*hurlant*)
Mon pied ! *Mon piiied !*

Virgil fonce vers lui et regarde dans les buissons.

197 EXT.   LE PIED D'O'BANION   VIRGIL EN AMORCE

Un piège de taille moyenne — assez grand pour espérer raisonnablement attraper un chat sauvage ou un coyote, dirons-nous — a cloué ses dents rouillées dans la cheville du révérend.

198 EXT.   O'BANION ET VIRGIL

O'BANION (*hurlant*)
Enlève-moi ça ! Enlève-moi ça !

VIRGIL (*tout en émoi*)
Ouais... O.K. !...

Il s'agenouille.

199 EXT.   VIRGIL

Il ouvre le piège par petites tractions.

200 EXT. O'BANION

Il se détend peu à peu.

SON : le hurlement du loup plus proche.

201 EXT. VIRGIL

Surpris et effrayé par ce hurlement, il lâche le piège qui, à nouveau, se referme d'un coup sec sur la cheville déchirée d'O'Banion.

202 EXT. LE RÉVÉREND O'BANION

Il hurle.

203 EXT. LA LUNE GROS PLAN

Elle se cache derrière un nuage.

204 EXT. LE GROUPE D'ANDY FAIRTON

Andy, Billy McClaren, Bobby Robertson, Owen Knopfler et Maggie Andrews ont été rejoints par deux autres hommes : Mr Aspinall et Edgar Rounds.

Pressés les uns contre les autres, ils écoutent le hurlement qui s'affaiblit. A leurs expressions de malaise, on se rend compte que cette virée nocturne n'a plus rien de drôle.

Ils se trouvent à côté d'un ravin. Le fond est masqué par le brouillard. Seuls, quelques buissons émergent de la nappe. Des bois s'étendent sur l'autre versant.

>   ANDY (*avec un geste de la main*)
> Ça venait d'en face.

>   BOBBY ROBERTSON
> A mon humble avis, ça peut venir de *n'importe où*.

>   ANDY
> Nous allons progresser en tirailleurs. Si ce salaud essaye de s'approcher de nous, on l'entendra.

>   BOBBY
> J' ne...

>   MAGGIE
> J' crois que Bobby Robertson est en train de faire de la limonade dans son froc. Y aurait pas aussi des glaçons dans ta limonade, Bobby ?

Andy Fairton et Edgar Rounds éclatent de rire ; Aspinall et Billy McClaren esquissent un sourire.

>   OWEN (*posément*)
> Fous-lui la paix, Maggie. Moi aussi, j'ai la trouille.

>   BOBBY (*vaillant*)
> Moi, j' n'ai pas la trouille ! Allons-y !

>   ANDY
> D'accord. Placez-vous à deux mètres les uns des autres à partir de moi.

205 EXT. LE GROUPE D'ANDY CONTRE-PLONGÉE DU FOND DU RAVIN

De droite à gauche, nous avons : Owen Knopfler (le fusil toujours en bandoulière; il tient à la main la batte de base-ball PACIFICATEUR), Bobby Robertson, Aspinall, Andy Fairton, Billy McClaren, Edgar Rounds et Maggie Andrews.

Ils descendent lentement vers la CAMÉRA, sur le qui-vive, prêts à tout... du moins, c'est ce qu'ils s'imaginent.

206 EXT. LE GROUPE D'ANDY VU DE BIAIS

Ils parviennent au fond du ravin et en entreprennent la traversée. Le brouillard s'élève à hauteur de taille ou de poitrine. Ils avancent avec difficulté. A présent, ils ont franchi environ la moitié du ravin.

SON : un hurlement continu, bas et proche.

Ils se figent tous, effrayés.

> BILLY McCLAREN
> Ça vient d'où? De l'autre côté?

> BOBBY
> Non, c'est derrière nous. Je vous l'avais bien *dit* qu'on n' pouvait pas se fier...

> ASPINALL
> Ça ne vient ni d'un côté, ni de l'autre.

> ANDY
> Qu'est-ce que vous...

Aspinall regarde autour de lui, les yeux exorbités par la peur.

ASPINALL
C'est sous le brouillard. Juste au milieu de nous.

Le grognement s'arrête. Il s'ensuit un temps de silence.

Nouveau grognement... et chair que l'on déchiquette.

Hurlement.

207 EXT. EDGAR ROUNDS PLAN RAPPROCHÉ

C'est lui qui hurle, et s'il nous rappelle O'Banion, tant mieux, parce que Rounds a été également pris dans un piège. Il essaye de courir, trébuche et tombe dans la nappe de brouillard. Il continue de hurler. On voit un bref instant son dos, puis il disparaît.

SON : craquements d'os et mâchouillements.

Rounds hurle. Son bras réapparaît comme celui d'un homme qui se noie. Puis il redisparaît. Rounds n'est plus.

208 EXT. FORMATION EN TIRAILLEURS

Plongés dans le brouillard jusqu'à hauteur de poitrine, ils ne bougent plus. Dans leurs rangs, l'absence d'Edgar est très voyante.

209 EXT. BOBBY ROBERTSON GROS PLAN

BOBBY (*gémissant*)
J'ose plus bouger. Bon Dieu, j'ose plus bouger !

210 EXT. LA FORMATION EN TIRAILLEURS DANS LE RAVIN NOUVEL ANGLE

Le brouillard qui tourbillonne dissimule tout ce qui se trouve dessous.

211 EXT. ASPINALL GROS PLAN

ASPINALL
J' crois qu'on ferait mieux de rebrousser chemin, Andy. Tout doucement. Tout...

Le grognement sourd se transforme en grondement.
Et de dessous le brouillard, rauque, bestiale, mais reconnaissable, nous parvient une voix moqueuse qui imite Aspinall :

LE LOUP-GAROU (*off*)
Tout doucement! Tout doucement! Tout doucement!

SON : PLOF!

Un bras velu émerge du brouillard et tire brutalement Aspinall.

212 EXT. LE GROUPE D'ANDY

Ils sont saisis de panique et se taillent : Maggie, Billy et Andy d'un côté, Bobby et Owen de l'autre.

213 EXT. OWEN LE LOUP-GAROU EN AMORCE

LA CAMÉRA LE SUIT À FOLLE ALLURE à travers la nappe de brouillard, comme un avion qui raserait le sommet d'un nuage.

LE LOUP-GAROU (*rieur*)
Tout doucement! Tout doucement! Tout doucement!

214 EXT. OWEN KNOPFLER

Il est *pris*, comme un nageur malchanceux attaqué par un requin. Il se retourne d'un bloc et lève son PACIFICATEUR à bout de bras.

OWEN
Allez, viens! Viens danser le rock and roll avec moi!

215 EXT. LA NAPPE DE BROUILLARD OWEN EN AMORCE

Durant un instant, on ne voit rien... et puis le loup-garou émerge du brouillard, ses yeux verts étincelants, le museau et le pelage tout englués de sang.

LE LOUP-GAROU
Tooout doucement!

216 EXT. MAGGIE ET ANDY

MAGGIE (*hurlant à pleins poumons*)
Regarde! Bon Dieu, Andy, *regarde c' monstre!*

ANDY
J' veux pas le voir.

Il prend ses jambes à son cou, cependant que Maggie, hypnotisée, fixe :

217 EXT. OWEN ET LE LOUP-GAROU

Le loup-garou s'approche d'Owen qui lui flanque un sévère coup de batte. Le loup-garou lui rend la pareille. Owen plonge et le frappe. Le loup-garou rugit de colère.

>OWEN
>Viens donc! Ah! Tu veux danser le bop! Eh bien, j' vais le danser avec toi, enculé! Allez, viens!

Le loup-garou disparaît sous la nappe de brouillard. Indécis, Owen commence à reculer, tenant toujours la batte à la main. Puis Owen est brutalement entraîné sous le brouillard. Il hurle. Le PACIFICATEUR émerge de la nappe pour redisparaître aussitôt. BONG! Le loup-garou rugit de douleur. FLOP! Owen hurle de toutes ses forces.

>OWEN (*off*)
>*Approche, espèce de salopard!*

On voit réapparaître le PACIFICATEUR, tenu par des mains couvertes de sang; ce dernier dégouline le long de la batte qui redisparaît sous le brouillard. BLONG! Le loup-garou rugit à nouveau. Owen pousse un hurlement qui ressemble à une sorte de gargouillis; puis, aux curieux craquements qu'on entend, on comprend que le loup-garou enfonce ses crocs dans la batte.

218 EXT. LE RAVIN

LA CAMÉRA SUIT EN PLONGÉE le loup-garou qui s'enfuit le long du ravin.

Arrêt. FOND SONORE, d'abord faible, puis de plus en plus fort : accompagnés par un harmonium, des fidèles chantent « Déposons nos gerbes ».

LE LOUP-GAROU
(*voix harmonieuse et chantante*)
Déposons nos gerbes... déposons nos gerbes... nous venons dans l'allégresse...

La voix du loup-garou s'éteint, remplacée par des voix humaines qui chantent le même cantique.

FONDU ENCHAÎNÉ SUR :

219 INT. L'ÉGLISE DE LA SAINTE-FAMILLE
LA CHAIRE EN AMORCE   MATIN

C'est une reprise presque exacte du plan 167. La plupart des fidèles pleurent. Mrs Bowie est à l'harmonium. Le fauteuil de Marty est rangé au fond de l'église. On voit oncle Al, Marty, Tammy et Mrs Sturmfuller, exactement là où ils se trouvaient pour l'enterrement de Brady Kincaid. En fait, on se croirait revenu à ce jour-là. Seulement, il y a une différence : le cercueil de Brady n'est plus là; il repose sous deux mètres de terre. Le cantique se termine.

220 INT. LE PÈRE LOWE EN CHAIRE

LOWE
Mrs et Mr Kincaid ont souhaité qu'il n'y ait pas de messe cet après-midi. Ils m'ont demandé de trouver quelques paroles de réconfort pour vous tous ici présents.

221 INT. LES FIDÈLES AVEC HERB KINCAID

Il est assis sur le premier banc. Son chagrin est tel qu'on le croirait mort.

                        HERB
Il n'y a pas de réconfort possible, mon père. Seulement la justice privée.

222 INT. LOWE EN CHAIRE

Il a perdu le fil. Il commence à suer. On dirait un acteur qui essaye de se souvenir de son texte.

                        LOWE
Heu... s'il y a une parole qui peut vous réconforter, je pense que c'est... voilà : on finit toujours par découvrir le visage de la Bête; le moment...

Il regarde vers le bas, les yeux exorbités par la peur.

223 INT. LES CERCUEILS AVEC LE DOS DE LOWE EN AMORCE

Mais oui, vous avez bien vu : *les cercueils*... au pluriel. A la place de celui de Brady, il y en a six maintenant, couverts de fleurs.

224 INT. LOWE EN CHAIRE

Il est salement effrayé; la sueur ruisselle de son front.

                        LOWE
Le temps... le temps de la Bête finit toujours par passer. Il y a des réponses... des moyens... des moyens de... de tenir tête à l'ennemi si... si nous nous épaulons les uns les autres...

HERB (*off, d'une voix bestiale*)
Père...

Lowe baisse les yeux vers :

225 INT. LA PREMIÈRE RANGÉE DE FIDÈLES
AVEC HERB LOWE EN AMORCE

Herb regarde quelque chose qu'il tient dans ses mains. Puis il lève la tête : son visage est devenu bestial. Ses yeux sont verts. Devant nous, il continue à se transformer... en loup-garou.

HERB (*grognant*)
Il lui a arraché le cœur.

Et pas de problème, c'est bien un cœur sanglant qu'il tient dans ses mains, ou plus exactement dans ce qui est en train de devenir des pattes.

226 INT. LESTER LOWE EN CHAIRE

Terrorisé, il recule en titubant.

LOWE (*cri strident*)
Non !

227 INT. LES FIDÈLES LOWE EN AMORCE

Par la grâce de l'harmonium, Mrs Bowie dépose quelques nouvelles gerbes et les fidèles se mettent à entonner :

LES FIDÈLES
Semons le matin/Semons les graines de

l'amour/Semons à midi et dans la rosée de la soirée...

La caméra panoramique sur leurs visages et s'arrête sur Joe Haller. Incroyable : le visage de Joe est en train de se boursoufler. Il lève les yeux de son recueil de cantiques : ils sont verts. Ses pupilles ne sont plus que deux fentes. Il a un large sourire qui découvre des dents énormes.

Tout le monde se transforme dans l'église. Nous voyons entre autres :
Pete Sylvester qui est diacre s'élancer le long de l'aile en se transformant et en grognant. Il attrape Andy Fairton et tous deux se battent comme des chiens.

Une jeune femme soulève le drap qui recouvre le visage du bébé qu'elle tient dans ses bras : le bébé a une tête de petit loup-garou. Déjà, la main de la jeune femme aussi se couvre de poils, ses ongles s'allongent...

Tammy Sturmfuller est en train de muter; Peltzer, le droguiste, est en train de muter; les frères Zinneman mutent.

A l'harmonium, Mrs Bowie est maintenant un loup-garou vêtu d'une robe de soie en lambeaux; elle a toujours son chapeau à voilette et elle *tabasse* les touches avec ses pattes griffues. Elle obtient à peu de chose près ce qu'obtient Jerry Lee Lewis quand il s'est enfilé une douzaine de cachets de Benzédrine. Et voici que l'air change et que des bribes de « Déposons les gerbes » naît le refrain de la bière Rheingold.

    les fidèles (*chœur de grognements*)
Ma bière, c'est Rheingold, la bière forte...

Quand vous achetez de la bière, pensez :
[Rheingold...

228 INT. LOWE

Le père Lowe recule en titubant; il laisse tomber son recueil de cantiques. Le bonhomme est terrifié.

LOWE
Non! Non! Non!

229 INT. LES FIDÈLES LOWE EN AMORCE

Certains sont en train de déchirer les pages de leurs recueils. Un type, Billy McClaren peut-être, jette le sien à travers un faux vitrail. Certains des loups-garous — car il n'y a plus que des loups-garous — se battent ou font l'amour dans les ailes. Les autres avancent et reculent en cadence avec des sourires féroces et en scandant :

LES FIDÈLES (*rugissant*)
Ni amère, ni douce, c'est le plaisir de la
[fraîcheur...

230 INT. LOWE

Il regarde vers :

231 INT. MRS BOWIE (LOUP-GAROU) À L'HARMONIUM

Elle lui sourit férocement tout en frappant comme une folle sur les touches de l'harmonium. Du sang commence à bouillonner entre les touches.

> Mrs Bowie et tous les autres
> Pourquoi ne pas goûter, pourquoi ne pas
> [acheter...

232 INT. TOUS LES FIDÈLES

L'église est un immense foutoir dans lequel les loups-garous titubent, se battent, chantent. On se croirait un soir de nouvel an en enfer.

> LES FIDÈLES (*puissant final*)
> ... *la bière Rheingooooold!*

Soudain, une patte griffue passe à travers le couvercle d'un cercueil. Et Andy Fairton, qui est aussi loup-garou que les autres, l'arrache d'un seul coup de dent.

233 INT. LE PÈRE LOWE EN CHAIRE

Il en a trop vu. Il se dirige vivement vers une petite porte, l'ouvre... et un loup-garou qui n'est autre que Brady Kincaid à moitié déchiqueté, mais vivant quand même (un loup-garou zombi, si vous voyez ce que je veux dire, George Romero adorerait ça, je suis sûr) bondit et agrippe Lowe.

Brady enfouit son museau dans le cou de Lowe.

234 INT. LESTER LOWE TRÈS GROS PLAN

Il s'assied brusquement dans son lit et hurle. De la sueur ruisselle sur son visage. Il nous fixe un moment, les pupilles dilatées, le regard fou... puis il referme ses paupières. A cet instant, son visage exprime un intense soulagement.

Lowe (*priant*)
Seigneur, faites que ça s'arrête. Faites que ça s'arrête, je vous en supplie!

235 EXT. LA GRAND-RUE JOUR

Une antique conduite intérieure descend lentement la rue. Sur le siège avant : Anne et Tammy Sturmfuller. La voiture est bourrée d'affaires et elle tire une remorque pourrie qui déborde elle aussi.

236 EXT. HALLER ET PETE

Haller (*sur un ton indifférent*)
Anne Sturmfuller et sa petite fille.

Pete
Ouais... mais qu'est-ce qu'elles fichent?

Haller
Je coiffe ma casquette de Sherlock Holmes et je déduis immédiatement qu'elles s'en vont.

237 EXT. LA VOITURE DES STURMFULLER
LES FLICS EN AMORCE

Elles quittent la ville. Bon, ça nous le savons, mais ce qui nous frappe le plus, c'est à quel point le coin est *désert*. On dirait une ville fantôme.

238 EXT. JOE HALLER ET PETE SYLVESTER SUR LE TROTTOIR

Haller
Elles ne sont pas les premières. Plein de

gens ont quitté la ville. Si on veut une bière, va falloir la boire chez soi.

Du menton, il indique :

239 EXT. LE PUB D'OWEN PLAN LARGE
   PETE ET HALLER EN AMORCE JOUR

Un écriteau « Fermé » pend à la porte. Au-dessus de cette dernière, il y a une grande tenture noire.

240 EXT. PETE ET HALLER

>PETE
> Joe, qu'est-ce t'as qui va pas ? J' t'ai jamais vu comme ça.

>HALLER (*pensif*)
> J'ai plus de tripes.

>PETE (*en sursautant*)
> Merde alors !

>HALLER
> C'est depuis le petit Kincaid. J'étais là à le regarder, et d'un seul coup, j'ai senti qu'elles partaient. C' n'est pas pire que de pisser dans ses brailles. Ça ne t'est jamais arrivé, un jour où t'as vraiment eu peur ?

Pete, gêné, ne répond pas.

>HALLER
> C'est bizarre. Tu as des tripes — en tout cas, t'en as au moins autant que ton voisin — et d'un seul coup, pouf. Plus rien.

Pete le regarde avec un air atterré.

            PETE
Ça va s'arranger, Joe. Tu vas voir. Ce... ce sentiment que tu as... ça va passer.

            JOE
Tu crois ?

Sur ce, il s'éloigne en direction de la mairie (un grand calicot rappelle aux habitants : AIDEZ L'AMBULANCE !), tandis que Pete le regarde avec un air profondément troublé.

241 EXT. UN CHAMP DE FOIRE   JOUR

Il est désert. Pas un chat, pas un bruit dans les allées.

Lent PANORAMIQUE jusqu'à un panneau qui indique : GALA DE LA FOIRE DE TARKER'S MILLS LE PREMIER OCTOBRE ! FEU D'ARTIFICE À LA TOMBÉE DE LA NUIT. SUR CHAQUE DOLLAR, DIX CENTS IRONT À L'AMBULANCE !

Un panneau assez gai, n'est-ce pas ? Sauf qu'une bande de papier collée en travers précise : FEU D'ARTIFICE ANNULÉ.

          MARTY (*off*)
C'est pas juste !

242 INT. LE BREAK DES COSLAW   JOUR

Il est garé de l'autre côté de la rue, juste en face du panneau.

            JANE (*voix off*)
Monde entier, prends garde ! Le Grand Marty se voit refuser une chose qu'il désirait beaucoup !

Chacun occupe sa place habituelle dans la voiture et chacun lèche un cône. Après une petite sortie, ils vont rentrer chez eux.

>NAN COSLAW

Arrête, Jane.

>JANE

Enfin, je n' vois pas pourquoi tout le monde baisse les bras et se met à *chialer* chaque fois qu'il...

>BOB

Ta mère t'a dit d'arrêter.

Ils ne s'étaient garés là qu'une seconde pour lire le panneau. Bob redémarre et ils partent en direction de leur maison.

243 INT. MARTY ET JANE SUR LE SIÈGE ARRIÈRE

Jane tire la langue à Marty; il détourne les yeux.

244 EXT. LE GARAGE DES COSLAW VU DE BIAIS JOUR

La voiture de sport d'oncle Al est parquée dans l'allée. A l'intérieur du garage, on entend le CLANG! d'une clé à molette qui tombe sur le ciment.

245 INT. LE GARAGE JOUR

Oncle Al et Marty travaillent sur le moteur de la Silver Bullet. Oncle Al s'occupe aussi d'un pack de bière. Ils sont tous les deux assis par terre. Pendant qu'ils parlent, oncle Al dévisse les derniers boulons du carburateur et le retire.

Marty
Ça n' lui a pas suffi à ce monstre de tuer tous ces gens... de tuer Brady. Par-dessus le marché, il fait annuler la fête.

Oncle Al
Et le feu d'artifice. Passe-moi cette boîte, Marty.

Marty lui tend la boîte. Elle est en carton, de taille moyenne et porte l'inscription SPEED SHOP.

Marty
Ouais, ouais, le feu d'artifice. Jane croit que c'est la seule chose que j'aime. Mais c' n'est pas vrai. C'est simplement un... un...

Oncle Al
C'est simplement le symbole visible de tout ce qui va mal dans l'ombre, dans cette ville. Pas mal, hein ? J'ai lu Sherwood Anderson au collège, moi. J' suis capable de débiter de cette merde à longueur de journée.

Marty
Eh ben, moi... ça me plaît que tu saches aussi bien dire les choses, oncle Al.

Oncle Al
J' te filerai le numéro de téléphone de mes ex-femmes, mon cher garçon. Elles seront très intéressées d'apprendre ça.

Marty
Ne m'appelle pas ton cher garçon.

ONCLE AL
Et pourtant, c'est ce que tu es... mon *cher* garçon.

Il donne un baiser à Marty et lui sourit. Marty lui rend son sourire.

ONCLE AL
Regarde-moi ça!

Il sort de la boîte un carburateur neuf, chromé, rutilant.

ONCLE AL (*il jubile*)
Ce truc va transformer ton fauteuil roulant en un putain de F-14, Marty.

Il regarde autour de lui avec un air coupable.

ONCLE AL
Ta mère n'est pas dans le coin, hein?

MARTY
Elle est dans le jardin avec p'pa. Ils allument le barbecue. Et comme d'habitude, Jane tourne autour comme le roi Etron autour du mont de la Merde.

ONCLE AL
Hum, hum! Sauf que dans son cas, il faudrait dire la reine Etron. Passe-moi la clé anglaise.

Marty la lui donne. Oncle Al met le carburateur neuf en place et commence à le boulonner.

ONCLE AL
Le type a donc tué ton meilleur copain; il a fait partir ta petite amie de la ville et il te

prive de la deuxième grande fête de l'année. Est-ce que j'ai bien tout compris ?

Marty (*sinistre*)
Tu as tout compris, oncle Al.

Oncle Al
Ouais, Winesburg-en-Ohio (1) n'a jamais été *comme* ça... Mais je t'ai apporté quelque chose qui te rendra le sourire.

Marty
Quoi ?

Oncle Al
Attends, mon cher garçon. Attends un peu. Tiens, passe-moi les pinces.

246 EXT. ONCLE AL AU COIN DE LA MAISON DES COSLAW   JOUR

Il regarde furtivement ce qui se passe derrière la maison.

247 EXT. LE JARDIN ONCLE AL EN AMORCE JOUR

Bob et Nan s'activent autour du barbecue. Jane s'amuse avec une raquette et un volant de badminton.

248 EXT. LA ROUTE DEVANT CHEZ LES COSLAW AVEC MARTY JOUR

Marty est assis dans la Silver Bullet. Oncle Al arrive en courant.

---

(1) Titre d'un roman de Sherwood Anderson.

ONCLE AL
Tout va bien, mon garçon. Fonce!

Marty appuie sur le démarreur. Le moteur se met en marche du premier coup, mais son bruit est complètement différent. Avant, le fauteuil roulant ronronnait comme un petit chat. A présent, il ronfle comme un bolide qui attend que le feu passe au vert.

Marty est stupéfait.

ONCLE AL
Allez, accélère!

Marty accélère. Le moteur *rugit*.

ONCLE AL
Bon Dieu, pas trop fort!

MARTY (*abasourdi*)
Ouaou!

ONCLE AL
T'as un permis de pilote, Marty?

MARTY
Il m'en faut un?

ONCLE AL
On ne va pas tarder à le savoir. Fais un petit aller retour sur la route. Et sois prudent.

Marty embraye et démarre.

249 EXT. MARTY DANS LA SILVER BULLET JOUR

La caméra le suit le long de la route. Au début, il roule lentement, mais il ne tarde pas à donner des gaz. Ça avance vraiment; cinquante, peut-être même soixante à l'heure. Le vent fait voleter ses cheveux. Il a un grand sourire. Pas de doute, ça lui plaît.

250 EXT. ONCLE AL OBSERVANT LA SCÈNE

Il boit une gorgée de bière. Lui aussi, il sourit. Il est heureux pour Marty.

251 EXT. MARTY DANS LA SILVER BULLET

Il ralentit, tourne, recule, se remet en piste. *Vroom! Vroom!*

252 EXT. LE MOTEUR DE LA SILVER BULLET GROS PLAN

Il a pas mal changé. On dirait plutôt un moteur de moto maintenant, mais ce qui tire l'œil, c'est surtout l'étincelant carburateur chromé.

SON : *VRAOOOOM!*

253 EXT. MARTY GROS PLAN

Il a un immense sourire. Il regarde :

254 EXT. LA MAISON DES COSLAW EN AMORCE LE DOS DE MARTY

La maison est environ à cinq cents mètres.

255 EXT. MARTY DANS LA SILVER BULLET

Il donne un coup d'accélérateur et lâche l'embrayage. La Silver Bullet démarre telle une flèche. L'avant est relevé comme celui d'une moto qui fait de la roue arrière. Marty a l'air d'un astronaute qui vient de décoller. Il sourit aux anges.

256 EXT. LA SILVER BULLET PLAN MOYEN

Elle file sur la route à quatre-vingts ou peut-être plus ; le pot d'échappement laisse une traînée de fumée bleue. Marty est collé contre le dos du fauteuil. Il rit comme un fou.

257 EXT. ONCLE AL QUI REGARDE ENTRE SES DOIGTS

> ONCLE AL (*pour lui-même*)
> C'est pas possible, ce gamin va se tuer. J' me demande si je n'ai pas fait une connerie. (*Il écarte sa main et crie :*) Vas-y mou, Marty !

258 EXT. MARTY DANS LA SILVER BULLET

Il freine un bon coup.

SON : crissements de pneus.

259 EXT. MARTY ET ONCLE AL

La Silver Bullet s'arrête avec un tête-à-queue et dans un grand bruit de freins à côté d'oncle Al. Marty donne un ultime coup d'accélérateur et coupe le moteur.

> ONCLE AL
> J'ai eu une attaque cardiaque, Marty. Je meurs. J'espère que tu es heureux, parce que tu es face à un moribond.

MARTY
Il va vraiment vite. Merci, oncle Al.

ONCLE AL
Il va vite, c'est exact... et si ta mère le découvre, je vais me retrouver soprano dans le chœur des petits chanteurs de Vienne.

MARTY
J' te vendrai pas.

ONCLE AL
J' le sais bien. Mais je veux que ça reste un secret entre nous. Tu le comprends, non ?

MARTY
Bien sûr.

ONCLE AL
Bien.

260 EXT. CIEL NOCTURNE AVEC LA LUNE

Les dernières lueurs du jour s'éteignent.

261 EXT. LE JARDIN DES COSLAW NUIT

Le barbecue est terminé. Bob et Jane rangent les fauteuils pliants sous la véranda. AU PREMIER PLAN, nous avons Marty, Nan et oncle Al.

ONCLE AL
Nan, c'était une soirée... c'était une soirée superbe.

Il lui donne un baiser très affectueux; elle lui sourit.

Nan
Moi aussi, j'ai trouvé... j'ai trouvé... Je voudrais que ça soit tout le temps comme ça.

Oncle Al
Accompagne-moi jusqu'à ma voiture, Marty. Je n'ai pas envie d'être attaqué.

Marty
D'accord.

Oncle Al et lui s'engagent dans l'allée qui contourne la maison. Nan les suit du regard. On la sent préoccupée et pleine d'amour à la fois.

262 EXT. L'ALLÉE DES COSLAW AVEC MARTY ET ONCLE AL NUIT

Oncle Al
Bon, je t'ai dit que j'avais quelque chose pour toi si j' me souviens bien.

Marty
Ouais, c'est quoi ?

Al soulève le coffre de sa voiture et en tire un sac en papier. Il le dépose sur les genoux de Marty. Ce dernier ouvre le sac, mais il fait trop sombre, il ne peut voir ce qu'il y a à l'intérieur. Alors il plonge la main dedans et en sort une poignée de pièces de feu d'artifice : des soleils, des chandelles, des fontaines, des bombes, etc.

Pendant qu'il fait l'inventaire de ses cadeaux, une expression extasiée s'inscrit sur son visage.

Oncle Al
Marty, tu vas avoir droit à un petit 4-Juillet

en plein mois d'octobre. Tâche de ne pas te faire sauter la tête. (*Silence.*) Et souviens-toi que ce n'est pas à cause du feu d'artifice en soi. C'est parce qu'il n'y a pas de raison qu'un conard mette des bâtons dans les roues des types sympas, si tu vois ce que j' veux dire.

Marty (*plein de respect*)
Je crois que j'vois. Merci, oncle Al!... merci!

Oncle Al
Pour l'amour de Dieu, reste près de la maison... Il y a un fou qui tue des gens dans le coin. Il faut que je sois cinglé pour faire ça, tu t'en rends compte?

Marty
Oui. C'est fabuleux!

Oncle Al
Tu sais, Marty, l'une des raisons pour lesquelles je t'aime autant, c'est que tu es au moins aussi barjot que moi. Je t'en supplie, ne lance aucune de celles qui explosent ce soir, d'accord? Juste celles qui font de belles couleurs. Tu sauras faire la différence?

Marty
Ouais... bien sûr.

Oncle Al
Celle-ci, en tout cas, ne la tire pas.

Il lui montre une fusée courte avec des pales tronquées. Une grosse amorce dépasse derrière la tête.

Marty
Qu'est-ce que c'est?

>ONCLE AL
Une fusée traceuse. Ça te plaira.

>MARTY
Merci *mille fois*, oncle Al!

>ONCLE AL
Y a mille fois pas de quoi, Marty. Cache-moi ce sac dans les arbustes.

Marty se dirige vers le côté du garage où il y a une haie d'arbustes et y dissimule le sac. Oncle Al monte dans sa voiture et met le moteur en marche.
Marty revient.

>ONCLE AL (*tout sourire*)
Amuse-toi bien, mon cher garçon. Et gare aux loups-garous!

Il démarre. Marty, assis dans son fauteuil roulant, le salue de la main.

263 EXT. ARRIÈRE DE LA MAISON DES COSLAW NUIT

Une descente de gouttière passe le long d'une des fenêtres du premier étage. La fenêtre s'ouvre et Marty se penche. Il agrippe la gouttière et commence à se laisser glisser à terre. Exploit auquel le spectateur devrait croire sans trop de mal, puisqu'il a déjà vu que Marty avait beaucoup de force dans les bras.

Ses jambes pendent mollement dans le vide, mais il se débrouille très bien. Une fois au sol, elles se replient sous le poids de son corps et à l'aide de ses bras, il se traîne jusqu'à la véranda arrière.

Marty franchit la balustrade. Là, sous un panneau, se trouve la Silver Bullet. Marty le fait coulisser et monte dans son fauteuil. Il fait avancer les roues à la main et descend la rampe en silence. Arrivé au pied de la rampe, il regarde :

264 EXT. UNE FENÊTRE DU PREMIER   MARTY EN AMORCE

Une lumière est toujours allumée.

265 EXT. MARTY DANS LA BULLET

    MARTY (*à voix très basse*)
Merde !

Il réfléchit un instant, puis, à la main, dirige son fauteuil vers :

266 EXT. L'ALLÉE SITUÉE ENTRE LA MAISON ET LE GARAGE

Marty longe lentement l'allée. On entend de sourds grognements en raison du grand effort qu'il déploie. En effet, pour ne pas faire de bruit, il continue à faire avancer son fauteuil à la main, ce qui n'est pas facile. Il s'arrête près des arbustes, prend son sac, le pose sur ses genoux et repart.

267 EXT. L'ALLÉE DALLÉE DES COSLAW DEPUIS LA ROUTE

L'allée est légèrement en pente et Marty atteint sans difficulté la route. Il tourne à droite et roule lentement sur le bas-côté, toujours à l'aide de ses mains. On aperçoit encore la lumière au premier. Marty se retourne pour voir si elle est toujours allumée, puis se remet en route. Ce n'est pas ça qui l'empêchera d'aller s'amuser.

268 EXT. MARTY

Il décide qu'à présent il est assez loin pour ne pas se faire remarquer. Il appuie sur le démarreur. Le moteur renâcle, toussote, s'arrête. Marty fronce les sourcils et tire sur un câble : un starter rudimentaire, je suppose. Il appuie à nouveau sur le démarreur. Le moteur crachouille, mais ne se met pas en marche.

Marty enfonce à nouveau le câble, l'air préoccupé, et essaye à nouveau de démarrer. Cette fois, après avoir toussoté à plusieurs reprises, le moteur se met en marche.

> MARTY (à *voix basse*)
> Parfait !

Il embraye et démarre.

269 EXT. LA ROUTE AVEC MARTY   PLAN TRÈS LARGE   NUIT

On aperçoit un minuscule garçon dans un minuscule fauteuil roulant argenté sur un long ruban noir et vide sous l'immense voûte étoilée.

SON LOINTAIN : le moteur de la Bullet.

270 EXT. UNE BIFURCATION   NUIT

SON : bruit d'eau qui court.

L'endroit est plein de boue. On aperçoit à l'arrière-plan un bosquet au milieu duquel sont éparpillées des tables de pique-nique. Au tout premier plan, un panneau sur lequel on lit de haut en bas : AIRE DE REPOS; CASCADE DE L'AUGER; COMMUNE DE TARKER'S MILLS.

SON : la Silver Bullet qui approche.

Marty bifurque dans l'aire et roule jusqu'à son extrémité. Il s'arrête près d'une table de pique-nique, dépose son sac dessus et prend tout son temps pour choisir la première fusée : il ressemble à un amateur de bon vin devant un assortiment de bouteilles rares. Finalement, il choisit une chandelle, prend des allumettes dans la poche de sa veste de pyjama et allume la fusée.

Quand elle commence à siffler, Marty la jette en l'air de toutes ses forces.

> MARTY (*à voix basse*)
> Et une pour les mecs sympas !

271 EXT. LA CHANDELLE

Elle décrit un arc au-dessus de la chute d'eau.

272 EXT. LA CHANDELLE VUE DU BAS DE LA PENTE

LA CAMÉRA SUIT LA CHANDELLE : elle retombe sur les rochers qui entourent le bassin de la cascade.

SON : grognement.

273 EXT. LE RUISSEAU AVEC LE LOUP-GAROU

Il était en train de se rafraîchir au ruisseau. Il a l'air à présent plus qu'à moitié humain... naturellement, on devrait pouvoir le reconnaître, mais son visage est plongé dans l'ombre.

Il tourne le dos au ruisseau et se dresse sur ses pattes arrière.

274 EXT. LA CHANDELLE SUR LES ROCHERS

Elle finit de se consumer. Une main-patte la saisit et la lâche brusquement.

SON : un grognement de douleur et de colère.

275 EXT. MARTY DANS L'AIRE DE REPOS

Il s'apprêtait à déclencher une des fontaines. Il s'arrête un instant et regarde en direction du vallon, car il a entendu un bruit... mais étouffé par la chute d'eau. Puis il allume la mèche, fiche la tige dans le sol et recule la Bullet d'un ou deux mètres.

Un tourbillon de lumières jaillit de la fontaine.

MARTY (*ravi*)

Sensas!

276 EXT. LE VERSANT DU PETIT VALLON   PLAN GÉNÉRAL

La cascade se trouve en arrière-plan.

Le loup-garou escalade la pente rocheuse.

277 EXT. LA FONTAINE   GROS PLAN

Elle s'éteint.

278 EXT. MARTY

Il roule jusqu'à la table de pique-nique et prend un soleil. Il le plante dans le sol et l'allume. Le soleil s'envole dans le ciel.

279 EXT. LE SOLEIL

Il éclate en étincelles multicolores.

280 EXT. LE LOUP-GAROU PRESQUE AU SOMMET
DE LA PENTE   PLAN GÉNÉRAL

Il grogne... et menace du poing la gerbe de lumières qui s'éteint dans le ciel.

281 EXT. MARTY

Il tient une nouvelle fontaine dans une main et ses allumettes dans l'autre. Il regarde vers le petit vallon et la cascade.

              MARTY
Y a quelqu'un?

282 EXT. LE LOUP-GAROU PRESQUE AU SOMMET
DE LA PENTE

Il se fige et gronde sourdement.

283 EXT. MARTY

Avec un petit haussement d'épaules, il allume la fusée et la plante dans le sol comme précédemment.

284 EXT. LE FOND DU BOSQUET AU SOMMET DE LA PENTE

Des mains armées de griffes prennent appui au sommet.

285 EXT. LA FONTAINE GROS PLAN

Des tourbillons d'étincelles jaillissent de la fusée, puis s'éteignent peu à peu.

286 EXT. MARTY

Il se demande quelle fusée lancer quand il perçoit un bruit net : un craquement de branche.

287 EXT. LE BOSQUET AVEC LE LOUP-GAROU

Il heurte une branche basse. Au lieu de l'écarter ou de passer dessous, il se contente de l'arracher de l'arbre. Bien que la branche soit assez grosse, il le fait aussi facilement qu'un homme affamé arrachant le pilon d'une dinde de Noël. Il jette la branche sur le côté et, dos voûté, avance sur deux pattes.

288 EXT. MARTY

> MARTY (*terrorisé*)
> *Qui est là?*

289 EXT. LE BOSQUET AU FOND DE L'AIRE DE REPOS MARTY EN AMORCE

Le bosquet forme une étendue peuplée d'ombres impénétrables.

290 EXT. MARTY

Il appuie sur le démarreur. Le moteur tousse, hoquette. Pas moyen de le faire démarrer, n'empêche. Marty tire sur le starter en jetant des regards terrifiés tantôt au bosquet, tantôt à son tableau de bord rudimentaire.

291 EXT. LE BOSQUET   MARTY EN AMORCE

Voilà le loup-garou qui arrive, sort de l'ombre, s'approche.

292 EXT. MARTY

Il s'énerve sur le démarreur... mais le moteur gargouille, sans plus. Il ne démarre toujours pas.

293 EXT. PIEDS COUVERTS DE POILS ET MUNIS DE GRIFFES

294 EXT. MARTY

Il cesse de s'acharner sur le démarreur. Il regarde la table de pique-nique où se trouvent ses pièces de feu d'artifice. Puis il attrape la fusée traceuse. Il reprend la boîte d'allumettes dans sa poche, mais il la lâche. Il la cherche à tâtons et la trouve enfin sur ses genoux.

295 EXT. LE LOUP-GAROU   MARTY EN AMORCE

On ne peut apercevoir son visage dans l'obscurité, mais il est plus près... très près.

296 EXT. MARTY

Il essaye de tenir la fusée traceuse et de craquer une allumette en même temps. Pour y parvenir, il lui faudrait au moins trois mains. Il coince le tube de la fusée entre ses dents et essaye à nouveau de craquer une allumette.

297 EXT. LA BOÎTE D'ALLUMETTES ET LES MAINS DE MARTY

Il craque l'allumette... trop brusquement! L'extrémité se casse.

> MARTY (*off' gémissant*)
> Oh! par pitié!

298 EXT. LES GRIFFES DU LOUP-GAROU QUI S'OUVRENT ET SE REFERMENT

299 EXT. MARTY

Il est en proie à une panique totale.

300 EXT. LA BOÎTE D'ALLUMETTES ET LES MAINS DE MARTY GROS PLAN

Il sort une nouvelle allumette et la craque. Cette fois, elle s'enflamme.

301 EXT. LE LOUP-GAROU

Il fait un bond en arrière... on n'aperçoit toujours pas son visage, si ce n'est une vague forme.

NOTE : Je continue à insister sur le fait que sa face est plongée dans l'obscurité, car nous ne sommes *pas* en période de pleine lune. Je pars en effet de l'hypothèse que ce genre d'individu n'acquiert que progressivement les caractéristiques du loup-garou (denture, poils, etc.). La mutation débute aux alentours du deuxième quartier. Il s'agit là d'un processus semblable à la marée montante. Par conséquent, si l'on voyait d'ores et déjà clairement l'assaillant de Marty, à mon avis, on le reconnaîtrait.

302 EXT. MARTY DANS LA SILVER BULLET

Il retire la fusée de sa bouche et approche l'allumette de la mèche. Une gerbe d'étincelles en jaillit.

303 EXT. MARTY ET LE LOUP-GAROU PLAN PLUS LARGE

Le loup-garou se trouve à moins de six mètres. La fusée s'embrase et s'échappe de la main de Marty, telle une comète, semant une trace rose-orangé derrière elle. Le missile vole droit vers la tête du loup-garou.

304 EXT. LE LOUP-GAROU

La fusée traceuse le heurte en plein visage, des flammes crépitent soudain dans ses poils. Il hurle et s'enfuit à l'aveuglette.

305 EXT. MARTY DANS LA SILVER BULLET

Il appuie à nouveau sur le démarreur. Le moteur a des ratés.

306 EXT. LE MOTEUR DE LA SILVER BULLET

Le moteur tousse et démarre. Une grande flamme bleue jaillit de son pot d'échappement spécial... et le fauteuil se met en marche.

307 EXT. LE LOUP-GAROU

Il s'éloigne en titubant et en poussant des rugissements déchirants. Le tube de la fusée s'est fiché dans son visage — son œil gauche pour être précis — comme la flèche d'un Indien.

Dans sa fuite, le loup-garou écrase des branches.

308 EXT. MARTY DANS LA SILVER BULLET

Il fait demi-tour. Haletant et pleurant de peur, il se dirige vers la route.

309 EXT. LE LOUP-GAROU DANS LE BOSQUET

Tout en courant au hasard entre les arbres, il arrache le tube de son visage avec un CRI DE BÊTE et le jette par terre.

310 EXT. LA FUSÉE TRACEUSE GROS PLAN

Elle se consume au sol. L'extrémité est engluée de sang.

311 EXT. LA ROUTE AVEC MARTY

La Bullet marche à bonne allure. Marty est hors d'haleine, encore profondément effrayé.

312 EXT. LES BOIS AVEC LE LOUP-GAROU

Il titube en se tenant le visage; un flot de sang s'écoule entre ses doigts.

LE LOUP-GAROU (*hargneux*)
Salaud de Marty ! Salaud de Marty ! J' vais te massacrer ! Et tout doucement !

313 EXT. L'ALLÉE DES COSLAW AVEC MARTY NUIT

Il longe l'allée jusque derrière la maison. Peut-être a-t-il assez d'élan pour couper le moteur et avancer en roue libre.

314 INT. LA CHAMBRE DE MARTY NUIT

Son lit se trouve à côté de la fenêtre. On voit deux mains se poser sur le rebord et Marty se hisser à l'intérieur. Il s'écroule sur son lit et y demeure allongé, épuisé, tremblant, à bout.

315 EXT. LA MAISON DES COSLAW À L'AUBE

SON : sonnerie de téléphone (assourdie).

316 INT. LE LIVING DES COSLAW AVEC MARTY AUBE

Assis dans son fauteuil roulant « maison », il presse le combiné contre son oreille, alors que le téléphone continue à sonner.

SON : un clic quand on décroche.

ONCLE AL (*off, voix pâteuse*)
Allô !... Quoi ?

MARTY
C'est un loup-garou ! Je l'ai *vu* ! La nuit dernière...

317 INT. LA CHAMBRE D'ONCLE AL AUBE

Un endroit qui casse rien... un décor digne d'un alcoolique de l'époque coloniale. Sur un côté du lit se trouve une jeune femme quasiment nue. Oncle Al est assis de l'autre côté, en slip, le combiné collé à l'oreille. Le sol est jonché de bouteilles et de cendriers qui débordent, et oncle Al a une bonne vieille gueule de bois.

ONCLE AL
Tu l'as rêvé, Marty.

MARTY (*off*)
Non ! J' suis sorti cette nuit... et...

ONCLE AL
Les loups-garous, ça n'existe pas. S'il te plaît, mon garçon, aie un peu pitié de moi.

Il raccroche et s'affale sur son lit.

LA FILLE (*voix pâteuse*)
Qui ch'était ?

ONCLE AL
Un obsédé sexuel. Rendors-toi !

318 EXT. LA VÉRANDA ARRIÈRE DES COSLAW
    AVEC MARTY   JOUR

Il est assis dans la Silver Bullet et regarde le jardin. Jane sort.

JANE
Marty ? Ça va ? T'es resté là toute la matinée.

MARTY
Où est m'man ?

JANE
Partie faire des courses. Pourquoi ?

MARTY
Janey, il faut que j' te parle.

JANE (*méfiante*)
De quoi ?

Marty la regarde avec un air grave.

MARTY
J'ai besoin que tu m'aides. Oncle Al ne veut pas me croire et si toi, tu n' veux pas m'aider, je... je...

L'émotion l'étrangle. Il est au bord des larmes.

JANE (*inquiète*)
Marty, qu'est-ce qui se passe ?

319 EXT. LA GRAND-RUE PLAN GÉNÉRAL AVEC JANE JOUR

Jane pousse un caddie plein de bouteilles de bière et de soda. Sur le côté est accroché un écriteau indiquant : COLLECTE DE BOUTEILLES ET DE BOÎTES DE CONSERVE EN FAVEUR DU SERVICE MÉDICAL, accompagné du dessin d'une ambulance.

JANE (*voix off*)
Il m'a raconté une histoire à dormir debout... pourtant, je l'ai cru en grande partie. Et une chose était absolument certaine : *Marty*, quant à lui, y croyait *totalement*.

Elle entre dans un jardin et pousse son caddie sur l'allée dallée jusqu'au bas du perron. Elle monte les marches et sonne.

320 EXT. LA VÉRANDA AVEC JANE PLAN PLUS RAPPROCHÉ

Un petit panneau de la partie supérieure de la porte coulisse et un visage craintif — celui de Mrs Thayer — apparaît. Puis on entend des cliquetis de verrous et des grincements de serrures (au moins trois). La dame ne prend pas de risques.

MRS THAYER
Qu'est-ce que tu veux, Jane ?

JANE (*poliment*)
Je ramasse les bouteilles consignées et les boîtes de conserve pour la campagne au profit du service médical, m'dame Thayer... est-ce que vous n'en auriez pas par hasard ?

Son mari s'approche de la porte d'entrée.

MR THAYER
Qui est-ce ?

MRS THAYER
Jane Coslaw.

321 EXT. JANE GROS PLAN

On ne voit pratiquement que ses yeux, vifs, scrutateurs.

JANE
Salut, Mr Thayer.

322 INT. LON THAYER TRÈS GROS PLAN JOUR

On ne voit pratiquement que ses yeux marron.

                THAYER
Bonjour, Jane.

323 EXT. LA VÉRANDA AVEC JANE ET MRS THAYER JOUR

              MRS THAYER
Amène ton caddie derrière la maison, Jane... on va voir ce qu'il y a dans le garage.

                JANE
Merci.

Elle commence à redescendre les marches et

                       FONDU ENCHAÎNÉ SUR :

324 EXT. JANE DANS LA GRAND-RUE JOUR

Tarker's Mills a l'air étonnamment désert. Jane pousse son caddie qui est de plus en plus plein.

             JANE (*voix off*)
Oncle Al ne l'avait pas cru, lui, mais cet été-là, il avait trente-cinq ans et moi quatorze... A quatorze ans, on peut encore croire à l'incroyable, même si déjà ce don a commencé à se rouiller, à amorcer un arrêt grinçant.

Elle passe devant le presbytère de la Sainte-Famille. Lester Lowe est en train de bêcher le jardin situé devant, torse nu, tournant le dos à Jane et aux spectateurs; sa chemise noire à col rond est posée sans façon sur un arbuste.

JANE (*à voix forte*)
Salut, mon père!

LOWE (*sans se retourner*)
Tu es bien matinale, Jane Coslaw!

JANE
Dans une heure ou deux, je vous amène un *monstre* chargé de bouteilles.

LOWE (*toujours en bêchant*)
Fantastique, Jane... Je t'attendrai.

325 EXT. JANE PLUS LOIN DANS LA GRAND-RUE JOUR

Elle s'arrête devant le snack de Robertson, laisse son caddie à la porte et entre. LA CAMÉRA PANORAMIQUE jusqu'à la fenêtre. On voit Jane expliquer les raisons de sa collecte à Bobby, alors que les quelques hommes installés au comptoir l'écoutent.

326 INT. JANE TRÈS GROS PLAN JOUR

Pratiquement que ses yeux écarquillés.

327 INT. BOBBY ROBERTSON TRÈS GROS PLAN

Pratiquement que ses yeux.

328 INT. CHEZ ROBERTSON AVEC JANE

Elle balaye du regard les hommes installés au bar tout en repartant.

329 INT. LES HOMMES JANE EN AMORCE

Nous en connaissons déjà certains : Peltzer, Virgil Cutts. D'autres sont nouveaux. LA CAMÉRA PANORAMIQUE SUR LEURS VISAGES ET S'ARRÊTE EN GROS PLAN SUR LEURS YEUX.

330 EXT.   DEVANT CHEZ ROBERTSON AVEC JANE   JOUR

Elle reprend son caddie et continue dans la grand-rue. Elle entre dans le salon de coiffure.

> JANE (*voix off*)
> Marty avait vu où la fusée traceuse s'était fichée, et ce jour-là, je n'étais pas simplement sortie pour collecter des bouteilles et des boîtes de conserve. Je recherchais un homme — ou une femme — borgne.

331 INT.   LA BOUTIQUE DU COIFFEUR   JOUR

Au moment où Jane entre, Billy McClaren est en train de rafraîchir la barbe d'un client. Un autre est renversé contre le dossier d'un fauteuil, le visage enveloppé dans une serviette chaude. Deux ou trois autres clients attendent la béatification de la tondeuse en lisant des journaux. Aucun, naturellement, n'est borgne. Jane les observe tous très attentivement.

> BILLY
> Je sais ce que tu veux, Jane, mais tu n'as pas de chance. Le petit Tobby Whittislaw est passé hier et je lui ai tout donné.

> JANE
> Oh !... bon !

Mais ses yeux demeurent fixés sur la serviette qui masque le visage du client assis dans l'autre fauteuil. Elle s'avance vers lui.

332 INT. JANE ET L'HOMME À LA SERVIETTE
PLAN PLUS RAPPROCHÉ

JANE
C'est vous, Mr Fairton?

ANDY FAIRTON
(*d'une voix étouffée*)
Non... c'est Ronald McDonald. J' suis venu me faire raser et prendre un hamburger.

Les hommes éclatent de rire. Jane sourit poliment et écarte la serviette chaude des yeux du client. De ses *deux* yeux.

JANE (*doucement*)
Vous avez des bouteilles, Mr Fairton?

ANDY
Non!

JANE (*tout aussi douce*)
Ah!... tant pis!

Elle remet la serviette en place et LA CAMÉRA LA SUIT, cependant qu'elle se dirige vers la porte.

JANE
Salut, Mr McClaren.

BILLY (*amusé*)
Salut, Jane.

ANDY (*d'une voix étouffée*)
Jésus!

Jane sort.

333 EXT. JANE DEVANT LE PRESBYTÈRE JOUR

Elle pousse le caddie jusqu'à la grille, l'ouvre et s'avance sur l'allée dallée jusqu'au pied du perron. Elle le laisse là et gravit les quelques marches.

334 EXT. JANE SUR LE PERRON

La contre-porte est fermée, la porte en bois intérieure ouverte.

335 INT. LE VESTIBULE DU PRESBYTÈRE
JANE EN AMORCE JOUR

Il est obscur et vide. Des bruits dans la cuisine. Des bruits de repas, on dirait, mais allez savoir...

336 EXT. JANE SUR LE PERRON JOUR

Elle frappe à la contre-porte.

> JANE
> Mon père? Je suis venue vous apporter mes bouteilles et mes boîtes.

337 INT. LA CUISINE JOUR

Lowe est debout devant la porte du réfrigérateur. Il a une épaule d'agneau dans les mains. Une épaule d'agneau crue qu'il déchiquette à belles dents. Le sang du morceau de viande lui barbouille le visage et les bras. Il est aussi humain que vous et moi (façon de parler, comme dirait oncle Al), mais lorsque Jane l'interpelle, il relève brusquement la tête et son œil s'allume... *son* œil. L'autre est caché par un pansement.

> JANE (*off*)
> Mon père?

> LOWE
> Va décharger ton caddie dans le garage, Jane! Et après, tu m'apporteras ton bordereau.

338 EXT. JANE SUR LE PERRON JOUR

> JANE
> D'accord!

Elle redescend les marches.

339 EXT. JANE PLAN PLUS LARGE

Elle contourne le presbytère en poussant son caddie.

340 INT. LA CUISINE AVEC LOWE JOUR

Il va à la fenêtre qui est au-dessus de l'évier. Il tient toujours le morceau de viande dégoulinant de sang. Il regarde dehors.

341 EXT. JANE LOWE EN AMORCE JOUR

Elle s'approche d'un hangar qui sert en même temps de garage.

342 INT. LA CUISINE AVEC LOWE JOUR

Tout en regardant Jane, il ronge avec voracité son quartier de viande.

343 EXT. JANE DEVANT LE HANGAR JOUR

Elle ouvre la porte et pousse lentement son caddie à l'intérieur.

344 INT. JANE DANS LE HANGAR JOUR

C'est vraiment un coin qui vous file la chair de poule. Il y a des tas de bouteilles et de boîtes empilées n'importe comment. Un vrai bric-à-brac. Il est évident que l'endroit effraye Jane. Elle se met à décharger son caddie le plus rapidement possible, tout en marmonnant des chiffres.

SON : un tout petit cri perçant.

Jane baisse les yeux.

345 INT. LE HANGAR LE DOS DE JANE EN AMORCE

Une souris de belle taille sort d'un tas de bouteilles et file entre les jambes de Jane.

346 INT. JANE

Elle pousse un cri et recule brusquement contre le mur. Si brusquement qu'elle provoque la chute d'un objet qui était posé sur une haute étagère. En tombant, l'objet en question brise plusieurs bouteilles. Jane pousse un nouveau cri, pas trop fort, puis se penche lentement et ramasse l'objet.

Jane ne sait peut-être pas exactement de quoi il s'agit, mais *nous si* : c'est la relique toute déchiquetée, toute tachée de sang du PACIFICATEUR d'Owen Knopfler.

Jane l'examine, à la fois stupéfaite et effrayée.

347 EXT. LA PORTE DE DERRIÈRE DU PRESBYTÈRE JOUR

Jane s'en approche, une feuille de papier à la main : son bordereau. Elle frappe, attend. Pas de réponse. Elle frappe à nouveau, attend. Toujours pas de réponse. Elle essaye d'ouvrir la porte. Elle s'ouvre.

JANE
Père Lowe?

Silence. Après un moment de débat intérieur, elle entre dans la cuisine.

348 INT. JANE DANS LA CUISINE DU PRESBYTÈRE JOUR

Elle regarde autour d'elle. Personne. Mais il y a une grosse tache de sang sur la table; Lowe a dû y déposer un instant son croquant déjeuner. Jane fait lentement le tour de la pièce et va jusqu'à la porte du vestibule. Il est très sombre.

JANE
Père Lowe? Je vous apporte mon bordereau.

Elle s'avance dans le vestibule. Une main tombe sur son épaule.

LOWE (*off*)
C'est très bien, Jane!

Elle sursaute, et nous en faisons autant. Elle se retourne et regarde :

349 INT. LE PÈRE LOWE TRÈS GROS PLAN

Ses yeux sont cadrés très serré... ou plutôt son *œil*. Car le gauche est caché par un bandeau noir.

        LOWE (*avec un grand sourire*)
C'est très bien, Jane... C'est très, très bien.

Il tend la main et Jane y dépose son bordereau comme en rêve. Elle ne parvient pas à détacher son regard de ce bandeau noir qui raconte toute la vérité.

350 INT. LE VESTIBULE AVEC JANE ET LOWE

        LOWE (*l'air inquiet*)
Mais Jane, tu trembles !

        JANE
Je n' me sens pas bien. Je crois que j'ai pris trop de soleil.

        LOWE
Tu veux te reposer un instant au salon ? Tu pourrais t'allonger sur le divan. Ou bien si tu préfères, j'ai des sodas au frais...

        JANE
NON ! (*Plus bas :*) C'est-à-dire, il faut que je rentre aider ma mère à préparer le repas.

        LOWE
Je vais t'emmener en voiture.

JANE
Non... Elle... elle m'a donné rendez-vous au supermarché. Ça ira.

351 INT. LOWE GROS PLAN

Que sait-il ? Qu'a-t-il deviné ? C'est difficile à dire juste d'après son visage. En tout cas, avec son bandeau noir, il a une allure sinistre.

LOWE
Donne bien le bonjour à ton frère, Jane.

352 INT. JANE À LA PORTE AU BOUT DU VESTIBULE

JANE
J' le ferai !

Elle part comme une flèche.

353 INT. LOWE DANS LE VESTIBULE

La caméra ne le lâche pas. Il est silencieux, énigmatique.

LOWE (*dans un murmure*)
Tout doucement.

354 EXT. LE JARDIN DES COSLAW AVEC MARTY JOUR

Yeux exorbités, il est penché en avant dans son fauteuil.

MARTY
(*dans une sorte de gémissement*)
Oh ! bon Dieu ! Et après, qu'est-ce que t'as fait ?

355 EXT. JANE ET MARTY

Elle s'est changée et porte un short et un chemisier.

> JANE
> Qu'est-ce que tu crois, imbécile ? J'ai battu mon record du cent mètres. J'ai bien cru que je n'arriverais jamais ici sans m'évanouir. (*Une pause.*) Marty, qu'est-ce qu'on va faire ? Si on essaye de raconter ça à quelqu'un – aux adultes surtout –, on se moquera de nous. Alors, qu'est-ce qu'on peut bien faire ?

> MARTY (*sur un ton songeur*)
> Je crois que j' le sais.

356 INT. UNE PAGE DE CAHIER D'ÉCOLIER   GROS PLAN   NUIT

Une main – celle de Marty – entre dans le champ et écrit : JE SAIS QUI VOUS ÊTES. ET JE SAIS *CE QUE* VOUS ÊTES.

357 INT. LA CHAMBRE DE MARTY AVEC MARTY   NUIT

Il est assis à son bureau. Dans la flaque de lumière de l'abat-jour, une feuille de papier. Il réfléchit un instant, puis se remet à écrire.

358 INT. LA FEUILLE DE PAPIER   GROS PLAN

La main ajoute : POURQUOI NE VOUS TUEZ-VOUS PAS ?

359 INT. MARTY À SON BUREAU

Il étudie le texte une seconde et semble satisfait. Il ouvre un tiroir de son bureau, en tire une enveloppe et glisse la feuille dedans.

360 EXT. JANE DANS LA GRAND-RUE JOUR

Elle tient une lettre à la main. Elle s'approche de la boîte aux lettres, en ouvre le couvercle et jette un coup d'œil à l'enveloppe.

361 EXT. L'ENVELOPPE AVEC JANE EN AMORCE

L'adresse est rédigée au crayon : PÈRE LESTER LOWE/PRESBYTÈRE DE LA SAINTE-FAMILLE/149, GRAND-RUE/TARKER'S MILLS, MAINE.

362 EXT. JANE DEVANT LA BOÎTE AUX LETTRES

Elle laisse tomber son enveloppe avec l'air de quelqu'un qui vient d'allumer la mèche d'un bâton de dynamite. Puis elle repart en direction de chez elle.

363 INT. LE SALON DU PRESBYTÈRE AVEC LOWE JOUR

Il est assis près de la fenêtre et regarde à l'extérieur. Au bout de la table, à côté de lui, il y a une enveloppe déchirée. Lowe tient dans la main le feuillet expédié par Marty. Une profonde haine déforme ses traits, et il froisse lentement la feuille entre ses doigts.

364 EXT. JANE DEVANT LA BOÎTE AUX LETTRES DE LA GRAND-RUE JOUR

Elle poste une seconde lettre et s'éloigne.

JANE (*voix off*)
Le lendemain, je postai une nouvelle lettre de Marty... et une troisième, le jour suivant. Puis, le samedi...

365 EXT. LE PARC MUNICIPAL DE TARKER'S MILLS
PLAN GÉNÉRAL JOUR

La voiture d'oncle Al est garée au bord du trottoir.

JANE (*voix off*)
... nous avons révélé à oncle Al ce que nous avions fait. (*Pause.*) Le moins qu'on puisse dire, c'est que sa réaction ne fut pas des plus sereines.

366 EXT. ONCLE AL, JANE ET MARTY DANS LE PARC

ONCLE AL
Nom de Dieu-de nom de Dieu-de putain de bordel de merde!

JANE
Oncle Al!

ONCLE AL (*à Jane*)
Que *lui*, il ait fait ça, ça ne m'étonne pas. Je me dis souvent que sa cervelle est aussi paralysée que ses jambes. Mais *toi*, Jane! *Toi!* Avec ta petite tête pleine de bon sens!

JANE (*très calme*)
Tu n' comprends pas!

ONCLE AL (*avec fougue*)
Oh! Je comprends *parfaitement*! Je comprends que ma nièce et mon neveu

envoient au curé du coin des lettres anonymes lui suggérant de s'égorger avec un morceau d'ampoule électrique ou de manger une omelette relevée d'une bonne pincée de mort-aux-rats.

Marty

Il *m'a* attaqué ! Je lui ai tiré une fusée dans l'œil ! Et maintenant, *il* porte un bandeau !

Oncle Al

En venant ici, je suis passé chez Peltzer, Marty. Il y a deux jours, le père Lowe lui a acheté une solution optique. C'est une façon fantaisiste d'appeler le collyre. Le père Lowe a une inflammation de la cornée.

Marty

Est-ce qu'il avait une ordonnance ?

Oncle Al

Mais *qu'est-ce* que ça peut faire ?

Marty

Il n'en avait pas... Je te parie qu'il n'en avait pas ! Parce que pour avoir une ordonnance, il faut aller chez un docteur.

Oncle Al

Marty, Marty, mais écoute c' que tu dis !

Marty

Bon... Est-ce qu'il avait une ordonnance, *oui ou non* ?

Oncle Al

Je n'en sais rien. Mais ce que je sais, c'est que l'autre nuit, tu n'as pas vu de loup-garou. Tu as fait un rêve, Marty; c'est tout. Un rêve extrêmement réaliste que tu dois à tout ce qui s'est passé ici dernièrement.

MARTY
Et la batte de base-ball que Jane a vue dans son hangar? Tu sais qui possédait une batte comme ça? Mr Knopfler! Il en était si fier que pour la parade du 4-Juillet il défilait avec! Jane dit que maintenant, elle ressemble à un cure-dent employé par un géant!

ONCLE AL
Tu veux savoir c' que j'en pense?

MARTY
Non... On t'a donné rendez-vous ici juste pour admirer ton beau visage.

ONCLE AL
Admire-le, admire-le, mon cher garçon. Moi, je pense qu'elle a eu une hallucination. Ça devait être un manche à balai ou un machin dans ce genre.

JANE (*indignée*)
J'ai très bien vu! Tu veux que je te montre? J' n'ai pas peur, tu sais! Allez, viens! J' vais te le montrer tout de suite!

ONCLE AL
Non merci, Jane. Je commence à être un peu trop vieux pour jouer les Hardy Boys [1] contre le Loup-Garou Catholique.

Furieuse contre oncle Al, Jane tape du pied.

[1] Le « Club des Cinq » américain.

MARTY
Ça n' fait rien, Jane. De toute façon, à l'heure qu'il est, il a dû s'en débarrasser.

367 EXT. DEVANT LE SNACK DE ROBERTSON JOUR

La Silver Bullet est garée devant le snack. La porte s'ouvre et oncle Al, Marty et Jane en sortent. Oncle Al porte Marty à cheval sur son dos. Marty tient un cône à la main; Jane en tient deux. Oncle Al se baisse et dépose Marty dans son fauteuil. Marty met le moteur en marche, Jane rend son cône à oncle Al et tous trois remontent la rue. LA CAMÉRA LES SUIT.

JANE
Si le père Lowe est un innocent petit agneau, pourquoi n'a-t-il pas décroché le téléphone pour avertir le commissaire Haller que Marty lui envoyait des lettres anonymes ?

ONCLE AL
Je suis certain qu'il ne sait pas qui lui envoie ces lettres, Jane. Et ce, parce que je suis certain aussi qu'aucun grand méchant loup n'a attaqué Marty.

JANE
Alors, pourquoi il n'a pas décroché le téléphone pour dire au commissaire que *quelqu'un* lui envoie des lettres anonymes ?

Oncle Al ne répond rien. Il n'avait pas pensé à ça. Il regarde vers :

368 EXT. LE PRESBYTÈRE PLAN LARGE AVEC ONCLE AL EN AMORCE

Lester Lowe avec son bandeau et tout tond sa pelouse.

369 EXT. LA GRAND-RUE AVEC ONCLE AL, MARTY ET JANE

>ONCLE AL (*un peu perplexe*)
>Eh bien... Il l'a certainement fait. C'est vrai quoi, il peut très bien avoir déposé une plainte sans faire passer une petite annonce dans le journal en plus, non ?

>MARTY
>J' te parie un quart de dollar qu'il n'avait pas d'ordonnance pour ce produit. Et j' t'en parie un autre qu'il n'a rien dit à Haller.

>ONCLE AL
>Marty, regarde donc ton suspect !

370 EXT. LA PELOUSE DU PRESBYTÈRE AVEC LESTER LOWE

Il tond toujours son gazon. Mr Aspinall passe en voiture. Il lui fait bonjour de la main et le père Lowe lui rend son salut.

371 EXT. LA GRAND-RUE AVEC ONCLE AL, MARTY ET JANE

>MARTY (*l'air sombre*)
>J' le regarde, j' le regarde.

>ONCLE AL
>Tu crois vraiment qu'un type qui a reçu une fusée dans l'œil pourrait tondre tranquillement sa pelouse trois jours après ? Soit il serait à l'hôpital, soit il serait mort, enfin !

MARTY
Quand il l'a reçue, c'était pas un *homme*, mais un...

ONCLE AL
Un loup-garou. Oui. Bien sûr. Doux Jésus, Jane, tu n' crois quand même pas à cette folie, non ?

JANE
Je ne sais pas exactement *à quoi* je crois. Mais je suis sûre que j'ai bien vu une batte de base-ball et non un manche à balai. Et *je suis sûre* que ce jour-là, il y avait une odeur étrange dans le presbytère. On aurait dit l'antre d'un animal. Et puis, je crois Marty... y a peut-être des jours où j'ai envie de le tuer tellement il me rend barge, mais ça ne m'empêche pas de le croire. (*Silence.*) Toi aussi, d'ailleurs, oncle Al.

Durant un instant, oncle Al a l'air d'avoir honte de lui. Puis il lève les bras au ciel avec un air irrité.

ONCLE AL
Ah ! Vous les gosses !

Il se remet en marche. Marty regarde Jane en battant des cils avec gentillesse. Fâchée, Jane suit son oncle et Marty fait avancer son fauteuil pour les rattraper.

372 EXT. UN TERRAIN DE SPORT À LA PÉRIPHÉRIE DE LA VILLE JOUR

C'est le milieu de l'après-midi. Une bande de gosses joue au base-ball. Au premier plan, on voit un petit garçon tout seul... Marty, qui observe le jeu dans son fauteuil roulant, le dos tourné à la caméra.

373 EXT. UN VIEUX COUPÉ JOUR

Il roule lentement sur un chemin bordé d'arbres, puis s'arrête. Lester Lowe est au volant.

EN FOND SONORE : la partie de base-ball.

374 EXT. LE TERRAIN DE BASE-BALL ET MARTY LOWE EN AMORCE LENT TRAVELLING AVANT JUSQU'AU DOS DE MARTY

375 INT. LESTER LOWE

LOWE (*posément*)
Petit salaud !

376 EXT. LA BALLE QUI VOLE

377 EXT. LE TERRAIN PLAN PLUS LARGE

La partie est terminée. Les enfants repartent en groupe vers la ville.

378 EXT. MARTY

L'outfielder qui a attrapé la balle au vol passe à côté de Marty au pas de gymnastique et lui jette un coup d'œil.

L'OUTFIELDER
Tu viens prendre un soda chez Robertson, Marty ?

MARTY
Non... j' crois que j' vais rentrer chez moi.

Là, je pense que nous sommes témoins d'un des rares moments de dépression de Marty. Ils peuvent courir et jouer au base-ball, lui non.

                L'OUTFIELDER
O.K. ! A bientôt !

                MARTY
Ouais, à bientôt !

Il met la Silver Bullet en marche et s'éloigne. Seul.

379 EXT. LE COUPÉ DE LOWE

Le moteur se met en marche.

380 EXT. MARTY LOWE EN AMORCE

Marty escalade une pente herbeuse, avec son fauteuil, et s'engage sur une route goudronnée. On voit les gosses s'éloigner dans l'autre direction. Marty est tout seul.

381 EXT. LE COUPÉ DE LOWE

Il sort du chemin dans lequel il était garé et s'engage sur la route.

382 EXT. LE FAUTEUIL DE MARTY LOWE EN AMORCE

Marty nous tourne le dos. Au fur et à mesure que Lowe le rattrape, le fauteuil roulant de Marty grossit.

383 INT. LOWE AU VOLANT DU COUPÉ

Il se penche en avant avec un immense sourire sadique.

>   LOWE (*il murmure*)
> Salaud !

384 EXT. MARTY DANS LA SILVER BULLET

Tout en roulant, il rêvasse. Peut-être, dans sa tête, est-il en train de jouer au base-ball dans l'équipe des Dodgers.

SON : le ronflement de plus en plus fort d'un moteur. Marty se retourne.

385 EXT. LE COUPÉ DE LOWE RUGISSANT
        MARTY EN AMORCE

386 EXT. MARTY ET LE COUPÉ DE LOWE

Marty met les gaz à fond : la Silver Bullet fait une embardée au milieu de la route. Le pare-chocs du coupé l'accroche et le fauteuil est à deux doigts de se renverser.

Le coupé de Lowe dérape, file vers le fossé et ses roues arrière s'y embourbent.

387 INT. LOWE AU VOLANT DU COUPÉ

>   LOWE
> Oh ! espèce de salaud !

Il accélère à fond.

388 EXT. LES ROUES ARRIÈRE DU COUPÉ GROS PLAN

Elles patinent dans la boue.

389 EXT. MARTY DANS LA SILVER BULLET

Il passe à côté du coupé à toute vitesse et fait un pied de nez à Lowe.

390 INT. LOWE DANS SON COUPÉ

Il est tellement furieux qu'il en grince des dents. Après avoir engagé la marche arrière, il accélère à nouveau à fond.

391 EXT. LE COUPÉ

Dans un rugissement de moteur, il recule brusquement sur la route en projetant une pluie de boue. Puis il démarre en trombe à la poursuite de la Silver Bullet qui s'éloigne rapidement.

392 EXT. LA SILVER BULLET AVEC MARTY

Il entend le coupé de Lowe qui se rapproche et se retourne.

393 EXT. LE COUPÉ

Il fonce en rugissant vers la caméra.

394 EXT. MARTY DANS LA SILVER BULLET

Il tourne la poignée des gaz à fond et le moteur répond.

395 EXT. MONTAGE DE LA POURSUITE

Le metteur en scène la filmera à sa guise. Le principe en est simple : Lowe poursuit le fauteuil au moteur gonflé de Marty sur une route de campagne, à une allure approchant les quatre-vingts kilomètres/heure. Marty, une ou deux fois, pourrait être sur le point de se faire avoir, et il pourrait même à un moment *doubler* une autre voiture.

On pourrait avoir également une vue de l'arrière du coupé de Lowe; sur le pare-chocs, deux autocollants proclament, l'un : FRÉQUENTEZ ET AIDEZ VOTRE ÉGLISE, et l'autre : SI VOUS AIMEZ JÉSUS, DONNEZ UN COUP DE KLAXON !

Au fur et à mesure que la poursuite se déroule, il devient évident que Lowe gagne du terrain. Marty a l'air de plus en plus désespéré. Et soudain, son regard tombe sur :

396 EXT. LA JAUGE À ESSENCE DE LA SILVER BULLET
MARTY EN AMORCE

L'aiguille est sur le zéro.

397 EXT. MARTY

Il pousse un gémissement.

SON : le moteur du coupé qui se rapproche.

398 EXT. LE COUPÉ ET LA SILVER BULLET

Lowe fonce sur Marty, la distance qui les sépare diminue rapidement. Marty zigzague d'un côté à l'autre de la route. Il parvient à éviter le coupé de justesse, mais chaque fois le fauteuil manque de se renverser.

Ils longent maintenant une rivière, l'Auger pour être précis.

399 EXT.   LA JAUGE DE LA SILVER BULLET

Désormais, l'aiguille est *en dessous* du zéro.

400 EXT.   MARTY

> MARTY
> Allez, mon p'tit, allez!

Soudain, une lueur d'espoir passe dans son regard. Il vient de voir :

401 EXT.   UN PANNEAU   MARTY EN AMORCE
   L'AUGER   PONT COUVERT À 500 M
   INTERDIT À LA CIRCULATION

402 EXT.   MARTY DANS LA SILVER BULLET

Il tourne la poignée des gaz aussi fort qu'il peut, elle va finir par se casser. Le coupé le serre de près... Et voilà que le moteur de la Silver Bullet se met à avoir des ratés.

403 EXT.   LE PONT COUVERT   MARTY EN AMORCE

Il est vraiment délabré. A côté de l'entrée, un grand panneau orange rappelle : PONT DANGEREUX! ABSOLUMENT INTERDIT AUX CAMIONS ET AUX VOITURES!

404 EXT.   LA SILVER BULLET

Marty freine, parvient par miracle à négocier son virage et s'engage sur le chemin conduisant au pont. Tandis que le fauteuil fonce en bondissant et rebondissant sur le chemin boueux, on sent que Marty s'accroche désespérément à la vie.

405 EXT. LE COUPÉ DE LOWE

Il dépasse en trombe le chemin dans lequel Marty vient de bifurquer et s'arrête dans un hurlement de freins. Une marche arrière, et il s'engage à son tour sur le chemin.

406 EXT. LA SILVER BULLET

Elle franchit d'un bond la rampe d'accès au pont. Son moteur tousse et crachote.

407 EXT. LE COUPÉ

Il stoppe brutalement en faisant une embardée dans la boue.

408 INT. LOWE DERRIÈRE SON VOLANT

Il a une telle expression de haine et de frustration que l'on dirait une gargouille.

409 EXT. LE PANNEAU D'INTERDICTION LOWE EN AMORCE

410 EXT./INT. LE PONT COUVERT AVEC LA SILVER BULLET

C'est un endroit sombre et effrayant. Entre les planches voilées et disjointes du sol et des murs filtre un peu de la lumière du jour. Dans son fauteuil, Marty zigzague comme un ivrogne entre les deux trottoirs en planches. La longueur totale du pont ne dépasse pas les trente mètres.

A peu près au milieu du pont, la Silver Bullet toussote et crachote une dernière fois, puis le moteur se tait et elle file de plus en plus lentement en roue libre.

411 EXT. L'EXTRÉMITÉ DU PONT MARTY EN AMORCE

Marty s'en rapproche. On entend les planches mal jointes craquer sous les roues de la Silver Bullet et l'Auger gronder au-dessous.

412 EXT. MARTY CONTRE-CHAMP

Roulant de plus en plus lentement, la Silver Bullet s'approche de la caméra... et s'arrête. Marty est couvert de sueur. Il est complètement dépeigné. Il halète et regarde :

413 EXT. LE CHEMIN QUI CONTINUE APRÈS LE PONT
MARTY EN AMORCE

Il est champêtre, très agréable, mais ce n'est pas le genre d'endroit où l'on a envie de se trouver en tête à tête avec un individu qui est par moments un loup-garou et, le reste du temps, un maniaque de l'homicide.

414 EXT. MARTY À L'EXTRÉMITÉ DU PONT

      LOWE *(off, voix douce)*
Marty...

Marty tourne vivement la tête.

415 EXT. L'AUTRE EXTRÉMITÉ DU PONT MARTY EN AMORCE

Nous voyons un carré de lumière éblouissant dans lequel se profile la silhouette du père Lowe. Cette silhouette se met en marche.

SON : bruits de pas sur les planches.

416 INT. LES CHAUSSURES DE LOWE GROS PLAN

Ce sont des Oxford noires, classiques.

>LOWE
>Tout cela me désole profondément, Marty. Je ne sais pas si tu vas me croire, mais ce que je vais te dire est la vérité. De mon plein gré, jamais je ne ferais de mal à un enfant. Tu aurais dû me laisser tranquille, Marty.

SON : le bruit de pas recommence.

417 EXT. MARTY

Il est paralysé par la peur; et même s'il ne l'était pas, il n'irait pas bien loin sans le moteur de la Silver Bullet.

418 INT. LOWE DANS L'OMBRE

>LOWE
>*(d'une voix douce, apaisante)*
>Je ne *peux pas* me tuer, Marty. Vois-tu, notre religion nous enseigne que le péché le plus grave qu'un homme ou une femme puisse commettre, c'est le suicide. Stella Randolph allait se suicider; si elle l'avait fait, à l'heure qu'il est, elle serait en train de brûler en enfer. En la tuant, je lui ai ôté sa vie *terrestre*, mais j'ai sauvé sa vie éternelle. Vois-tu, Marty? Vois-tu comment chaque chose sert les desseins de Dieu? Est-ce que tu le vois bien, espèce de *sale petit fouille-merde*?

Il se remet en marche.

419 EXT. LOWE MARTY EN AMORCE

Il a traversé la moitié du pont, maintenant. Il marche lentement, calmement.

> LOWE
> Tu vas avoir un terrible accident, Marty. Tu vas tomber dans la rivière.

SON : un moteur de tracteur.

Lowe s'arrête, alarmé.

420 EXT. MARTY

SON : le bruit du tracteur s'amplifie.

Le visage de Marty s'illumine. Lâchant Lowe du regard, il se retourne vers :

421 EXT. LE CHEMIN MARTY EN AMORCE

Le ronflement du moteur devient de plus en plus fort, et voici qu'apparaît Elmer Zinneman sur son John Deere. Le tracteur tire un épandeur à fumier presque vide.

422 EXT. MARTY

> MARTY
> *(il agite une main avec frénésie)*
> Mr Zinneman ! Mr Zinneman !

423 INT. LE PONT COUVERT AVEC LOWE

Il recule un peu. Il a une expression de ruse animale. Son esprit court un sacré cent mètres : va-t-il rester et bluffer, ou filer ?

424 EXT. ELMER ET MARTY

Elmer vient arrêter son tracteur tout près de Marty qui se retourne vers :

425 INT. LE PONT COUVERT MARTY EN AMORCE

Plus personne.

SON : faible bruit d'une voiture qui démarre.

426 EXT. MARTY ET ELMER

Marty se retourne vers Elmer.

>MARTY
>Je viens de tomber en panne d'essence.

>ELMER
>Un vrai pont hanté, non ?

>MARTY (*avec emphase*)
>Ah ça ! vous pouvez le dire !

Il se retourne à nouveau vers :

427 EXT./INT. LE PONT COUVERT MARTY EN AMORCE

Long plan fixe sur l'intérieur du pont, sombre, sinistre.

FONDU ENCHAÎNÉ SUR :

428 EXT. LE JARDIN DES COSLAW JOUR

Marty discute avec oncle Al. A l'arrière-plan, Jane fait rouler une balle de croquet sous les arceaux plantés dans la pelouse.

Marty regarde oncle Al avec un air anxieux, tandis que Jane vient les rejoindre.

>ONCLE AL

Ça, bien sûr... c'est plus facile à avaler que le coup du monstre avec des poils partout et une gueule pleine de bave. Autre chose : je me suis renseigné pour la solution optique. C'est un produit qui se vend sans ordonnance.

>MARTY

Je te l'avais *bien* dit !

>ONCLE AL

Ferme-la, mon cher garçon, je n'accepte pas ce genre de triomphe tapageur.

>JANE *(en s'asseyant)*

Est-ce que tu as parlé avec le commissaire ?

>ONCLE AL

Après que Marty m'a raconté sa dernière sensationnelle histoire d'épouvante, je ne pouvais pas faire moins. *(Une pause.)* Aucune plainte de personnes ayant reçu des lettres anonymes n'a été déposée.

>MARTY

J' te l'avais bien dit !

>JANE

Ferme-la, Marty !

>ONCLE AL *(à regret)*

Et y a quelque chose d'autre.

MARTY	JANE
Quoi ?	Quelle autre chose ?

ONCLE AL
En fait, je ne devrais pas vous le dire... cette histoire vous rend complètement hystériques. J'ai l'impression de distribuer des entrées de bal gratuites à des victimes de la danse de Saint-Guy.

MARTY
Oncle Al, si tu n' me le dis pas...

Marty fait le geste d'étrangler quelqu'un.

ONCLE AL *(réticent)*
J' suis allé jeter un coup d'œil sur cette aire de repos.

MARTY *(triomphant)*
Et tu as retrouvé la fusée !

ONCLE AL
Non... mais j'ai découvert des traces de sang sur le tronc d'un arbre dans le bosquet.

MARTY
Alors, tu vois !

ONCLE AL
Ça ne prouve absolument rien, Marty.

MARTY
Et le coup du père Lowe qui m'a poursuivi avec sa voiture pour essayer de me renverser ? Tu ne crois tout de même pas que *ça*, je l'ai rêvé ?

ONCLE AL
Non.

Oncle Al fait le tour de la Silver Bullet et se baisse à côté de Jane. Il regarde :

429 EXT. LE FLANC DE LA SILVER BULLET GROS PLAN

A l'endroit où Lowe l'a heurtée, il y a une bosse et une estafilade et, dans la rayure, il reste un peu de peinture.

430 EXT. ONCLE AL ET JANE GROS PLAN

> ONCLE AL
> La voiture de Lowe est...?

> JANE
> Bleue. De *ce* bleu.

> ONCLE AL
> Bon Dieu !

431 EXT. LE CIEL AVEC LA LUNE NUIT

Elle est aux trois quarts pleine.

PANORAMIQUE VERTICAL jusqu'à la mairie de Tarker's Mills. La MG d'oncle Al est garée juste devant.

432 INT. LE BUREAU DU COMMISSAIRE AVEC HALLER ET ONCLE AL

Haller est à son bureau, bien calé dans son fauteuil. Les mains derrière la nuque, il regarde oncle Al. Le silence se prolonge. On sent que ce silence met oncle Al mal à l'aise.

HALLER
Je te jure que c'est bien l'histoire la plus dingue que j'aie jamais entendue, Al.

ONCLE AL
Je sais. J'aurais pu publier ce truc *totalement* incroyable sans t'en parler, mais j'ai pensé que tu méritais d'en avoir la primeur.

HALLER
Voilà un geste que j'apprécie. Mais une question, quand même : est-ce que toi, tu crois à toute cette histoire ?... Tu y crois, hein ?

ONCLE AL
Disons que j'aimerais simplement que tu jettes un coup d'œil chez Lester Lowe.

Haller se lève.

HALLER
Ça n' pose pas de problème.

Ils se serrent la main.

433 EXT. LE PRESBYTÈRE NUIT

Une Chevrolet sur la portière de laquelle on lit « Police de Tarker's Mills » s'arrête devant le presbytère. Joe Haller ouvre la portière et, avant de descendre, il arrange le bas de son pantalon sur ses bottes... de superbes bottes de cow-boy aux coutures apparentes, et non les classiques chaussures noires des flics. Nous serions heureux que le public remarque ces bottes et s'en souvienne. D'ailleurs, Haller les porte probablement depuis le début du film. Il descend de voiture et s'engage dans l'allée.

Haller sonne à la porte.

Personne ne répond. Haller sonne à nouveau. Il attend. Personne ne vient. Alors, il se penche et regarde par la fenêtre.

434 INT. LE SALON ET LE VESTIBULE HALLER EN AMORCE NUIT

Personne.

435 EXT. HALLER NUIT

Il redescend les marches, reste un instant planté au milieu de l'allée, puis se dirige vers le hangar. Il ouvre la porte et regarde à l'intérieur.

436 EXT./INT. LE HANGAR HALLER EN AMORCE

Le coupé de Lowe est là. Entre les piles de boîtes et de bouteilles, il rentre tout juste.

437 INT. LE HANGAR AVEC HALLER NUIT

Haller contourne la voiture et se baisse devant le pare-chocs avant. A l'arrière-plan, on distingue une montagne de boîtes de bière et de soda.

Haller glisse deux doigts dans sa poche de poitrine et sort un Zippo. Il l'allume et regarde :

438 INT. LE COUPÉ GROS PLAN

L'un des clignotants est cassé. Il y a une rayure sur la peinture et une bosse sur le pare-chocs. Les doigts de Haller entrent dans le champ et se promènent lentement sur la rayure. Ils s'arrêtent.

ZOOM AVANT sur des traces de peinture argent. De même que Marty a des marques de peinture bleue sur son fauteuil, le coupé garde des marques de peinture argent.

439 INT. HALLER

Ses pupilles s'agrandissent.

SON : un fracas assourdissant provoqué par dix mille boîtes métalliques. Lowe surgit de la pile qui est dans le dos de Haller. Il est à mi-chemin entre le prêtre et le loup-garou. Dans une main, il tient le PACIFICATEUR tout abîmé d'Owen Knopfler.

Haller fait mine de se retourner, mais il n'en a pas le temps; le PACIFICATEUR s'abat sur son crâne.

LA CAMÉRA PANORAMIQUE sur le visage de Lowe, tandis que la batte s'élève et retombe... s'élève et retombe. On ne voit pas Haller, et c'est probablement mieux ainsi, mais nous entendons les bruits sourds du bois qui cogne et recogne sur sa tête.

440 EXT. L'AIRE DE REPOS AVEC MARTY, ONCLE AL ET JANE JOUR

Oncle Al a pris le break des Coslaw aujourd'hui. Tous trois sont assis dans le bosquet.

Marty
Mr Haller a dit qu'il allait jeter un coup d'œil chez lui, et depuis, tu sais quoi ? il a *disparu*.

Oncle Al
Et après ? Qu'est-ce que tu voudrais que je fasse, mon garçon ?

Marty ôte son médaillon de St. Christophe et le tend à oncle Al.

Marty
Je veux que tu me fasses une balle en argent avec ça.

Oncle Al
Tu n'as pas l'intention de laisser tomber, hein ?

Marty
Je sais très bien ce que j'ai vu.

Oncle Al
Marty, ce n'était même pas la pleine lune !

Jane (*sur un ton calme*)
Dans les histoires traditionnelles, le type qui se transforme en loup-garou ne le fait que pour la pleine lune. Mais il est peut-être tout le temps comme ça, seulement plus la lune devient pleine...

Marty
... plus il devient loup-garou.

Jane
(*en tendant son crucifix à Al*)
Tiens. Prends le mien aussi !

MARTY
Jane... ne fais pas ça.

JANE
Ne me dis pas ce que je dois faire ou ne pas faire, tête de piaf.

MARTY
Jane, tu voudras bien m'épouser ?

ONCLE AL
Hé, les gosses, pour commencer, est-ce que vous voudriez bien me dire *comment* Lowe est devenu un loup-garou ?

JANE
Je n'en sais rien. Et sans doute, lui non plus.

MARTY
Personne ne sait comment débute un cancer, ni ce que c'est exactement... mais ça ne l'empêche pas d'exister.

ONCLE AL
Ce gamin a douze ans et il cause déjà comme un jésuite. Un jésuite *français,* en plus.

MARTY
Je pense qu'il va essayer de m'avoir. Un, parce que je sais qui il est, et deux, parce que je l'ai blessé. Mais je ne sais pas s'il le fera sous sa forme humaine.

ONCLE AL
Mon pauvre garçon, je crois que cette fois, tu es devenu complètement fou.

MARTY
Est-ce que tu feras ce que je t'ai demandé ?

Oncle Al se contente de regarder Marty. On le sent troublé, plein de doutes.

441 EXT. UNE ROUTE DE CAMPAGNE AVEC LE BREAK DES COSLAW JOUR

Oncle Al ramène ses neveux à la maison. LA CAMÉRA SUIT la voiture un moment, puis S'ARRÊTE sur un bout de chemin qui conduit à une gravière.

ZOOM AVANT rapide sur un tas de sable duquel dépasse une botte de cow-boy. Elle est toute mâchée et couverte de sang.

442 EXT. L'ALLÉE DES COSLAW JOUR

Le break s'engage dedans.

443 INT. LA VOITURE AVEC ONCLE AL, MARTY ET JANE JOUR

MARTY
S'il te plaît, oncle Al.

JANE
Tu le feras ?

La médaille de St. Christophe et le crucifix sont suspendus par leurs fines chaînes en argent au rétroviseur. Oncle Al les décroche et les regarde.

ONCLE AL
D'accord, je me rends. J' le ferai.

MARTY
Oh! *fantastique!* Merci.

JANE
Merci, oncle Al.

ONCLE AL
Si jamais l'un de vous deux raconte *à qui que ce soit* que j'ai avalé *une seule* miette de cette histoire, je vous jure que les loups-garous seront le cadet de vos soucis.

444 EXT./INT. MONTAGE BALLE EN ARGENT JOUR

a) Dans une grande ville, oncle Al s'arrête devant la vitrine d'un magasin sur laquelle on peut lire : ARMES ET MUNITIONS, CHEZ MAC. Il sort la médaille de St. Christophe de sa poche, la tourne un instant entre ses doigts et hoche la tête, comme s'il s'engueulait pour sa crédulité et sa bêtise. Puis il entre.

JANE *(voix off)*
Mac, l'ami d'oncle Al, n'était pas un armurier quelconque; d'après lui, c'était un véritable artisan, une espèce de sorcier des armes.

b) A l'intérieur de la boutique, nous voyons oncle Al en train de discuter avec Mac; le poil blanc, un certain âge, ce dernier a bel et bien l'allure d'un sorcier. Dans la vitrine à l'arrière-plan, il y a un squelette et une lanterne en forme de potiron en papier : le premier signe que nous approchons de Halloween. Oncle Al parle avec animation en gesticulant; nous ne savons pas ce qu'il raconte, mais le mensonge doit être énorme. Au milieu de son discours, il dépose la médaille et le crucifix dans la main de Mac; ce dernier tend les chaînes entre ses doigts et les étudie.

JANE *(suite, voix off)*
Dieu sait quelle histoire oncle Al est allé lui raconter, mais je suis persuadée que pour un type qui a été marié je ne sais combien de fois, les inventions au pied levé doivent devenir une sorte de spécialité.

c) Dans son atelier, nous voyons Mac verser du bore sur les bijoux et observer le résultat.

JANE *(suite, voix off)*
L'armurier a confirmé la haute teneur en argent de mon crucifix et du médaillon de Marty...

d) Une lumière très faible dans laquelle Mac ressemble plus que jamais à un sorcier : il allume un chalumeau à acétylène et commence à faire fondre les deux bijoux dans un creuset.

LENT TRAVELLING AVANT sur la médaille de Marty et le crucifix de Jane qui se fondent l'un dans l'autre; ils deviennent un et indissoluble.

JANE *(suite, voix off)*
... les a fondus ensemble...

e) Mac verse l'argent liquide dans un moule à balle.

JANE *(voix off, concluant)*
... et en a fait une balle en argent.

445 INT. L'ARMURERIE DE MAC AVEC MAC ET ONCLE AL

Venant du fond du magasin, Mac se rapproche avec une petite boîte en marqueterie qu'il dépose sur la vitre du comptoir.

Mac
Voilà, c'est fait.

446 INT. LA BOÎTE GROS PLAN

Les mains de Mac en train d'ouvrir la boîte; à l'intérieur, une balle en argent repose sur un petit coussin de velours sombre. C'est une balle de calibre 22, courte, ronde, luisante. Ce serait pas mal d'en exagérer optiquement le côté argenté, lumineux pour lui donner un air magique... presque de sainteté.

447 INT. MAC ET ONCLE AL

Oncle Al saisit la balle respectueusement, l'élève dans la lumière.

Mac
Je crois que je n'ai jamais rien fabriqué d'aussi parfait. Je lui ai mis une charge de poudre fine, afin qu'elle ne se retourne pas. Elle doit être terriblement précise.

Oncle Al
C'est une blague, sans plus. Sur quoi tu me vois tirer avec une balle en argent?

Mac
(*sur le ton de la plaisanterie*)
Pourquoi pas sur un loup-garou? (*Une pause.*) Allez, joyeux Halloween, Al!

448 EXT. LA PLEINE LUNE GROS PLAN NUIT

Elle remplit presque la totalité de l'écran, et vogue, mystérieuse, dans l'air chaud de la nuit.

JANE (*voix off*)
La balle en argent de Marty fut donc fabriquée la veille de Halloween... et c'était à nouveau la pleine lune. Plus tôt cet après-midi-là, le cancer qui dévorait mon grand-père depuis sept ans termina son repas.

PANORAMIQUE VERS LE BAS sur la maison des Coslaw. Il y a un potiron évidé sur le rebord de la fenêtre et un bouquet d'épis de maïs accroché à la porte. La MG d'oncle Al est garée dans l'allée. Le break des Coslaw est en train de reculer vers la route. Oncle Al et Jane sont sur le seuil de la maison. Juste derrière eux : Marty dans la Silver Bullet.

Nan se penche par la portière de la voiture. Elle est vêtue de noir et il est évident qu'elle a pleuré.

NAN
Souviens-toi, Al... Nous serons au Ritz-Carlton de Boston demain soir ! Ou bien à l'établissement funéraire. Ça s'appelle Stickney et...

ONCLE AL
... et Babcock, je m'en souviens. Et maintenant, filez !

Le break recule encore un peu, puis Nan remet la tête à la portière.

NAN
Et n'ouvrez pas la porte si des gamins viennent réclamer des bonbons !

ONCLE AL
On n'ouvrira à personne !

Le break a atteint la route, mais la tête de Nan surgit à nouveau à la portière.

Nan
Et vous les enfants, couchez-vous à l'heure! Demain vous allez à l'école!

Oncle Al
Si tu continues comme ça, tu vas te cogner la tête, sœurette. Embrasse maman pour moi, et dis-lui que je serai là-bas jeudi!

Nan
Je le ferai... et vous les enfants, soyez gentils!

Marty
Salut, m'man! Salut, p'pa!

Jane
On le sera! Salut!

Le break accélère et s'éloigne.

Oncle Al
Vous voulez que je vous dise quelque chose, les gosses?

Jane
Bien sûr, oncle Al.

Oncle Al
Quand ma petite sœur et moi étions mômes, nous étions exactement comme vous.

Marty
Ah ouais? Vraiment?

Oncle Al
Ouais. Vraiment. Et le plus fort, c'est que ça continue. Prenez exemple sur vos aînés, mes chéris.

Il les pousse à l'intérieur et referme la porte.

449 INT. LE BREAK AVEC NAN ET BOB   NUIT

> BOB
> Je n'arrive pas à comprendre comment tu as pu laisser les gosses avec lui. Il y a un an cette idée m'aurait fait rire. Il suffisait qu'Al entre dans la maison pour que tu te mettes à cracher du feu.
>
> NAN
> Il a changé, tu sais. Cet été, pour être plus précise. Ou bien quelque chose l'a fait changer. Marty, peut-être. Et quant à l'alcool... j'ai l'impression qu'il a presque arrêté. Quoi qu'il en soit, c'est magnifique. Et avec lui, ils ne craignent rien; ça, j'en suis sûre.
>
> BOB
> Je le sais bien qu'avec lui ils ne craignent rien, mais tu crois vraiment qu'il les mettra au lit à neuf heures et demie ?
>
> NAN (*sur un ton ferme*)
> A partir du moment où je le lui ai demandé, il le fera.

450 INT. L'HORLOGE MURALE DU LIVING DES COSLAW   NUIT

Elle indique une heure du matin.

SON : l'hymne national.

451 INT. LE POSTE DE TÉLÉVISION   GROS PLAN

L'hymne se termine. La mire de la station apparaît.

son : la voix de l'annonceur : « Voici la fin des programmes de la WDML. »

L'écran se met à papilloter.

452 INT. JANE SUR LE DIVAN

Elle est à moitié assoupie.

453 INT. MARTY DANS LA SILVER BULLET

Lui aussi dort à moitié.

454 INT. ONCLE AL DANS LE CONFORTABLE FAUTEUIL DE BOB

Lui aussi, il sommeille. Il y a trois ou quatre boîtes de bière vides devant lui, et une cigarette se consume toute seule entre ses doigts. Sur ses genoux, on remarque un revolver, un calibre 22.

455 EXT. LA MAISON DES COSLAW VUE DE BIAIS   NUIT

Le loup-garou sort en courant du bois et longe la haute haie qui entoure la maison. (Nous sommes du côté opposé à la chambre de Marty.)

456 EXT. DANS LES ARBUSTES AVEC LE LOUP-GAROU

Entre la maison et la haie, il y a un espace... l'on dirait une piste d'animaux. Le loup-garou la suit tout doucement, son œil unique jette des flammes.

son : faible crépitement de la télé.

457 INT.   LE LIVING AVEC MARTY, JANE ET ONCLE AL   NUIT

Oncle Al bondit en criant : sa cigarette lui a brûlé les doigts. Le calibre 22 tombe sur la moquette.

Marty et Jane se réveillent en sursaut.

458 EXT.   DANS LES ARBUSTES AVEC LE LOUP-GAROU   NUIT

L'œil étincelant, il fait un bond. De la bave coule de ses babines. Il rampe vers une fenêtre. Le crépitement de la télé s'intensifie.

459 INT.   LE LIVING AVEC AL, JANE ET MARTY   NUIT

Oncle Al secoue sa main brûlée. Puis il ramasse la cigarette qui est tombée sur ses genoux et la jette dans le cendrier.

JANE (*d'une voix endormie*)
Un jour, tu finiras par cramer, oncle Al.

ONCLE AL
Sans doute. Vous les gosses, vous devriez aller au lit !

MARTY (*vexé*)
Mais oncle Al, tu avais dit...

ONCLE AL
J' le sais ce que j'ai dit... Mais il est une heure dix. Et il n'est pas venu.

JANE
La lune n'est pas encore couchée...

Oncle Al
Presque, bon sang! Bon, je resterai là, l'œil ouvert, avec ce ridicule pistolet sur mes genoux, parce que je l'ai promis, mais vous deux, vous allez vous coucher. Allez, magnez-vous!

Jane se lève et se dirige vers les escaliers.

Marty
Et si j' veux pas, moi?

Oncle Al
Alors, il faudra que j' te botte le cul, mon garçon. (*Plus gentiment :*) Allez, va!

Marty commence à faire avancer la Silver Bullet vers les escaliers où se trouve le siège sur rail. Jane l'attend à la porte du living. Marty aperçoit le pistolet sur le sol et s'arrête.

Marty
Si le coup était parti, on n'avait plus qu'à dire adieu à notre balle en argent.

460 INT. ONCLE AL

A cette accusation à peine voilée, oncle Al sourcille légèrement. Il se penche pour ramasser son arme. Puis il ouvre le barillet. Cinq magasins sont vides; mais dans le sixième, il y a un brillant cercle argenté.

461 INT. ONCLE AL

Il fait tomber la balle en argent dans sa main.

Oncle Al
Eh bien, tu vois, mon garçon ? Elle est parfaitement intacte.

A la fenêtre derrière lui apparaît la tête du loup-garou avec ses yeux verts qui étincellent.

462 INT. LA PORTE DU LIVING AVEC MARTY ET JANE

Marty qui regarde oncle Al ne voit rien. Jane, elle, regarde vers la fenêtre et HURLE.

Jane (*glapissant*)
C'est lui ! Le loup-garou ! J' l'ai vu ! C'EST LE LOUP-GAROU !

Elle désigne la fenêtre de la main.

463 INT. ONCLE AL

Il bondit et se tourne vers la fenêtre... Pour le moment, Al tient le 22 avec le barillet ouvert dans une main et la balle en argent dans l'autre.

En dehors de l'obscurité, il n'y a rien derrière la fenêtre. Oncle Al se retourne vers les gosses.

Oncle Al (*sur un ton sec*)
Marty, tu l'as vu ?

464 INT. MARTY

Marty (*il secoue la tête*)
J' te regardais, toi...

465 INT. ONCLE AL

Soulagé, ses épaules retombent un peu... Maintenant que le moment de panique est passé, son soulagement se teinte d'agacement. Après tout, ce ne sont que deux gosses hystériques, et Jane est vraiment la pire des deux. Une vraie enragée !

     Oncle Al
 Je commence à éprouver un sentiment que je connais très bien.

466 int. marty et jane sur le seuil

Jane pleure.

     Marty
 C'est quoi, oncle Al ?

467 int. oncle al

     Oncle Al
 Je me sens comme un gros couillon.

468 int. marty et jane sur le seuil

     Jane (*elle sanglote*)
 Je l'ai vu, oncle Al, je l'ai vu !

Marty s'approche d'elle et essaye de la consoler en la prenant par les épaules.

     Jane
 Toi, le morveux, bas les pattes !

     Marty
 Jane...

469 INT. ONCLE AL

> ONCLE AL
> Vous n' voudriez pas aller vous coucher, les gosses ? Je commence à avoir un sacré mal de crâne.

470 EXT. LE FLANC DE LA MAISON   TRÈS GROS PLAN   NUIT

Une main velue et griffue entre dans le champ et se referme sur un câble.

> LE LOUP-GAROU (*off*)
> *Tooout* doucement...

Il tire le câble d'un coup sec.

471 INT. LE LIVING   PLAN LARGE   NUIT

Toutes les lumières s'éteignent.

JANE HURLE.

> MARTY
> Il est là ! Dehors !

472 INT. ONCLE AL

> ONCLE AL
> Jane, ce n'est qu'une panne de...

Il s'avance vers elle. Au même instant, presque tout le mur et pas seulement la fenêtre par laquelle le loup regardait, mais presque tout le mur s'écroule quand, en rugissant, le loup-garou passe au travers comme un bulldozer.

Oncle Al se retourne d'un bloc et instinctivement, il lève son revolver pour tirer... mais le barillet est ouvert et vide. Le temps que l'on note sa stupeur et la bête l'envoie valdinguer.

473 INT. ONCLE AL   NOUVEL ANGLE

Il fait un vol plané en arrière. Le revolver s'envole d'un côté, la balle de l'autre.

474 INT. LE REVOLVER

Il voltige dans un coin de la pièce.

475 INT. LA BALLE EN ARGENT   AU RALENTI

On la voit s'élever dans les airs en tourbillonnant. Puis elle redescend, heurte le sol et roule.

476 INT. LE SOL DU VESTIBULE AVEC LA BALLE   AU RALENTI

A l'extrême arrière-plan se trouve une bouche de chauffage. La balle roule vers elle.

477 INT. MARTY ET JANE

MARTY
Attrape le revolver !

Il fait avancer avec ses mains la Silver Bullet jusque dans le vestibule.

478 INT. LA BALLE EN ARGENT (LA BALLE !) ET MARTY
AU RALENTI

La balle continue à rouler lentement vers la bouche de chauffage. En arrière-plan, on aperçoit Marty qui s'échine comme un forcené dans son fauteuil roulant.

Il se soulève de son fauteuil et s'affale de tout son long en tendant une main. Ses doigts touchent la balle, mais trop tard : elle disparaît dans la bouche de chauffage.

479 INT. LE LOUP-GAROU GROS PLAN

Il rugit de rage, son unique œil jette des éclairs.

480 INT. LE LIVING PLAN LARGE

Oncle Al gît inanimé contre un mur; le devant de sa chemise est rouge de sang. Jane court vers le coin où a atterri le revolver et l'attrape.

Le loup-garou soulève le fauteuil de Bob et le balance par le mur qu'il a démoli pour entrer; il empoigne une petite table et la jette violemment sur le poste de télévision. Puis il découvre Jane et s'avance vers elle.

481 INT. JANE RECROQUEVILLÉE DANS UN COIN

482 INT. LE LOUP-GAROU GROS PLAN

483 INT. JANE

Elle fait mine de s'enfuir dans un sens.

484 INT. JANE ET LE LOUP-GAROU

Il ne se trouve plus qu'à un mètre de Jane, mais il joue avec elle... il prend tout son temps.

485 INT. LES INSTRUMENTS DANS LA CHEMINÉE
       GROS PLAN

Une main ensanglantée saisit un tisonnier.

486 INT. LE LOUP-GAROU ET JANE

Alors que le loup-garou bande ses muscles pour bondir sur elle, oncle Al jaillit comme un ressort et lui flanque un coup de tisonnier dans le dos. Le loup-garou se retourne en rugissant.

Oncle Al le frappe entre les jambes.

Le loup-garou mugit, attrape le tisonnier, le tord, puis le balance au loin. A son air furibond et féroce, on comprend qu'oncle Al ne va pas tarder à subir le même sort.

487 INT. JANE

Elle bondit de son coin, traverse la pièce en courant vers la porte. Mais à deux pas du seuil, elle trébuche et tombe.

488 INT. LE LOUP-GAROU GROS PLAN

Il tourne brusquement la tête.

489 INT. MARTY DANS LE VESTIBULE

Il est à plat ventre. Il a retiré la grille de la bouche de chauffage et plongé une main à l'intérieur.

> MARTY (*il hurle*)
> *Janey! Le revolver!* LE REVOLVER!

490 INT. JANE

Elle le lui lance maladroitement.

491 INT. LE REVOLVER   RALENTI

Il glisse sur le sol jusqu'à Marty, comme un disque tordu d'un jeu de galets, le barillet toujours ouvert.

492 INT. LE LOUP-GAROU

        LE LOUP-GAROU (*en grognant*)
Maaa-aaa-rty...

Il commence à traverser lentement le living en repoussant tout sur son passage comme une brute.

493 INT. MARTY DANS LE VESTIBULE

Le revolver glisse jusque dans sa main. Et il recommence à chercher la balle dans la conduite de chauffage...

494 INT. DANS LA CONDUITE DE CHAUFFAGE
    TRÈS GROS PLAN

Elle forme un coude juste en dessous des doigts de Marty qui les tortille dans l'espoir d'attraper la balle... Elle est là, en effet, à peine deux centimètres plus bas.

495 INT. LE LOUP-GAROU   GROS PLAN

        LE LOUP-GAROU
    (*les babines pleines de bave*)
Maaa-aaa-rty...

496 INT. JANE SUR LE SOL

> JANE (*elle sanglote*)
> Ne lui fais pas de mal! Ne touche pas à mon frère!

Quand il passe à côté d'elle, Jane mord une des chevilles velues du loup-garou.

497 INT. JANE ET LE LOUP-GAROU

Il rugit de douleur et la repousse d'un coup de pied. Puis il regarde à nouveau dans le vestibule. Il sourit de tous ses crocs. A mon avis, il est en train de penser que le gueuleton qu'il va se taper surpassera un réveillon gratuit.

> LE LOUP-GAROU
> *Tooout doucement, Maa-aaarty...*

498 INT. MARTY GROS PLAN

Il fouille désespérément dans la conduite tout en observant le loup-garou qui s'avance vers lui.

499 INT. DANS LA CONDUITE DE CHAUFFAGE
TRÈS GROS PLAN

Les doigts de Marty frôlent la balle une fois... deux fois... l'attrapent.

500 INT. MARTY DANS LE VESTIBULE

Il roule sur le dos, place à tâtons la balle dans le barillet et le referme d'un coup sec.

501 INT. LE LOUP-GAROU GROS PLAN

                LE LOUP-GAROU
Salaud de Marty!

502 INT. MARTY

Il pointe son arme et appuie sur la détente. On n'entend qu'un CLIC! Marty prend un air catastrophé.

503 INT. LE LOUP-GAROU GROS PLAN

                LE LOUP-GAROU
Te tuer...

504 INT. MARTY

Il se hisse à la force des bras et s'adosse à moitié contre le mur. Puis il appuie à nouveau sur la détente. CLIC! Maintenant, il est en proie à l'épouvante.

505 INT. LE LOUP-GAROU

Il arrive devant la Silver Bullet et l'écarte violemment; elle s'écrase contre le mur.

506 INT. MARTY

A présent, il tient le revolver à deux mains. Il appuie sur la détente pour la troisième fois. CLIC!

L'ombre du loup-garou le recouvre.

507 INT. LE LOUP-GAROU TRÈS GROS PLAN

Salaud de Marty!

Il se penche sur lui pour l'empoigner.

508 INT. MARTY TRÈS GROS PLAN

En se pressant contre le mur comme s'il voulait rentrer dedans, il appuie à nouveau sur la détente.

509 INT. LE CANON DU CALIBRE 22 TRÈS GROS PLAN

La balle en jaillit, comme un éclair d'argent.

510 INT. LE LOUP-GAROU

La balle en argent l'atteint en plein dans l'œil. Le choc l'envoie voler en arrière, les mains collées sur sa face ruisselante de sang... et il s'écroule dans le fauteuil à moitié démoli de Marty. Il demeure assis là, rugissant, et soudain... il commence à se transformer.

511 INT. LE LIVING AVEC JANE

Allongée sur le sol, elle sanglote.

>ONCLE AL (*off*)
> Jane, ça va?

512 INT. ONCLE AL ET JANE

Oncle Al est couvert de sang, il titube, mais il est debout. Il aide Jane à se lever.

Jane
Moi ça va, mais... Marty ! Ma...

son : un rugissement assourdissant.

513 INT. LE LOUP-GAROU TRÈS GROS PLAN

Ses mains s'écartent de son visage. Désormais, il est aveugle des deux yeux, et il est à moitié loup-garou, à moitié Lowe.

Il hurle à nouveau, et dans une ultime convulsion... il meurt.

514 INT. MARTY SUR LE SOL

Marty (*il crie*)
Tout va bien ! Il est mort !

515 INT. ONCLE AL ET JANE

La créature qui gît dans le fauteuil disloqué de Marty ressemble tout à fait au père Lowe, maintenant. Derrière lui, Marty, toujours par terre. Oncle Al dépasse le cadavre pour rejoindre Marty. Jane lui emboîte le pas... et Lowe se redresse brusquement et tente de l'attraper à tâtons.

Elle pousse un hurlement et bondit de côté. Lowe retombe en arrière, vraiment mort cette fois, du moins je crois. Jusqu'à la prochaine.

516 INT. LE VESTIBULE AVEC ONCLE AL, JANE ET MARTY

Oncle Al prend Jane par les épaules pour la réconforter; elle s'est remise à sangloter —

mais bon Dieu, je crois bien qu'après un coup pareil moi aussi je sangloterais —, et tous deux se baissent vers Marty.

>ONCLE AL (*à Marty*)
Tu vois, je t'avais bien dit que les loups-garous, ça n'existait pas.

Ils échangent un sourire plein de tendresse.

>JANE (*sur un ton nerveux*)
Vous êtes bien sûrs qu'il est mort ?

>ONCLE AL
S'il ne l'est pas encore, je te jure qu'il le sera quand je lui aurai plongé l'un des chandeliers en argent de votre mère en plein cœur.

>JANE (*avec une grimace*)
Oh non ! oncle Al !

>ONCLE AL (*l'air sinistre*)
Oh si, ma petite Jane ! Quand je crois à quelque chose, j'y crois dur comme fer.

Il se lève et s'en va.

>JANE
Ça va *vraiment*, Marty ?

>MARTY
Ouais, ouais, sauf mes jambes, j'ai l'impression que je ne peux plus marcher.

>JANE
Tu sais que t'es vraiment un épouvantail.

>MARTY (*avec un sourire*)
Jane, je t'aime.

517 EXT. TARKER'S MILLS PLAN GÉNÉRAL NUIT

Tout est silencieux, tout dort.

>JANE (*voix off*)
>Ce n'était pas toujours facile pour moi de lui répondre que... mais cette nuit-là, je l'ai fait, et je peux le répéter aujourd'hui que tous les terribles événements de ce fameux automne ne sont plus que de vagues souvenirs, flous comme un vieux rêve.

518 INT. LE VESTIBULE AVEC MARTY ET JANE

>JANE
>(*en le serrant dans ses bras*)
>Marty, je t'aime.

519 EXT. TARKER'S MILLS PLAN GÉNÉRAL NUIT

>JANE
>(*voix off, dans un simple murmure*)
>Je t'aime, Marty... bonne nuit!

LA CAMÉRA PANORAMIQUE ET CADRE la pleine lune.

FONDU AU NOIR.

Stephen King

Stephen King sait nous faire mourir de peur. Il sait reformuler nos terreurs ancestrales pour les intégrer dans notre environnement technologique. Comme autrefois Edgar Poe ou Lovecraft, le King règne aujourd'hui sur le Fantastique.

Né en 1947 à Portland, dans le Maine (Etats-Unis), Stephen King commence à écrire à l'âge de douze ans. Depuis plus de vingt ans il figure sur toutes les listes de best-sellers et vend ses livres à des millions d'exemplaires dans le monde entier.
La plupart ont été portés à l'écran.

Carrie
835/3
Shining - L'enfant lumière
1197/6
Danse macabre
1355/5
Cujo
1590/4
Christine
1866/4
Peur bleue
1999/3
Charlie
2089/6
Simetierre
2266/7
Différentes saisons
2434/7
La peau sur les os
(Richard Bachman)
2435/4
Brume
- Paranoïa
2578/5
- La Faucheuse
2579/5
Running Man
(Richard Bachman)
2694/3
Ça
2892/6, 2893/6 & 2894/6
La Tour Sombre
- Le Pistolero
2950/3
- Les trois cartes
3037/7
- Terres perdues
3243/7
Chantier
(Richard Bachman)
2974/6
Les Tommyknockers
3384/4, 3385/4 & 3386/4
Misery
3112/6
Marche ou crève
(Richard Bachman)
3203/5
Le Fléau
3311/6, 3312/6 & 3313/6
Rage
(Richard Bachman)
3439/3
Minuit 2
3529/7
Minuit 4
3670/8
Bazaar
3817/7 & 3818/7
Jessie
4027/6
Rêves et cauchemars
4305/7 & 4306/7
Anatomie de l'horreur
4410/5 & 4411/5

Science-Fiction

Depuis 1970, j'ai lu explore les vastes territoires de la Science-Fiction pour mettre à la portée d'un très vaste public des chefs-d'œuvre méconnus. De la hard science à l'heroic fantasy, des auteurs classiques à l'avant-garde cyberpunk, des maîtres américains à la nouvelle génération des auteurs français, tous les genres sont représentés sous la désormais célèbre couverture argent et violet.

ISAAC ASIMOV

Auteur majeur de la S-F américaine, Isaac Asimov est né en Russie. Naturalisé américain, il fait des études de chimie et de biologie, tout en écrivant des romans et des nouvelles qui deviendront des best-sellers. Avec les robots, il trouve son principal thème d'inspiration.

Les cavernes d'acier
404/4

Les cavernes d'acier sont les villes souterraines du futur, peuplées d'humains qui n'ont jamais vu le soleil. Dans cet univers infernal, un homme et un robot s'affrontent.

Les robots
453/3

Face aux feux du soleil
468/3

Tyrann
484/3

Un défilé de robots
542/3

Cailloux dans le ciel
552/3

Les robots de l'aube
1602/3 & 1603/3

Le voyage fantastique
1635/3

Les robots et l'empire
1996/4 & 1997/4

Espace vital
2055/3

Asimov parallèle
2277/4 Inédit

Le robot qui rêvait
2388/7

Robots et extraterrestres
- Le renégat
3094/6 Inédit

Une nouvelle grande série sous la direction du créateur de l'univers des robots. Naufragé dans un monde sauvage peuplé de créatures-loups, Derec affronte un robot rebelle.

- L'intrus
3185/6 Inédit

Deuxième volet d'une série passionnante, par deux jeunes talents de la S-F parrainés par Asimov.

- Humanité
3290/6 Inédit

La cité des robots
- La cité des robots
2573/6 Inédit
- Cyborg
2875/6
- Refuge
2975/6

La trilogie de Caliban
- Le robot Caliban
3503/6
- Inferno
3799/5 Inédit
- Utopia
4304/6 Inédit

Robots temporels
- L'âge des dinosaures
3473/6 Inédit (Par F. WU)
- Le guerrier
- Le dictateur
4048/7 Inédit (Par F. WU)
- L'empereur
- L'envahisseur
4177/7 Inédit (Par F. WU)
- I, robot
4403/5 Inédit

ANDERSON POUL

La reine de l'Air et des Ténèbres
1268/3

La patrouille du temps
1409/3

ATWOOD MARGARET

La servante écarlate
2781/5

AYERDHAL

L'histrion
3526/6 Inédit

Balade chorèale
3731/5 Inédit

Sexemorphoses
3821/6 Inédit

Genèses
4279/5

Parleur
4317/10 Inédit

Le premier ouvrage de Fantasy de l'auteur. Parleur, le héros, découvrant la misère qui règne dans une petite ville médiévale, incite les habitants à s'enclaver pour échapper à la dictature royale.

BALLARD J.G.

Le monde englouti
2667/3

BELLETTO RENÉ

Le temps mort
4095/4

BISSON

Johnny Mnemonic
4079/4

Science-Fiction

BLAYLOCK JAMES
Reliques de la nuit
4049/8 Inédit FANTASY

BLISH JAMES
Semailles humaines
752/3

BRIN DAVID
Marée stellaire
1981/6 Inédit
Le facteur
2261/5 Inédit
Elévation
**2552/5 & 2553/5
Inédit Prix Hugo**
Rédemption
**4457/6 & 4458/6
Inédit**

BROOKS TERRY
Le glaive de Shannara
3331/8 Inédit FANTASY
Après la dernière guerre des races, les habitants des Quatre Terres sont parvenus à reconstruire une civilisation. Mais les forces du Mal veillent et, pour empêcher un nouveau désastre, Shea doit s'emparer du glaive de Shannara.

Les pierres des elfes de Shannara
3547/7 Inédit FANTASY

L'enchantement de Shannara
3732/8 Inédit FANTASY

Royaume magique à vendre !
- Royaume magique à vendre !
3667/6 FANTASY
- La licorne noire
4096/5 Inédit FANTASY
- Le Spectre et le Sort
4277/5 Inédit FANTASY

BUTLER OCTAVIA E.
La parabole du semeur
3948/6 Inédit

CADIGAN PAT
Mise en abyme
4134/5 Inédit

CANAL RICHARD
Swap-Swap
2836/3 Inédit
Ombres blanches
3455/4 Inédit
Aube noire
3669/5 Inédit
Le cimetière des papillons
3908/4 Inédit
La malédiction de l'éphémère
4156/4
Les paradis piégés
4483/5 Inédit

CARD ORSON SCOTT
Abyss
2657/4
La stratégie Ender
3781/5 Prix Hugo
La voix des morts
3848/6 Prix Hugo
Xénocide
4024/8
Troisième volume des aventures d'Ender le Stratège, surnommé la Voix des Morts. Un virus mortel menace les humains qui ont colonisé la planète Lusitania. Mais le détruire revient à anéantir les indigènes, pour la reproduction desquels ce virus est indispensable. Ender parviendra-t-il à éviter un nouveau xénocide ?

CARROLL JONATHAN
Le pays du fou rire
2450/4

CHERRYH C.J.
Hestia
1183/3
Chasseurs de mondes
1280/4
Les adieux du soleil
1354/3
Les seigneurs de l'Hydre
1420/4 Inédit
Chanur
1475/4 Inédit
L'opéra de l'espace
1563/3 Inédit
La pierre de rêve
1738/3
L'épopée de Chanur
2104/4 Inédit
La vengeance de Chanur
2289/4 Inédit
L'œuf du coucou
2307/3
Le retour de Chanur
2609/7 Inédit
Cyteen
**2935/6 & 2936/6
Inédit Prix Hugo**
Politicienne habile, Ariane Emory vise l'immortalité, l'apanage des dieux, pour mener à bien ses projets.

Volte-face
3144/5 Inédit
Forteresse des étoiles
3330/7 Prix Hugo
Temps fort
3417/7 Inédit
Les portes d'Ivrel
3631/4 FANTASY
L'héritage de Chanur
3468/8 Inédit
Le puits de Shiuan
3688/5 Inédit FANTASY
Les feux d'Azeroth
3800/4 Inédit FANTASY
La porte de l'exil
3871/8 Inédit
Les chants du néant
4155/7 Inédit
La citadelle noire
4404/6 Inédit
Lois & Clark
4456/5 Inédit

Arthur C. Clarke

Né en 1917 en Angleterre, Arthur C. Clarke vit depuis de nombreuses années à Ceylan. Cet ancien président de l'Association interplanétaire anglaise, également membre distingué de l'Académie astronautique, a écrit une cinquantaine d'ouvrages, dont certains sont devenus des classiques de la Science-Fiction.

2001 : l'odyssée de l'espace
349/2
Quelque part, du côté d'un satellite de Saturne, une source inconnue émet des radiations d'une extraordinaire puissance. Une mission secrète va entraîner Explorateur I et son équipage aux confins du cosmos, leur permettant de percer le mystère des origines de la vie.

2010 : odyssée deux
1721/4

2061 : odyssée trois
3075/3

Les enfants d'Icare
799/3
L'astronef s'était posé sur Terre sans que nul s'en aperçoive et, maintenant, ses occupants imposaient leur volonté aux hommes. L'existence de l'humanité n'était-elle pas menacée ?

Avant l'Eden
830/4

Terre, planète impériale
904/4

L'étoile
966/3

Les fontaines du Paradis
1304/4

Les chants de la Terre lointaine
2262/4

Le marteau de Dieu
3973/3

Base Vénus *(avec Paul Prews)*
Lorsqu'elle reprend conscience, Sparta s'aperçoit que trois ans de son existence ont totalement disparu de sa mémoire. Plus troublant encore : elle se découvre d'étranges pouvoirs. Comme si son corps et ses perceptions avaient été reconfigurés... A la recherche de son passé, Sparta rejoint alors l'orbite de Vénus.

- Point de rupture
2668/4 Inédit
- Maelström
2679/4 Inédit
- Cache-cache
3006/4 Inédit
- Méduse
3224/4 Inédit
- La lune de diamant
3350/4 Inédit
- Les lumineux
3379/4 Inédit

Rendez-vous avec Rama
1047/3

Rama II
3204/7 Inédit *(avec Gentry Lee)*

Les jardins de Rama
3619/6 Inédit *(avec Gentry Lee)*
Lorsque Rama II, l'astronef d'origine extraterrestre, quitte le système solaire, il emporte à son bord trois humains, dont la mission est de reconstituer une colonie, loin de leur planète d'origine. Mais l'entreprise va s'avérer périlleuse.

Rama révélé
3850/8 Inédit *(avec Gentry Lee)*
Suite et fin du cycle de Rama. Arthur Clarke livre ici une explication exhaustive et surprenante de la création de l'univers.

La Terre est un berceau
3565/7 *(avec Gentry Lee)*

Science-Fiction

COCHRAN & MURPHY
Le maître de l'éternité
3814/9 inédit

CURVAL PHILIPPE
Le ressac de l'espace
3814/9 Inédit FANTASY

DEMUTH MICHEL
Les Galaxiales- 1
693/4

DEVLIN DEAN & EMMERICH ROLAND
Stargate
3870/6 Inédit

Independence Day
4288/5 inédit

DICK PHILIP K.
Dr Bloodmoney
563/4

Le maître du Haut Château
567/4

En 1947, les Alliés capitulent. Hitler impose sa tyrannie à l'est des Etats-Unis, les Japonais s'emparent de l'ouest. Cependant une étrange rumeur circule : un homme vivant dans un Haut Château a écrit un livre racontant la victoire des Alliés en 1945.

A rebrousse-temps
613/3

Les clans de la lune alphane
879/3

L'homme doré
1291/3

Le dieu venu du Centaure
1379/3

Le message de Frolix 8
1708/3

Blade Runner
1768/3

Un Blade Runner, c'est un tueur chargé d'éliminer les androïdes qui s'infiltrent sur Terre...

Le temps désarticulé
4133/3

Aux États-Unis, dans les années cinquante, Ragle Gumm, qui mène une existence paisible dans une petite ville, vit une expérience troublante : la réalité commence à se disloquer autour de lui...

DICK & NELSON
Les machines à illusions
1067/3

DICKSON GORDON R.
Le dragon et le georges
3208/4 Inédit FANTASY

Le Chevalier Dragon
3418/7 Inédit FANTASY

FARMER PHILIP JOSÉ
Les amants étrangers
537/3

L'univers à l'envers
581/2

Des rapports étranges
712/3

La nuit de la lumière
885/3

Le soleil obscur
1257/4

FOSTER ALAN DEAN
Alien
1115/3

Le Nostromo vogue vers la Terre, encore lointaine, lorsque le Cerveau Central réveille l'équipage en hibernation. Il a capté un appel de détresse, en provenance d'un astéroïde mystérieux. Trois navigateurs se portent volontaires. Mais lorsque le Nostromo reprend sa route, il emporte un nouveau passager. La mort a pénétré dans l'astronef.

AlienS
2105/4 Inédit

Alien 3
3294/4 Inédit

GALOUYE DANIEL F.
Simulacron 3
778/2

GIBSON WILLIAM
Neuromancien
2325/4 Prix Hugo

Dans une société future hypertechnologique, dominée par les ordinateurs, un homme se perd dans le cyberspace.

Comte Zéro
2483/3

Mona Lisa s'éclate
2735/4

Gravé sur chrome
2940/3

Lumière virtuelle
3891/6 Inédit

San Francisco, en 2005. Un monde pas très différent du nôtre, rongé par la drogue, le sida et la corruption. Chevette y est coursière à vélo. Lorsqu'elle pique ce qu'elle croit être de simples lunettes de soleil dans la poche d'un autre coursier, elle ne se doute pas des ennuis qu'elle va s'attirer...

HABER KAREN
Super-mutant
3187/4 Inédit

L'étoile des mutants
3475/5 Inédit

L'héritage du mutant
3813/4 Inédit

La fille sans ombre
4377/5 Inédit

HALDEMAN JOE
La guerre éternelle
1769/3

HAMILTON EDMOND
Les rois des étoiles
432/4

Le retour aux étoiles
490/4

Science-Fiction

HARRISON Harry
Le rat en acier inox
3242/3

HEINLEIN Robert A.
Une porte sur l'été
510/3

Etoiles, garde à vous
562/4 Prix Hugo

Double étoile
589/3

Vendredi
1782/5

Un cerveau d'ordinateur, un corps surentraîné et la beauté en plus : telle est Vendredi. L'agent idéal en ce monde futur. Mais Vendredi, la non-humaine, est hantée par des souvenirs tragiques. Aurait-elle une âme ?

Le chat passe-muraille
2248/6

HOUGRON Jean
Le Naguen
4005/6

HOWARD Robert E.
Au cours de ses voyages aventureux à travers l'espace et le temps, Conan, le guerrier aux yeux de saphir, découvre des mondes étranges, hantés par des démons et des sorcières.

Conan
1754/3 FANTASY

Conan le Cimmérien
1825/3 FANTASY

Conan le flibustier
1891/3 FANTASY

Conan le vagabond
1935/3 FANTASY

Conan l'aventurier
2036/3 FANTASY

Conan le guerrier
2120/3 FANTASY

Conan l'usurpateur
2224/3 FANTASY

Conan le conquérant
2468/3 FANTASY

Conan et l'épée de Skelos
4007/4 FANTASY
(avec Andrew J. Offut)

Conan l'indomptable
3849/3 Inédit FANTASY

Conan le destructeur
1689/2 FANTASY
(avec Robert Jordan)

Conan le triomphant
4222/4 FANTASY
(avec Robert Jordan)

JETER K.W.
Horizon vertical
2798/4 Inédit

JEURY Michel
Le jour des Voies
761/3

La croix et la lionne
2035/3

KESSEL John
Bonnes nouvelles de l'espace
3744/8 Inédit

KEYES Daniel
Des fleurs pour Algernon
427/3

KLEIN Gérard
La saga d'Argyre
- Le rêve des forêts
2164/3
- Les voiliers du soleil
2247/3
- Le long voyage
2324/2

KUBE-McDOWELL M.P.
Projet Diaspora
3496/7 Inédit FANTASY

Exilé
3689/7 Inédit

LEE Tanith
Cyrion
1649/4 FANTASY

La déesse voilée
1690/4 Inédit FANTASY

La quête de la Sorcière Blanche
2042/3

Tuer les morts
2194/3

Terre de lierre
2469/3

LEIGH Stephen
Dinosaures de Ray Bradbury
- La planète des dinosaures
3763/4 Inédit

LEM Stanislas
Le congrès de futurologie
1739/2

Mémoires d'Ijon Tichy
4221/3

LEOURIER Christian
Les racines de l'oubli
2405/2

La terre de promesse
3709/3 Inédit
Une étrange visite dans un monde parallèle, l'Irgendwo. Mais s'agit-il d'une réalité ou d'un autre niveau virtuel créé par les rêves des Lanmeuriens ?

LETHEM Jonathan
Flingue sur fond musical
4199/4 Inédit
Un singe sur le dos, un lapin dans sa salle d'attente et un kangourou boxeur assis avec désinvolture sur sa queue : on peut dire que Conrad Metcalf n'est pas dans une position idéale. D'autant plus qu'il est pris entre les feux croisés de gangsters et des inspecteurs de la Criminelle ! Le dernier des Justes mène une lutte héroïque dans un monde où les ténèbres ne cessent de s'obscurcir.

Science-Fiction

LEVIN IRA
Les femmes de Stepford
649/2

LIGNY JEAN-MARC
Inner City
4159/4 Inédit
Grand prix de l'imaginaire 1997

LOVECRAFT HOWARD P.
L'affaire C. D. Ward
410/2 FANTASY
Dagon
459/5 FANTASY

A la suite de Dagon et des dieux aveugles et sourds qui gémissent dans le chaos infini, H. P. Lovecraft nous entraîne au cœur de l'horreur. Les derniers textes inédits du maître du fantastique.

Night Ocean
2519/3 FANTASY

Le cauchemar d'Innsmouth
4094/2 FANTASY

Cinq nouvelles, autour d'une ville maudite : *Le cauchemar d'Innsmouth*, *La maison de la sorcière*, *Celui qui hantait les ténèbres*, *L'indicible* et *Le monstre sur le seuil*.

Le mythe de Cthulhu
4176/2 FANTASY

Six nouvelles formant le cycle le plus célèbre de Lovecraft : *L'appel de Cthulhu*, *Par-delà le mur du sommeil*, *La tourbière hantée*, *La peur qui rôde*, *La couleur tombée du ciel* et *Celui qui chuchotait dans les ténèbres*.

La quête onirique de Kadath l'inconnue
4256/2 FANTASY

Le voyage de Randolph Carter à la recherche d'une cité oubliée. L'un des textes les plus poétiques de Lovecraft, dans une nouvelle traduction.

Les montagnes hallucinées
4326/2

L'abomination de Dunwich
4402/2

MACAVOY R. A.
Le troisième aigle
2835/4 Inédit
La quête de Nazhuret
3989/5 Inédit FANTASY

MACBRIDE ALLEN ROGER
L'homme modulaire
3782/5 Inédit FANTASY

McDONALD IAN
Necroville
4278/7 Inédit

McKEE CHARNAS SUZY
Un vampire ordinaire
2433/5

McKILLIP PATRICIA A.
La Sorcière et le Cygne
3974/5 Inédit FANTASY

En pénétrant dans la petite maison noire qui s'est matérialisée devant lui, Corlen perd Tiel, sa bien-aimée. Pour la retrouver, il devra rapporter le cœur du Cygne, la constellation responsable de son malheur.

Le Cygne et l'Oiseau de Feu
4111/5 Inédit FANTASY

Le livre d'Atrix Wolfe
4484/5 Inédit

McMASTER BUJOLD LOIS
Miles Vorkosigan
3288/5 Inédit Prix Hugo
Barrayar
3454/6 Inédit
Cordelia Vorkosigan
3687/5 Inédit

Cordelia, officier de la force expéditionnaire Bêta, succombe au charme de son pire ennemi, Lord Aral Vorkosigan. Au terme d'une guerre acharnée, Cordelia accepte de l'épouser. De cette union, naît Miles Vorkosigan...

L'esprit de l'anneau profane
3762/6 FANTASY

Un clone encombrant
3925/5 Inédit

La danse du miroir
4025/8 Inédit

L'apprentissage du guerrier
4376/7 Inédit

Opération Cay
4511/5 Inédit

MERRITT ABRAHAM
Les habitants du mirage
557/3 FANTASY

Venu d'un autre monde, Leif pénètre par hasard dans la vallée du Mirage, dont les habitants le prennent pour le perfide Dwayanu. Leif devra affronter Kralk'ru, le dieu monstrueux qui exige des sacrifices humains.

Le gouffre de la lune
618/4 FANTASY

Le visage dans l'abîme
886/4 FANTASY

MILLER ROBYN & RAND
Myst
4110/5 Inédit

Pour se perdre dans le royaume magique créé par un écrivain aux pouvoirs supranaturels. Le prolongement et l'explication du jeu diffusé sur CD-ROM.

MOORE CATHERINE L.
Shambleau
415/4
Jirel de Joiry
533/3 FANTASY
La nuit du jugement
700/2

Science-Fiction

MORROW James
L'arbre à rêves
2653/4
Notre mère qui êtes aux cieux
3131/5 Inédit FANTASY
En remorquant Jéhovah
3910/6 Inédit

NIVEN Larry
L'Anneau-Monde
3527/5
Les ingénieurs de l'Anneau-Monde
3893/6

NORMAN John
Le tarnier de Gor
3168/4 FANTASY
Le banni de Gor
3229/4 FANTASY
Les prêtres-rois de Gor
3351/5 FANTASY
Les nomades de Gor
3435/5 FANTASY
Les assassins de Gor
3497/6 Inédit FANTASY
Les pirates de Gor
3548/6 FANTASY
Les chasseurs de Gor
3668/6 FANTASY
Les maraudeurs de Gor
3909/6 FANTASY
Les tribus de Gor
4026/7 FANTASY
Les esclaves de Gor
4201/6 FANTASY

PELOT Pierre
Delirium circus
773/3

PERRY Steve
Aliens - La ruche terrestre
4063/4

POGUE Charles Edward
Cœur de Dragon
4287/4 Inédit

POHL Frederik
La Grande Porte
1691/4
Les pilotes de la Grande Porte
1814/5 Inédit
Rendez-vous à la Grande Porte
2087/5 Inédit
Les Annales des Heechees
2632/5 Inédit
A travers la Grande Porte
3332/4 Inédit
Dialogue avec l'extraterrestre
4327/5 Inédit

POWERS Tim
Les voies d'Anubis
2011/5
Sur des mers plus ignorées...
2371/4
Le Palais du Déviant
2610/4
À la recherche de la femme qu'il a aimée autrefois, Greg Rivas pénètre dans le Palais du Déviant. Là, il devra affronter l'horreur absolue. Greg ne s'en remettra pas. Le monde non plus.
Le poids de son regard
2874/6
Poker d'âmes
3602/9
À Las Vegas, Scott Crane se livre à un jeu étrange, dont les règles s'inspirent à la fois du poker et des tarots. Mais ici, ce sont des corps et des âmes qu'il s'agit d'échanger.
Date d'expiration
4154/9 Inédit
Dans un Los Angeles halluciné, d'étranges fantômes cherchent à entraîner les humains dans les abysses.

Les chevaliers de la Brune
4375/6 Inédit
Les pêcheurs du ciel
4512/4 Inédit FANTASY

PRATCHETT & GAIMAN
De bons présages
3892/6 FANTASY

PRATCHETT Terry
Le Grand Livre des Gnomes
- Les camionneurs
4178/2 FANTASY
Un peuple invisible de gnomes vit au bord d'une autoroute. Les ressources s'épuisant, ils montent clandestinement à bord de camions et débarquent chez Harold Frères, un grand magasin peuplé lui aussi de gnomes. Entre les deux tribus, c'est bientôt la guerre. Une satire désopilante des rapports humains.
- Les terrassiers
4179/2 FANTASY
- Les aéronautes
4180/2 Inédit

ROBINSON Kim Stanley
Le rivage oublié
2075/5
La mémoire de la lumière
2134/4
La planète sur la table
2839/4
La Côte Dorée
2639/6
Le géomètre aveugle
2922/4

RODDENBERRY Gene
Star Trek
1071/3

Achevé d'imprimer en Europe (France)
par Brodard et Taupin à La Flèche (Sarthe)
le 24 novembre 1997. 1553T-5
Dépôt légal nov. 1997. ISBN 2-277-21999-1
1er dépôt légal dans la collection : avril 1986

Éditions J'ai lu
84, rue de Grenelle, 75007 Paris
Diffusion France et étranger : Flammarion